高等学校会计学专业特色教材

GAODENG XUEXIAO KUAIJIXUE ZHUANYE TESE JIAOCAI

高级财务管理

GAOJI CAIWU GUANLI

黄凌灵／主编

经济科学出版社

Economic Science Press

图书在版编目（CIP）数据

高级财务管理/黄凌灵主编 . —北京：经济科学
出版社，2011.1
高等学校会计学专业特色教材
ISBN 978 - 7 - 5141 - 0297 - 0

Ⅰ.①高… Ⅱ.①黄… Ⅲ.①财务管理 - 高等
学校 - 教材 Ⅳ.①F275

中国版本图书馆 CIP 数据核字（2010）第 263475 号

责任编辑：谭志军　李　军
责任校对：王肖楠
版式设计：代小卫
技术编辑：邱　天

高级财务管理

黄凌灵　主编

经济科学出版社出版、发行　新华书店经销
社址：北京市海淀区阜成路甲 28 号　邮编：100142
总编部电话：88191217　发行部电话：88191540
网址：www. esp. com. cn
电子邮件：esp@ esp. com. cn
北京中科印刷有限公司印装
787×1092　16 开　16.25 印张　290000 字
2011 年 1 月第 1 版　2011 年 1 月第 1 次印刷
ISBN 978 - 7 - 5141 - 0297 - 0　定价：28.00 元

前　言

随着我国市场经济的深入发展和世界经济一体化进程的加速，财务管理学科也发生着令人振奋的变化，这些变化改变着企业财务及管理的方方面面，也影响着我们的授课内容和授课方法。《高级财务管理》的编写，旨在尽力发掘新形势下企业财务管理的新特征，并进行深入剖析，使学生了解这些变化的重要性和现实意义。

本书内容共分十个章节，第一章介绍财务管理的研究内容、管理目标、企业组织形式以及财务管理学科的基础理论；第二章描述了财务管理面对的外部环境——金融市场、金融工具和金融机构；第三章是财务报表分析，从资产负债表、损益表和现金流量表要素质量分析角度，说明公司股东、投资者、管理层及利益相关方如何使用财务报表，通过财务报表分析更好地实现其财务目标；第四章、第五章对财务管理中两个基础理论——投资组合理论和资本资产定价模型进行了介绍，并对当前市场环境下这两个理论的现实拓展和前沿研究进行了综述；第六章、第七章是金融衍生工具，其中，第六章介绍了期权定价和风险管理的内容，第七章从价格发现和套期保值功能角度对期货市场进行了阐述和分析；第八章从企业集团投资管控角度对比分析了三种投资管理模式——股份控制型、行政控制型和直线控制型的适用情景和优劣；第九章、第十章对企业并购问题进行了介绍和讨论，主要包括并购的界定、并购的基本理论、并购的发展历程以及并购绩效评价。

本书是北京市特色专业建设点——北京工业大学会计学专业和北京市优秀教学团队——会计学专业系列课程教学团队的建设成果之一。本书的出版得到了北京市教委专项经费的资助和支持。

书中不妥之处，欢迎各位读者批评指正。

编　者

2010 年 10 月

目　录

高等学校会计学专业特色教材

高等学校会计学专业特色教材

第一章

概　述

【本章要点】 本章对财务管理的基础知识进行了介绍，通过本章的学习，能够明确财务管理的主要研究内容，了解各种财务关系、财务管理目标、企业组织形式以及财务管理的四个基本理论。

【核心概念】 财务管理活动　财务关系　利润最大化　股东财富最大化　企业组织形式　投资组合理论

第一节　财务管理研究的内容

　　财务是指政府、企业和个人对货币资源的获取和管理，因此，国家财政、企业财务和个人理财均属于财务范畴。财务管理是指企业组织的财务活动，主要处理企业与各方面财务关系的一项经济管理工作，具体包括两部分：一是研究企业货币资源的获得和管理，即企业对资金的筹集、计划、使用和分配等财务活动；二是处理与以上财务活动有关的企业财务关系。企业财务活动可以从资产负债表中得到反映。财务管理的基本内容如图 1-1 所示。

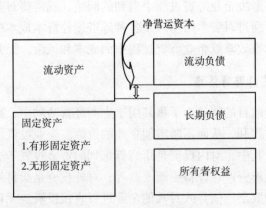

图 1-1　财务管理的基本内容

一、财务活动

企业资金的运动伴随着生产经营活动而展开，是以货币价值形式对企业再生产过程的综合反映，具体体现为：企业将拥有的资金用于购买生产经营所需的各种生产要素，如厂房、设备、原材料、人力资本等；生产者运用一定的劳动资料将劳动对象加工成新的产品，并将生产过程中消耗掉的劳动资料、劳动对象和活劳动的价值转移到产品中去，创造出新的价值以及价值增值；最后通过实物商品的出售转移价值，使新创造的价值得以实现。在以上过程中，企业资金的形态在不断发生变化，从最初的储备资金转化为实物资产并进入生产环节，在生产环节结束后转化成实物商品，通过销售环节又恢复为货币资金，进入下一个生产环节，周而复始，不断循环，形成了企业货币资金运动。财务管理研究的主要内容之一就是对各个环节中的财务活动进行管控，主要可以归纳为以下几个方面。

1. 与筹资有关的财务活动

在市场经济环境下，企业想要从事生产经营活动，首先必须筹集到一定数量的资本金，这也是企业资金运动的起点。因此，企业在进行筹资过程中必须考虑用于经营的资本从哪儿来；是发行股票还是发行债券，股票和债券的比例多少比较合理；各种筹资方式的资本成本是多少；筹资风险如何控制等问题。一般来说，企业可以通过吸收直接投资、发行股票和企业内部留存收益等自有资金筹集方式获得资本，也可以通过向银行借款、发行债券和商业信用等方式获得融资。筹集到的资金表现为企业资金的流入，与此相对应，偿还借款、支付利息和股息等表现为资金的流出。要解决企业筹资过程中遇到的问题，就需要对各种筹资手段和筹资途径有所了解，通过对资本结构以及各种筹资途径资本成本的分析，找出最优的筹资方案，从而有效降低企业筹资过程中的成本和风险，提升企业价值。

2. 与投资有关的财务活动

企业筹集资金的目的就是为了将其用于生产经营活动中，通过生产经营活动中的价值增值取得盈利，从而不断增加企业的价值。企业投资活动可以分为对内投资和对外投资，其中，对内投资是指将筹集到的资金投资于企业内部，如用于购置固定资产和无形资产、设备更新改造等；对外投资是指将筹集到的资金投资于购买其他企业的股票、债券或对其他企业进行直接投资。无论企业对内投资还是对外投资都需要支出资金，而当企业变卖对内投资形成的各种资产或收回对外投资时，则会产生资金的流入。

3. 与经营有关的财务活动

企业在正常的生产经营过程中，也会发生一系列的资金收付，如采购原材料、商品、低值易耗品、支付员工工资以及各种费用、销售收入的获取，应收款项的回收，合理控制流动资产和流动负债的比例、增加资产的流动性、提高短期资本的使用效率等，这些资金收付活动也属于企业财务活动研究的范畴。

4. 与分配有关的财务活动

企业将资金投放和使用后会取得相应的收入，收入补偿生产经营过程中的各种成本、费用、销售税金后若有剩余，则为企业的息税前利润。息税前利润在支付债权人的利息之后需依法缴纳所得税，并形成税后利润。税后利润是企业的净利润，在弥补亏损以及提取公积金、公益金之后，可向投资者进行分配，这个过程中的资金收付属于与分配有关的财务活动。

5. 财务分析和财务计划

财务分析和财务计划也是企业财务活动的重要组成部分，一般可以通过分析企业的财务报表，采用与行业各项财务指标平均水平的对比，来判断企业的盈利能力、偿债能力、营运能力、利润分配及成长性，并决定对企业管理人员的业绩考核和奖惩措施。财务计划是基于企业发展战略和财务现状，对未来几年企业财务状况的预测，通过制订计划可知将来的资金需求量、销售水平、费用支出、利润水平及借款数量，并以此作为企业未来财务活动的依据，并制订财务计划。

6. 企业的收购和兼并

在规模效应、资源优化配置、产业升级等因素的驱动下，企业之间的收购和兼并活动愈演愈烈。在企业并购过程中，如何获得规模效应，将有限的资源集中到更有效的企业中去？并购过程中目标企业的价格如何估计？财务风险如何控制？这些都是企业财务活动的重要组成部分。

二、企业财务关系

财务关系是指企业在组织财务活动过程中与各利益相关方发生的各种各样的经济关系，主要可归纳为以下几个方面。

1. 企业与投资者之间的财务关系

企业与投资者之间的财务关系体现为所有权的性质，反映了经营权和所有权之间的权利和义务关系，具体包括：企业投资者按照合同、协议和章程的约定向企业投入资金；企业按出资比例或合同、章程的规定向投资者支付投资报酬等，以及在企业清偿时各投资者的权益保障等。

2. 企业与被投资者之间的财务关系

企业与被投资者之间的财务关系体现为所有权的性质，反映了投资和被投资者之间的权利和义务关系，主要包括企业以购买股票或直接投资形式向其他企业注入资金，被投资企业按规定分配给企业相应的投资报酬等。

3. 企业与债权人之间的财务关系

企业与债权人之间的财务关系反映了债务与债权的关系，是指企业向债权人借入资金，并按借款合同的规定按时支付利息和归还本金所形成的经济利益关系。一般情况下，企业的债权人主要有债券持有人、贷款机构、商业信用提供者以及其他出借资金给企业的单位或个人。

4. 企业与债务人之间的财务关系

企业与债务人之间的财务关系反映了债权与债务的关系，主要是指企业将其资金以购买债券、提供借款或商业信用等形式出借给其他单位，并按约定的规定要求债务人按时支付利息和归还本金所形成的经济利益关系。

5. 企业与税务机关之间的财务关系

企业与税务机关之间的财务关系反映了依法纳税和依法征税的权力和义务关系，主要是指企业必须按照国家税法规定依法缴纳流转税、所得税和其他各种税款，以及在缴税过程中形成的经济关系。任何企业都要按照国家税法的规定，及时、足额地缴纳各种税款，以保证国家财政收入的实现，满足社会各方面建设的需要。

6. 企业内部各单位之间的财务关系

企业内部各单位之间的财务关系反映了各生产部门之间独立核算、自负盈亏的经济利益关系，主要是指在实行企业内部经济核算制和内部经营责任制的条件下，企业内部各单位之间在生产经营各环节中形成的资金结算关系。实行内部经济核算的企业，企业内部各单位具有相对独立的资金定额和独立支配的费用限额，对各单位之间相互提供的产品或劳务要进行计价结算。

7. 企业与职工之间的财务关系

企业与职工之间的财务关系反映了职工个人和企业在劳动成果上的分配关系，主要是指企业按照提供劳动的数量和质量向职工支付工资、津贴和奖金等劳动报酬，并按规定提取职工福利费和公益金以及为职工代垫款项等而形成的经济利益关系。

第二节　财务管理的目标

财务管理目标是指企业在财务活动中要达到的目的，是衡量企业财务活动是否合理有效的基本标准，也是企业一切财务活动的出发点和归宿，决定着企业财务管理的基本方向。财务管理目标影响着企业财务管理运行机制和效率，因此，科学合理地设置财务管理目标，对优化企业理财行为、实现财务管理良性循环具有重要意义。

一、利润最大化目标

利润最大化目标是指企业在财务管理活动中要以实现最大的利润为其目标。利润的多少在一定程度上反映了企业经济效益的高低和企业竞争能力的大小，企业追求利润最大化，就必须讲求经济核算、加强管理、改进技术、提高劳动生产率以及降低生产成本。与旧体制下产量最大化目标相比，利润最大化目标明显有利于资源的合理配置和经济效益的提高。但以利润最大化作为财务管理的目标也存在缺点和不足，主要体现在以下几个方面：

（1）利润容易被人为操纵，利润最大化中的利润额可以采用多计收入、少计费用等手段进行粉饰，从而导致评价过程中产生偏差。

（2）利润最大化中的利润是企业在一定时期内获得的利润总额，没有考虑利润实现的具体时间，即没有考虑资金的时间价值。

（3）利润最大化评价指标中没有考虑到风险问题，这有可能导致管理者不顾风险的大小去追求最多的利润，从而将企业引入高风险境地。

（4）利润最大化目标是一种短期指标考核，有可能导致企业片面追求利润最大化，只顾实现目前的最大利润，而忽略对企业长期发展有利的投资项目。

二、股东财富最大化目标

股东财富最大化是指通过财务上的合理运营为股东带来最多的财富，在股份有限公司中，股东财富由其所拥有的股票数量和股票市场价格两方面因素决定，若股票数量一定，当股票价格达到最高时，股东财富也达到最大。因此，股东财富最大化又可理解为股票价格最大化。与利润最大化目标相比，股东财富最大化目标有以下优点：第一，由于风险的高低会对股票价格产生重要影响，因此，该评价指标考虑了财务管理中的风险因素；第二，由于预期未来的利润对企业股票的价格会产生重要影响，因此，该评价指标考虑了资金的时间价值，在一定程度上能够克服企业在追求利润上的短期行为。

股东财富最大化目标在现实使用过程中也存在一系列问题，主要体现在以下几个方面：

（1）股东财富最大化目标只适用于股份制企业，对于非股份制企业必须通过资产评估才能确定其价值的大小，因此，在实践过程中成本较高，并受评估标准和评估方式的影响，从而导致该评价指标的实用性、客观性和准确性受到限制。

（2）股东财富最大化评价受外界环境因素的干扰较大，股票价格受多种因素的影响，这些因素并不一定都是企业自身造成的，甚至不是企业所能控制的，如经济危机来临，业绩很好的公司其股票价值也将下跌等，因此，该评价指标的合理性和公平性受到限制。

（3）股东财富最大化目标只强调股东的利益，忽视了企业利益相关者之间的利益，从而影响了企业可持续发展能力。

三、企业价值最大化目标

企业价值最大化是指企业的市场价值最大化，该指标反映了企业潜在或预期的获利能力。企业价值的确定应以其未来寿命期内产生的净现金流量的折现值之和为标准，其中，未来各期的净现金流量按可能实现的概率来测算，贴现率反映投资者要求的风险报酬水平。从理论上讲，企业价值可以通过下列公式进行计量：

$$V = \sum_{t=1}^{n} FCF_t \frac{1}{(1+K_s)^t} \qquad (1-1)$$

式中：V——企业的价值；

t——获得报酬的具体时间；

FCF_t——第 t 年企业的现金流量水平；

K_s——与企业风险相适应的贴现率；

n——企业取得报酬的持续时间，在持续经营假设条件下，n 为无穷大。

由式（1-1）可知，企业价值与其寿命期内产生的现金流量成正比，一段时间内企业取得的现金流量越大，企业的价值也就越大。

以企业价值作为财务管理的目标主要有以下优点：

（1）企业价值最大化目标考虑了取得现金流量的时间。

（2）企业价值最大化目标合理地考虑了风险与报酬之间的关系，企业的风险越高其价值越小，因此，在财务管理活动中要正确权衡报酬增加与风险增加之间的得失，努力实现二者之间的最佳平衡，以达到企业价值最大化。

（3）企业价值最大化目标能克服利润追逐上的短期行为，使管理层的目标关注到企业长期的发展。

（4）企业价值最大化目标将其考虑范畴扩大到利益相关者，具体包括股东、债权人、供应商、各级管理者和一般职工等，使得各方都有其自身利益，共同参与构成企业的利益机制。

利润最大化、股东财富最大化和企业价值最大化是目前最具有代表性的企业财务管理目标。随着社会经济的发展，企业财务管理目标也有了新的内涵，如当今有些企业以社会价值最大化为财务管理的目标，在强调企业效益的同时关注社会效益，尽可能地安排残疾人士、下岗人员进企业工作，积极参与公益事业，以及关注人均纳税额等。

第三节 企业的组织形式

根据市场经济的要求，按照财产的组织形式和所承担的法律责任划分，企业的组织形式主要有三种：独资企业、合伙企业和公司制企业。

一、独资企业

独资企业是指由单一所有者拥有的企业，一般情况下是由一个所有者所有。

独资企业不是法人，业主对企业的生产经营具有绝对的控制权，全部税后收益归业主所有。我国目前的个体户和私营企业多属于这种类型。

1. 独资企业的优点

（1）企业的组建过程简单、筹建费用较低，只需要向政府工商行政管理部门申请营业执照即可。

（2）企业的所有权和经营权都属于业主，对经营者有最大的激励。

（3）由于政府对独资企业的管制相对较少，没有直接对独资企业进行管控的法律，独资企业只需要遵守相关规定即可，不需要向社会公布企业的财务报表及生产经营信息。

2. 独资企业的缺点

（1）业主对独资企业负有无限责任，当独资企业的资产不足以抵偿其债务时，业主的个人财产也将被追索还债。

（2）当业主不想经营下去或寿命结束时，独资企业也将告终，因此独资企业的寿命期较短，不能够持续经营下去。

（3）独资企业的融资途径较窄，一般为个人储蓄、企业利润再投资及银行个人贷款，很难筹集大量资金用于企业发展。

二、合伙企业

合伙企业是由两个或者更多合伙人联合起来共同出资创办的企业，每个合伙人按照各自的出资和公司章程的约定承担责任和分享利润。合伙企业又可分为一般合伙企业和有限合伙企业两种。其中，一般合伙企业中，每个合伙人均可代表企业，以企业的名义签订相关合同，每个合伙人都承担无限责任，当企业的资产不足以偿还其债务时，每个合伙人均要以自己个人财产负责企业的债务清偿；有限合伙企业中，只有一个合伙人负有无限责任，其他合伙人以其出资额为限对企业的债务负债，但企业的生产经营主要由负无限责任的合伙人承担，其他合伙人不得干预。

1. 合伙企业的优点

（1）合伙企业的组建比较简单，筹建费用相对较低。

（2）合伙企业能够将不同个人的资本、技术和资源聚合起来，形成更有实力、创造力更强的经营实体。

2. 合伙企业的缺点

（1）合伙企业的寿命有限，当某个合伙人宣布退出或死亡，则表示该合伙企业结束。

（2）合伙企业的合伙人存在无限责任。

（3）合伙企业的资本不能转让和变现，因此，其所有权转让比较困难，很难筹集到大量的资金用于企业发展，比较适合风险程度较高、刚刚起步的小企业。

三、公司制企业

公司制企业是按所有权和经营权分离原则，由股东集资建立，经政府相关部门审批的经济实体。公司是法人，具有企业法人财产权并承担相应的法律责任。公司一般可分为有限责任公司和股份有限公司。其中，有限责任公司是由为数不多（2 人以上 50 人以下）的股东集资组建的公司，其资本无需划分为等额股份，股东在出让股权时受到一定的限制，其财务状况不必向社会披露，设立和解散程序比较简单；股份有限公司是把全部资本划分为等额股份，通过发行股票筹集资本，需将资本划分成等额的股份，其股票的流动性较好，需要定期向公众公布财务报表，创办和歇业程序比较复杂。

1. 公司制企业的优点

（1）公司制企业是独立法人，其债务责任与所有者个人的财产无关，股东承担的是有限风险，只需以其出资额承担相应的债务责任。

（2）公司制企业的融资途径比较宽，可以通过发行股票和债券在资本市场上募集资金，并且公司制企业股票的流动性比较好，其所有权可以很方便地转移。

（3）公司制企业具有无限寿命，所有权转移后仍能够保留其法人地位，因此，其经营具有可持续性。

（4）公司制企业所有权和经营权分离有助于聘用专业的经理人管理企业，提高企业的管理效率。

2. 公司制企业的缺点

（1）公司制企业的组建比较复杂，需要有公司章程和细则，向政府相关部门提出申请，经国务院授权部门或省级人民政府批准后方可成立，筹建和开办费用较高。

（2）公司制企业需要双重纳税，即公司生产经营过程中的利润要缴纳所得税，股东的分红还需要缴纳个人所得税。

（3）政府对于公司的管控相对较严，尤其是上市公司，需要定期公布财务报表以及披露生产经营过程中的相关信息。

企业组织形式对财务管理有着重要影响，如企业注册资本的筹集与结构、出资者对企业债务承担的责任、收益分配方式等。我国现阶段的基本经济特征是以公有制为主体、多种所有制经济共同发展，以及以按劳分配为主体、多种分配方式并存，这也决定了国有企业在我国占有重要地位。以前国有企业既有公司的大部分特征，又是国有独资企业，随着我国社会主义市场经济体制的建立和完善，公司制企业将成为我国国有企业的主要组织形式。

第四节　财务管理的基本理论

一、投资组合理论（Portfolio Theory）

1952 年美国经济学家马柯维茨（Markowitz）提出了投资组合理论，作为现代证券组合管理理论的开端，该理论对资产的风险和收益进行了量化，并基于均值—方差效用，提出了确定最优资产组合的基本模型。该理论的主要观点有：第一，理性投资者在进行投资决策时将遵循一定风险水平下期望收益最大化，或者给定期望收益水平下风险最小化原则。第二，不管投资者的风险偏好程度如何，其最佳投资组合都将包括两个部分：无风险资产和相同的风险资产组合，并且这一风险资产组合是从无风险资产出发向风险资产组合有效边界上作出的切点组合，即市场组合①。第三，不同风险偏好投资者的差别主要体现在无风险资产和相同风险资产组合的配置比例上，也就是说，风险偏好型的投资者将在风险资产组合上配置更高的比例，而风险厌恶型的投资者将在无风险资产上配置更高的比例。

投资组合理论为资产配置和有效投资组合的构建奠定了重要的理论基础，提

---

① 市场组合是指包含了市场上所有可获得的风险资产，并且每种风险资产的权重为该风险资产的市值除以总市值。

出了一套完整的分析体系，主要体现在以下几个方面：第一，对投资管理中的风险和收益进行了准确的数学上的定义，从此，风险和收益成为投资组合管理评价中不可或缺的两个指标。在投资组合理论提出之前，投资顾问和基金经理尽管也会考虑风险因素，但由于不能对风险进行有效衡量，因此，将注意力主要放在投资收益方面，马柯维茨提出用投资收益率的期望值表示投资收益率，方差（或标准差）表示收益的风险，解决了对风险的有效衡量；第二，马柯维茨提供了均值—方差框架下，以投资者效用最大化为目标的投资组合理论，该理论的提出使基金经理从过去一直关注于单个证券的分析转向对构建整体有效的投资组合的重视，促使投资管理实践发生了革命性的变化；第三，投资组合理论关于分散投资合理性的阐述为投资组合风险管理提供了理论依据，在投资组合理论提出之前，尽管人们很早就对分散投资能够降低风险有一定的认识，但这一认识从未上升到理论层次，资产组合的方差公式说明投资组合的方差并不是组合中各个证券方差的简单线性组合，而在很大程度上取决于证券之间的相关性。单个证券本身的收益和标准差对投资者并不具有吸引力，但当它与投资组合中其他证券相关性比较小甚至为负时，将其纳入资产组合会得到更好的风险—收益均衡补偿。

马柯维茨投资组合理论在现实中的使用也存在一定的局限性：第一，最优配置比例的测算需要输入各证券的期望收益率、方差以及协方差，当证券数量较多时，数据的计算量相当大，从而使得投资组合的运用受到较大限制；第二，由于证券的期望收益率是未知的，需要进行统计估计，以及两个证券之间的协方差很难准确估计，从而使得计算结果的误差较大，可靠性不高；第三，模型最优解的稳定性不强，输入数据微小的变化都会导致配置比例大幅波动，而资产配置比例的调整将造成交易成本的上升，从而影响投资组合决策的有效性。

二、资本资产定价模型（Capital Asset Pricing Model，CAPM）

20世纪60年代，威廉·夏普、林特尔、特里诺和莫辛在投资组合理论的基础上提出了资本资产定价模型，该理论首先将复杂的现实经济环境抽象简化，得到一个相对简单的非现实理想市场环境，在简化的市场环境下得出部分结论；然后根据现实情况加上复杂的条件对理想市场进行修正，一步一步推进；最后建立一个符合现实并且易于理解的模型。CAPM前提假设的核心是尽量使单个投资者同质化，这种投资者行为同质化会大大降低推导的难度和简化计算。主要前提假设有：第一，市场上存在着大量投资者，每个投资者的财富相对于其他所有投资者的财富总和而言是微不足道的，因此，每个投资者都是价格的被动接受者，单

高等学校会计学专业特色教材

个投资者的交易行为对证券价格不发生影响；第二，所有的投资者都在同一证券持有期内计划自己的投资行为和配置资产，未考虑证券持有期结束时发生的任何事件对其投资组合决策的影响，因此可以说投资者的投资决策是单期短视行为，通常也非整体上的最优；第三，投资者的投资范围仅限于公开金融市场上交易的资产，并可以以固定的无风险利率借入和贷出资本；第四，投资行为不存在证券交易费用（包括佣金和服务费用）及税赋；第五，所有投资人均为理性经济人，均具有均值—方差效用函数形式，并能够采用马柯维茨的投资组合模型进行其投资决策；第六，所有投资者对证券的评价和经济局势的看法都一致，具有同质预期，因此，无论证券价格如何，所有投资者的投资机会集均相同。

该理论得出的主要结论有：

第一，所有投资者都将按照市场组合 M 来构建自己的风险资产组合，这个市场组合 M 包括了市场上所有可获得的公开交易的风险资产，每种风险资产的配置比例为该风险资产的市值占风险资产总市值的比重。

第二，假设每个投资者投资于最优风险资产组合 M 的资金比例为 y，根据投资组合理论中风险资产与无风险资产最优配置结论得出：

$$y^* = \frac{E(r_M) - r_f}{0.01 \times A\sigma_M^2} \qquad (1-2)$$

第三，单一证券合理的风险溢价取决于该证券对投资组合风险的贡献程度。单一风险资产合理的收益水平为无风险资产加上该资产的风险补偿，该资产的风险补偿为市场平均风险补偿乘以该资产的贝塔系数。

第四，如果任何单个资产满足期望收益—贝塔关系，则这些单个资产构成的任意组合也一定满足资本资产定价模型描述的期望收益—贝塔关系，并且该资产组合的贝塔值为各资产贝塔系数的加权平均值。

资本资产定价模型对现实情况进行了大量简化，并不是一个完美的模型，但是其分析问题的角度正确，提供了一定风险水平下合理回报的标准，来帮助投资者判断所得回报是否与其承担的风险相当。

三、资本结构理论（MM 理论）

资本结构理论阐述了企业负债、资本成本以及企业价值之间的关系，早期的资本结构理论是建立在经验判断基础上的，缺乏比较系统和严格的理论推导。1958 年，莫迪尼安尼和米勒在一系列假设前提下，提出并证明了资本结构理论。该理论的前提假设主要有：第一，市场为完全市场情况，即债券和股票的交易无成本，投资者和公司可以以相同的利率借贷；第二，企业风险主要体现为经营风险，并且经营风险可以用 EBIT 方差或标准差指标衡量；第三，投资者对于企业未来收益和风险具有同质预期；第四，企业将永续经营下去，并且投资者预期的 EBIT 固定不变，体现为一固定年金，即企业的增长率为零。

该理论得出以下结论：

第一，在无税情况下，企业价值与其资本结构无关，但随着债务的增加，企业的风险程度增加，股东要求的回报率也相应增加。

第二，在有税情况下，企业价值随着债务的增加而增加，并且与完全权益企业相比，其增加的额度为各期间负债递减税收的现值之和。

四、布莱克—斯克尔斯期权定价模型

期权定价是金融应用领域数学上最复杂的问题之一，1973 年，布莱克（Fisher Black）和斯克尔斯（Myron Scholes）提出了第一个完整的期权定价模型 B－S 期权定价模型，此后，期权市场和衍生金融产品交易得到飞速发展。该模型的基本假设如下：

第一，无风险利率已知且为一个常数，即不随时间的变化而改变。

第二，标的资产为股票，且股票价格符合随机过程，其回报率呈对数正态分布。

第三，标的股票不分红。

第四，整个交易过程中，不存在交易费用，没有印花税。

第五，对卖空没有限制。

第六，期权为欧式期权，到期日才执行。

现在，布莱克—斯克尔斯定价公式已被期权市场参与者广泛接受，该公式如下：

$$C_0 = S_0 N(d_1) - X e^{-rt} N(d_2) \tag{1-3}$$

$$d_1 = \frac{\ln(S_0/X) + (r + \sigma^2/2)T}{\sigma\sqrt{T}}, \qquad d_2 = d_1 - \sigma\sqrt{T}$$

式中：C_0——欧式看涨期权当前的价格；

S_0——当前的股票价格；

$N(d)$ ——标准正态分布小于 d 的概率；

X——执行价格。

高等学校会计学专业特色教材

本 章 小 结

1. 财务活动伴随着生产经营活动而展开，主要包括与筹资有关的财务活动、与投资有关的财务活动、与经营有关的财务活动、与分配有关的财务活动、财务分析和财务计划以及企业的收购和兼并等。

2. 财务关系是指企业在组织财务活动过程中与各利益相关方发生的各种各样的经济关系，主要包括企业与投资者之间的财务关系、企业与被投资者之间的财务关系、企业与债权人之间的财务关系、企业与债务人之间的财务关系、企业与税务机关之间的财务关系、企业内部各单位之间的财务关系以及企业与职工之间的财务关系。

3. 按照财产的组织形式和所承担的法律责任可将企业的组织形式划分为独资企业、合伙企业和公司制企业。其中，独资企业是指由单一所有者拥有的企业，一般情况下是由一个所有者所有；合伙企业是由两个或者更多合伙人联合起来共同出资创办的企业，每个合伙人按照各自的出资和公司章程的约定承担责任和分享利润；公司制企业是按所有权和经营权分离原则，由股东集资建立，经政府相关部门审批的经济实体。

4. 所有投资者都将按照市场组合 *M* 来构建自己的风险资产组合，这个市场组合 *M* 包括了市场上所有可获得的公开交易的风险资产，每种风险资产的配置比例为该风险资产的市值占风险资产总市值的比重。

复习思考题

1. 简述财务管理研究的主要内容。

2. 讨论有哪些因素能够促使管理层努力提高企业价值。为了达到股东财富最大化目标，股东应如何控制经理人的行为？

3. 试讨论财务管理目标中是否应该加入社会责任目标，各类企业怎样才能公平担任社会责任。

第二章

金融市场、金融工具和金融机构

【本章要点】企业的投融资活动离不开其所处的金融环境，金融环境也正是为了适应投资者及经济的需求而建立，并随着相关技术的发展与法规约束而不断完善。在现代经济系统中，金融环境的内涵和外延都有了较大变化，但总体而言，主要包括金融市场、金融工具和金融机构三个部分。本章对金融市场、金融工具以及金融机构进行了简要介绍，有助于掌握金融市场的基本知识，了解企业所处的金融环境。

【核心概念】金融市场　金融工具　资源优化配置　资本市场和货币市场　金融机构　金融中介组织

第一节　金融市场与金融工具

一、金融市场的概念和功能

经济学家对于金融市场有许多不同的定义，如："金融市场应理解为对各种金融工具的任何交易"[①]；"金融市场是金融工具转手的场所"[②]；"金融市场是金融资产交易和确定价格的场所或机制"[③] 等。一般来讲，金融市场是指资金供应者和资金需求者以金融资产为交易对象而形成的供求关系及交易机制的总和。它

[①] ［美］杜德雷·G. 卢科特 . Money and Banking. Mcgraw-Hill Book Company Second Edition，1980，P. 111.

[②] ［英］查理斯·R. 格依斯特 . A Guide to the Financial Markets. London Macmillan，1982，P. 1.

[③] ［美］蒂姆·S. 肯波贝尔 . Financial Institutions. Markets，and Economic Activity. U. S. A. Mcgraw-Hill Inc.，1982，P. 2.

包括三层含义：第一，金融市场是将购买金融工具的储蓄方和发行金融工具的资金需求方结合起来进行交易的场所，这个场所可以是有形的（如证券交易所），也可以是无形的（如通过电话进行交易的银行间债券市场）；第二，金融市场反映了资金供应者和资金需求者所形成的资金供求信息，并能将其传递给各参与方；第三，金融市场包含了金融资产交易过程中所产生的各种运行机制，包括价格机制、交易机制和监管机制等，其中最主要的是价格（包括利率、汇率及各种证券的价格）机制，它揭示了金融资产的定价过程，说明了如何通过这些定价过程在市场各参与者之间合理地分配风险和收益[①]。

金融市场在市场机制中扮演着主导和枢纽的角色，发挥着极其关键的作用。在介绍金融市场的功能之前，先初步了解一下金融市场的运作机理，如图 2-1 所示。

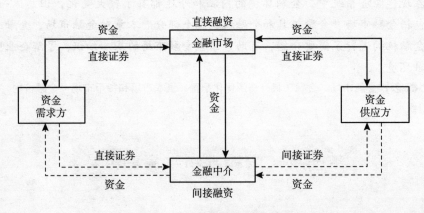

图 2-1 金融市场的运作机理

金融体系的参与者有资金供应方（即盈余单位，Surplus Unit）、资金需求方（即赤字单位，Deficit Unit）和金融中介。资金供应方是指当前的总储蓄超过当前在资本上支出的参与者，因而能够出售多余的资金，他们是市场上的贷款人。资金需求方是指当期总储蓄低于当期资本支出的参与者，他们是市场上的借款人，其资金缺口反映了当前的融资需求。这一缺口可以通过两种途径来弥补：一是出售其拥有的实物资产或金融资产来获取资金；二是发行金融证券来弥补资金缺口。金融中介（Financial Intermediaries）是金融体系中的另一个重要组成部分，主要包括投资银行（Investment Banks）或经纪人（Brokers），他们接受资金

---

① 张亦春. 现代金融市场学 [M]. 北京：中国金融出版社，2002：3.

需求方的委托，代为搜寻购买者、设计证券甚至包销证券等。资金融通方式有直接融资和间接融资两种（如图2-2所示），其中，直接融资是指当事人不经过金融中介机构，直接到金融市场上筹措或贷放资金，如政府、企事业单位或个人直接以最后借款人的身份向最后贷款人进行的融资活动，其融通的资金直接用于生产、投资和消费；间接融资是指通过金融机构媒介进行的融资活动，如企业向银行、信托公司进行融资等。

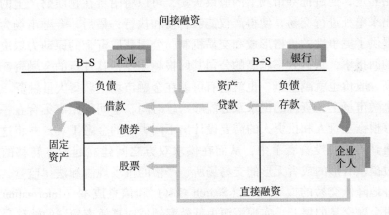

图2-2 直接融资与间接融资

金融市场上的市场参与各方是以信用为基础的借贷关系和委托代理关系，其交易对象是货币资金这一特殊商品。在金融市场上，金融中介机构扮演着十分关键的角色，它是金融工具的创造者和金融工具交易的中介，同时也是金融工具最积极的交易参加者。现代金融市场的一个重要发展趋势就是金融市场的机构化，由于现代金融市场十分复杂且非常专业化，小规模的资金供应者（如家庭或个人等）直接进行金融市场投资的参与成本很高，他们往往通过金融中介机构（如共同基金、保险公司等）进行专业化运作，以降低投资成本，提高投资效率。同时，一些金融中介机构自身也大量参与金融市场投资获利。显然，金融市场越发达，越离不开金融中介机构的参与；而中介机构越发达，金融市场的功能也就越完善、运作也更有效率。

金融市场的运行机理反映出其最基本的功能是充当联结资金供应方和资金需求方的桥梁，实现资本在时间上和空间上的优化配置。但这并非金融市场的唯一功能，因为金融市场在优化资本配置过程中又派生出许多新的功能。下面具体从资本配置、风险管理、信息生产和公司控制四个方面来阐述金融市场的功能。

1. 资本配置

金融市场的基本功能就是实现资本由低效领域向高效领域的转移和有效配置。首先，金融市场能够把分散的小额资本迅速集聚成巨额资本，为资本积累有限的个人投资者从事投资规模巨大的产业经营活动提供资金支持（如铁路、钢铁、石油行业等）；其次，金融市场还提供了分割股份的方式，并实现了企业产权的初始界定，通过证券市场上的股票买卖，可以将附着在物质财产上的各种权利分离出来单独进行交易，使得产权能够行使和执行；最后，金融市场为资金供求双方提供了竞争性的价格形成和交易机制，公司获取资金的原动力取决于投资者要求的回报率，营运效率越高的公司其回报越丰厚，其发行的金融资产的价格也就越高，股价也就越坚挺，也就越有可能在金融市场上获得大量融资。

在金融市场上，资源的供求双方能够跨越时间、空间的距离集合在一起；参与方能够根据发行人和投资人的需要设计出不同类型的金融工具，并将这些金融工具销售到不同的投资者手中，从而在供求双方之间建立起资本转移的良好机制。通过提供有形的或者无形的交易场所、严格的市场规制和法律监管，金融市场能很好地降低交易的搜寻成本（Search Cost）和信息成本（Information Cost），从而促进金融交易的展开，实现资源由低效率领域向高效率领域的转移①。

2. 风险管理

快速流动、高度分散的金融市场能为投资者提供风险管理功能，主要包括两个方面：一是风险资产定价，在证券市场上交易的标的资产主要是标准化的媒介物（如股票、债券等基础金融产品），以及在此基础上派生出来的其他标准化衍生产品（如股指期货、股指期权、利率期货与利率期权等），由于这些标的是一些标准化的媒介物，可以运用各种定价方法对其进行合理、科学的风险定价。二是风险管控，投资者可以根据自身的风险偏好，在金融市场上方便地构造最优风险组合，并可根据市场及时做出调整，有效地降低风险。

3. 信息生产

金融资产价格信号的引导和调控在实现资金供求双方高效地资金转移和配置作用显著。金融资产的价格只有充分反映影响各备选项目的风险收益等所有因素的信息，才能确保资金配置的效率。一般来说，金融市场具有信息生产和处理功

---

① 秦国楼. 现代金融中介学 [M]. 北京：中国金融出版社，2002：83－93.

能，在证券市场上总存在着信息驱动交易者（Information-Motivated Traders），他们相信自己拥有关于某种证券的尚未被他人掌握的信息，从而判定该证券被市场错误定价，并通过买卖该证券来获利。由于信息驱动交易者的存在，各种证券的内在价值总能被挖掘出来，并反映在相应的证券价格上。

在市场有效的前提下，证券市场除了提供价格信号外，还能通过交易量、并购企图等机制提供和传达投资者的多元信息。一般来说，市场上关于该公司的新信息出现得越频繁，投资者对于该公司的运作就越容易出现分歧，此时，投资者经常通过买卖该公司发行的证券（包括股票和债券），甚至促使公司控制权层面的争夺来传达他们对公司的判断。

4. 公司控制

金融市场的监控机制主要包括两类：一类是作为投资者的股东通过"用手投票"和"用脚投票"等方式对公司进行直接干预。"用手投票"的主动型监控是指股东可以参加股东大会，选举董事会成员，或就公司有关经营管理的重大事项进行投票表决，从而对管理层的经营构成直接约束；股东也可以实施"用脚投票"的被动型监控，在金融市场上卖出其所持有的股票，在成熟的金融市场上，"用脚投票"的监控机制往往对公司影响巨大，公司股票的大量甩卖会使股价急剧下降，从而影响公司在市场上的再筹资，也会向市场传递该公司经营不善的信号，因此会给信息驱动交易者提供盈利机会，他们通过外部接管行动或恶意收购等行为直接威胁管理层的地位以及在职业经理人市场上的声誉。另一类监控机制来自于金融市场，金融市场提供了激励公司管理层的有效机制，即对经理人的报酬采取股票期权制度，从而使职业经理人自身效用最大化行为与公司的最大化利润相一致。当然，这种激励机制也是以市场有效性为前提的。如果公司业绩提高不能在股价中反映出来，即使管理层收入与股票挂钩，也不能激发他们改善企业经营管理的积极性；相反，有可能诱使他们采用利润操纵手段获得投机收益。

二、金融市场的分类

金融市场是由不同的子市场所组成的，根据不同的标准对金融市场有不同的分类。

1. 按期限可分为货币市场和资本市场

货币市场是指以期限在一年以下的金融资产为交易标的物的市场，又称为短期金融资产市场。货币市场的主要功能是保持金融资产的流动性，将金融资产转换成现实的货币，其主要进行国库券、商业票据、银行承兑汇票、可转让定期存单、回购协议、联邦资金等短期金融工具的买卖，交易量庞大。一般来说，政府、金融机构、工商企业等是货币市场的主体。货币市场的发展为中央银行有效实施以公开市场操作为主的间接货币调控提供了必要的基础性条件，有力地促进了央行货币调控机制从行政性为主向市场化为主的转换。通过市场所形成的银行间市场的回购利率、现券交易利率以及同业拆借市场利率，不仅为全社会的金融资源配置提供了越来越重要的基准价格，也为货币当局判断市场资金供求状况，提供了一个更为贴近真实的参照系。

资本市场是指融通期限在一年以上的金融资产市场，又称为长期资金市场。资本市场包括银行中长期存贷款市场、股票市场、债券市场、基金市场和衍生工具市场。资本市场与货币市场在期限、交易的金融工具、融资目的、风险程度、收益水平、资金来源等方面各不相同，同时，两者在很多方面又相互联系、相互影响。我国资本市场的建立和发展，促进了企业从间接融资为主向直接融资转变，提高了资金的使用效率，并有效地促进了社会储蓄向企业投资的转化。与此同时，证券投资在居民家庭财产构成中也占有越来越大的比重，成为居民投资和收益的重要组成部分。

2. 按照交割方式可分为现货市场、期货市场和衍生品市场

现货市场（Spot Market）是指在交易协议达成后的若干个交易日内办理交割的金融交易市场。现货交易是金融市场上最普遍的一种交易方式，包括现金交易、固定方式交易以及保证金交易。现金交易是指成交日和结算日在同一天的交易；固定方式交易是指成交日和结算日相隔7天以内的交易；保证金交易是指在投资者资金不足，但又想获得较多投资收益时，采取交付一定比例的现金，其余资金由经纪人贷款垫付买卖金融工具的交易方式。目前现货市场上主要是固定方式交易。

期货市场（Futures Market）是指交易协议虽然已经达成，但是交割还要在某一特定时间进行的市场。期货市场上成交和交割是分离的，交割要按照成交时的协议价格进行，而成交与交割期间金融工具价格的波动变化可能会使交易者获利或受损，因此期货市场上交易者需要对市场进行判断，并要承担一定的市场风险。期货市场是资本市场不可分割的组成部分，其主要功能是价格发现和风险管理，对于完善金融市场结构、提高金融市场效率、促进金融市场稳定发展有着重要作用。

高等学校会计学专业特色教材

衍生品市场（Derivatives Market）是各种衍生金融工具进行交易的市场。衍生金融工具是指由原生性金融商品或者基础性金融工具创造出的新型金融工具，一般表现为一些合约，包括远期合约、期货合约、期权合约、互换等。衍生品市场由于具有交易速度快、流动性强、透明度高、风险监控体系严密等优势，不管是在吸引投资者还是在防范金融风险方面，都发挥了至关重要的作用。

3. 按照是否首次发行可分为发行市场和流通市场

发行市场又称为一级市场（Primary Market），是指资金需求者将金融资产首次出售给资金供给者时所形成的交易市场。金融资产的发行有公募和私募两种方式，前者的发行对象是社会公众，后者的发行对象是机构投资者，其中，公募涉及的范围大、影响广、成本高、准备的手续复杂、需要的时间比较长。流通市场又称二级市场（Secondary Market），是指金融工具发行后在投资者之间买卖、转让所形成的市场。按照其组织形式，流通市场又可分为场内交易市场和场外交易市场，前者有证券交易所，后者有柜台交易或者店头交易市场。

在市场经济发达的国家还存在第三市场甚至第四市场，它们都是场外市场的一部分。第三市场是原来在交易所上市的证券转移到场外进行交易所形成的市场，相对于交易所来说，其交易限制更少、成本更低。第四市场是投资者和证券的出卖者直接交易形成的市场，其形成的主要原因是机构投资者在证券交易中所占的比重越来越大，买卖数额巨大，因此希望避开经纪人直接交易以降低成本。

三、金融市场的参与者

金融市场上的主要参与者有政府部门、中央银行、金融中介、企业和居民个人等，各种参与者的特性不同，在金融市场上起到的作用也各不相同。

1. 政府部门

政府部门（包括中央政府、中央政府的代理机构和地方政府）是金融市场上资金的需求者，主要通过发行财政部债券或者地方政府债券来筹集资金，用于弥补财政预算赤字，由于政府具有很高的信用，因此，常能以最低的成本借到资金；同时，政府也可能是金融市场上资金的供应者，国家财政筹集的大量收入在支出前形成的资金积累经常在国际金融市场上进行投资；此外，很多国家的政府部门同时担负着金融市场的调节和监督职能，也是金融市场的监管者。

2. 中央银行

中央银行在金融市场中具有双重角色，它既是金融市场的行为主体，又是金融市场的主要监管者。中央银行在金融市场中担任着最后贷款人的职责，从而成为金融市场的资金供给者；同时，中央银行参与金融市场是以实现国家货币政策、稳定货币供需以及调节经济为目的，通过买卖金融市场工具、投放或者回笼货币来调整和控制货币供应量，并会对金融市场上资金的供求以及其他经济主体的行为产生影响。

3. 金融中介

金融中介是金融市场上的特殊参与者，他们参与买卖的最终目的是为了金融市场上其他参与者的买和卖。同时，金融中介又是金融市场上的专业参与者，他们设计和创造了大量的金融工具，为潜在和实际的金融交易双方提供交易条件，为买卖双方降低交易成本提供便利。随着市场经济的发展和金融市场的不断完善，金融中介机构的种类和功能也有了很大地变化，目前主要包括商业银行、投资银行、信用合作社、证券公司、保险公司、信托公司、投资基金、养老基金、风险投资公司及信息咨询、咨询评估机构等。

4. 企业

企业在金融市场的运行中具有重要的地位和作用。在生产经营过程中，有一些企业出现暂时性的资金盈余，会在金融市场上进行投资成为资金的供应者。另外一些企业则常常出现暂时性的资金短缺，可以在金融市场上筹集资金弥补缺口成为资金的需求者，其方法主要有两种：一是向银行借款或者发行企业债券向公众借款；二是通过发行股票吸引合伙人，让他们成为企业的股东。此外，一些企业为了控制生产经营过程中的风险，也经常在金融市场上进行套期保值等风险管理活动。

5. 居民个人

居民个人主要是金融市场上的资金供给者和金融工具的购买者，金融市场为居民个人提供了消费时间选择的权利，居民个人除掉必要的消费外，为了存集资金或者留存部分资金以备不时之需，往往会将手中的资金存入银行或者在金融市场上购买股票、债券等金融工具，通过这些金融投资组合，居民能将当期的收入用于今后的消费，同时达到资产增值保值的目的。此外，居民有时也会有资金需求，如住房、汽车消费贷款等。近年来，随着我国居民收入和财富积累水平的提高，居民个人的投融资活动越来越具有社会影响力。

四、金融工具

金融工具是资金需求方向资金供应方发行的各种票据、债券、股票、外汇及凭证的总称。按照要求权的期限可以将金融工具分为货币市场工具和资本市场工具两大类。根据流动性、收益率、风险以及权属方面的不同特点，又可将其细分为固定收益市场工具（A 类和 B 类）、权益市场工具（C 类）和衍生品市场工具（D 类），具体如表 2－1 所示。

货币市场工具是固定收益市场的一部分，包括短期的、可转让的、具有较高流动性的低风险债务工具，如国库券、大额存单、商业票据、银行承兑汇票、回购协议与反向回购协议和经纪人拆借等。一般来说，传统的货币市场具有很高的可交易性，且多数为大宗交易，因此，是银行（商业银行、中央银行）、政府部门等的天下，个人投资者很难参与其中。近年来货币市场基金等机构投资者的出现，使得个人也可以投资这些证券，这些共同基金可以聚集许多小投资者的基金，并代表他们购买货币市场中种类繁多的证券。

表 2－1　　　　　　　　　　　　　**金融市场工具**

货币市场	资本市场
A. 固定收益货币市场工具	B. 固定收益资本市场工具
国库券	国库债券和票据
存单	联邦机构债务
商业票据	市政债券
银行承兑汇票	公司债券
欧洲美元	抵押支持证券
回购协议与反向回购协议	C. 权益市场工具
联邦基金	普通股
经纪人通知贷款	优先股
	D. 衍生品市场工具
	期权和互换
	远期和期货

资料来源：兹维·博迪，亚历克斯·凯恩，艾伦·J. 马科斯. 投资学精要（第4版）[M]. 北京：中国人民大学出版社，2003：31.

资本市场工具包括固定收益资本市场工具、权益市场工具和衍生品市场工具，这些工具期限较长，风险更高。固定收益资本市场工具由国库债券和票据、联邦机构债务、市政债券、公司债券、抵押支持证券等组成，是一些期限在一年以上的借款工具。权益市场工具是指投资者通过购买公司部门公开发行的股票（包括普通股和优先股）以获取红利分配、资本增值等权利的投资方式，目前权益市场已经成为企业获得大规模融资以及投资者进行投资的重要渠道。

自 20 世纪 70 年代初以来，金融市场的重要发展就是期货、期权及相关衍生工具市场的成长，这些工具为投资者提供了取决于其他各类资产价值的支付手段，如，从股票交易中派生出来的股票期货合约、股票指数期货合约、期权合约；从债券交易中派生出来的债券期货合约；从外汇交易中派生出来的外汇期货、货币期权、货币互换、汇率掉期的合约等，它们的价值是从其他资产价值衍生出来的，所以也称为衍生金融工具。衍生金融工具的最大特点是杠杆效应，即能够以少量资金从事数倍乃至数十倍的交易，因此具有高风险性、高投机性和高收益等特征。

五、我国金融市场的发展概况

经过多年的发展，我国已逐渐形成一个由货币市场、债券市场、股票市场、外汇市场、黄金市场和期货市场等构成的，具有交易场所多层次、交易品种多样化和交易机制多元化等特征的金融市场体系。参与交易的产品主要包括票据、债券、股票、基金和外汇等，基本涵盖了现货、回购、远期与期货等重要交易机制。

从市场规模看，截至 2006 年年底，全国银行间同业拆借累计成交金额达 2.15 万亿元，比上年增长 68%，日均成交 58.9 亿元；银行间质押式回购累计成交 28.57 万亿元，比上年增长 65.4%，日均成交达 720.6 亿元；银行间市场回购成交金额 26.3 万亿元，比上年增长 67.8%；交易所回购金额同比减少 64.7%，为 8 343.2 亿元；票据市场累计签发商业汇票 5.43 万亿元，比 2005 年增长 22%；累计办理贴现 8.49 万亿元，比 2005 年增长 25.8%；现券成交金额 10.93 万亿元，比上年增长 70.6%；银行间市场托管的债券存量达 9.25 万亿元，比上年增长 27.4%[①]；沪深两市市价总值从年初的 3.24 万亿元增至 8.94 万亿元，占 GDP 的比重达到 42.8%[②]；期货市场共有期货经纪公司 187 家，上海、大连和郑州三大期货交易所成交量达到 44 947 万手，成交金额累计达 21 万亿元，比上年增长

---

① 资料来源：中国人民银行数据统计。
② 资料来源：深圳证券交易所市场统计年鉴，2006。

56.2%①。

从投资者结构来看，目前我国机构投资者的队伍不断壮大，除银行业金融机构外，基金公司、财务公司、保险公司、信托公司等非银行金融机构和企业等非金融机构的市场参与程度也快速提高。至 2006 年年底，我国同业拆借市场和银行间债券市场会员中，分别有商业银行 339 家和 289 家；上海黄金交易所共有会员 150 家，其中商业银行 17 家，产金冶炼企业 39 家，用金企业 94 家；基金公司 58 家，管理各类基金 307 只，当年新募集资金的资产净值 4 028 亿元，累计净值达 8 565 亿元；合格境外机构投资者（QFII）累计批准机构 55 家，批准外汇额度 90.45 亿美元②。

虽然我国金融市场近年来取得较快发展，但目前仍然存在较为突出的矛盾，主要体现在直接融资和间接融资结构不平衡；银行贷款在社会融资总量中占绝对比重；市场发展不平衡，债券市场的发展落后于股票市场，企业债券市场发展相对滞后；信息披露、信用评级等基本市场约束和激励机制尚未完全发挥作用；金融产品种类和层次不够丰富，市场功能有待进一步提升等方面。

银行贷款融资体系一直以来是我国企业融资的主要方式，从规模上比较，截至 2005 年年底，中国的银行体系控制了金融产业中九成以上的资产，银行信贷占 GDP 的比例达 1.11%，高出德国式银行体系主导型国家水平 0.99%；从相对重要性比较，银行体系目前在企业贷款融资渠道中占主导地位（见表 2-2）。

表 2-2　　　　　　　　　　　2005～2006 年国内非金融部门融资情况

	融资量（亿元人民币）		比重（%）	
	2006 年	2005 年	2006 年	2005 年
非金融部门融资总量	39 874	30 677	100	100
贷款融资	32 687	24 617	82	80.2
股票融资	2 246	1 053	5.6	3.4
国债融资	2 675	2 997	6.7	9.8
企业债券融资	2 266	2 010	5.7	6.6

资料来源：中国人民银行调查统计司。

据 2003 年国家自然科学基金的一项大样本统计调查显示，我国企业的融资方式一直较为单一，银行贷款是最常用的融资手段，有 68.8% 的企业经常使用银行贷

---

① 资料来源：大连商品交易所。
② 资料来源：中国人民银行。

款，在各种企业负债方式中，短期银行贷款也占据了绝对重要地位。据德国 IFO 经济研究所、国务院发展研究中心等机构 2002 年进行的专门针对中小企业的融资情况调查显示，国有企业和私营企业获取外部资金的主要渠道都是银行贷款，其中国有企业在初创时期和现在依赖银行贷款比例分别为 75.55％ 和 82.29％，而私营企业在初创时期和现在依赖银行贷款程度比例分别为 70.25％ 和 67.72％。

第二节　金融机构

金融机构是指专门从事货币信用活动的中介组织，其主要功能是向储蓄者借入资金，并向支出者发放贷款，从而完成资金的转移。金融中介机构是指专业化的融资中介人，以发行融资证券的方式汇集各种期限和数量的资金，并进行集中运作，投向需要资金的社会各部门，促进了资金从盈余者向资金短缺者的流动。金融机构在经济中发挥重要功能，主要体现在提供支付结算服务；融通资金；降低交易成本并提供金融服务便利；改善信息不对称；风险转移与管理等方面。

我国经过 30 多年的改革和发展，现已形成以中国人民银行为中央银行，国有商业银行（政策性金融机构、股份制商业银行）为主体，其他非银行金融机构并存的分工协作的多元化金融机构体系，按其地位和功能大致分类如表 2-3 所示。

表 2-3　　　　　　　　　　我国金融机构体系

类　别		功能及特征
银行	中央银行——中国人民银行	货币当局
	政策性银行（国家开发银行、中国进出口银行和中国农业发展银行）	由政府设立，以贯彻国家产业政策、区域发展政策为目的，不以营利为目标
	商业银行（四大国有控股——工农中建、中小股份制商业银行、城市商业银行、外资法人银行）	以经营存款、放款和办理转账结算为主要业务，以营利为主要经营目标
证券公司	证券经纪商	代理买卖证券的证券机构，接受投资人委托、代为买卖证券，并收取一定手续费即佣金
	证券自营商	自行买卖证券的证券机构，资金雄厚，可直接进入交易所为自己买卖股票
	证券承销商	以包销或代销形式帮助发行人发售证券的机构
保险公司		依法设立的专门从事经营商业保险业务的企业
基金公司		代人理财的金融机构
信托公司		以受托人身份代人理财的金融机构

一、中央银行

中央银行是由政府组建的最高货币金融管理机构，在各国金融体系中居于主导地位，负责控制国家货币供给、信贷条件，监管金融体系，其职能是宏观调控、保障金融安全与稳定和金融服务。中央银行所从事的业务不以营利为目的，它是"国家的银行"，是国家货币政策的制定者和执行者，也是政府干预经济的工具；同时为国家提供金融服务，主要包括代理国库，代理发行政府债券，为政府筹集资金；代表政府参加国际金融组织和各种国际金融活动。

我国的中央银行于1948年12月1日在石家庄正式宣告成立，1949年2月，中国人民银行总行随军迁入北京，以后按行政区设立分行、中心支行和支行（办事处），支行以下设营业所，基本上形成了全国统一的金融体系。1998年10月始，中国人民银行及其分支机构在全国范围内进行改组，撤销中国人民银行省级分行，在全国设立9个跨省、自治区、直辖市的一级分行，重点加强对辖区内金融业的监督管理。至此，一个以中央银行为领导，以商业银行为主体，多种金融机构并存、分工协作的具有中国特色的金融体系已经形成。

二、政策性银行

政策性银行（Policy Bank）是指由政府创立、参股或保证的，不以营利为目的，专门为贯彻、配合政府社会经济政策或意图，在特定的业务领域内，直接或间接地从事政策性融资活动，以贯彻国家产业政策、区域发展政策为目的，充当政府发展经济、促进社会进步、进行宏观经济管理工具的金融机构。1994年，我国组建了三家政策性银行——国家开发银行（1994年3月17日）、中国进出口银行（1994年7月1日）、中国农业发展银行（1994年11月8日），其资金来源及资金运用如表2－4所示。

表2－4　　　　　　　　　　我国三大政策性银行资金来源及运用

	资金来源	资金运用
国家开发银行	主要靠财政拨款及发行政策性金融债券（其发行量占所有政策性债券的90%以上）	制约经济发展的"瓶颈"项目（约90%的贷款）；直接增强综合国力的支柱产业的重大项目；高新技术在经济领域应用的重大项目、跨地区的重大政策性项目

续表

	资金来源	资金运用
中国进出口银行	发行政策性金融债券为主，国际融资市场筹措资金	为机电产品和成套设备等资本性货物出口提供出口信贷；办理与机电产品出口有关的各种贷款以及出口信息保险和担保业务
中国农业发展银行	中国人民银行的再贷款为主，同时发行少量的政策性金融债券	办理粮食、棉花、油料等主要农副产品的国家专项储备和收购贷款；办理扶贫贷款和农业综合开发贷款以及小型农、林、牧、水基本建设和技术改造贷款

三、商业银行

商业银行是指以经营存款、放款，办理转账结算为主要业务，以赢利为主要经营目标的金融企业。与其他金融机构相比，其明显的特点是能够吸收活期存款，创造货币，其活期存款构成货币供给或交换媒介的重要部分，也是信用扩张的重要源泉。

我国商业银行主要分为以下四类：一是四大国有控股商业银行，包括中国工商银行、中国农业银行、中国银行和中国建设银行；二是中小股份制商业银行，如交通银行、深圳发展银行、中信实业银行、中国光大银行、华夏银行、中国投资银行、招商银行、广东发展银行、福建兴业银行、上海浦东发展银行、海南发展银行、中国民生银行等；三是城市商业银行，是在原城市信用合作社清产核资的基础上，吸收地方财政、企业入股组建而成，属于股份制性质；四是外资法人银行，2006 年 12 月 11 日，我国全面履行加入世贸组织承诺，取消对外资银行经营人民币业务的地域和客户限制，取消对外资银行的所有非审慎性限制，在承诺基础上给予外资银行国民待遇，截至 2007 年 8 月，银监会已批准 20 家外国银行将其中国境内分行改制为外资法人银行，其中 12 家外资法人银行已完成改制并开业。

四、证券公司

证券公司是指依照公司法规定，经证券监督管理机构批准设立的从事证券经营业务的有限责任公司或者股份有限公司。按证券公司的功能，证券公司可分为证券经纪商、证券自营商和证券承销商，其中，证券经纪商是指代理买卖证券的证券机构，接受投资人委托、代为买卖证券，并收取一定手续费即佣金；证券自营商是指自行买卖证券的证券机构，它们资金雄厚，可直接进入交易所为自己买卖股票；证券承销商是指以包销或代销形式帮助发行人发售证券的机构。实际上，许多证券公司通常同时兼营 3 种业务，按照各国和地区现行的做法，证券交易所的会员公司均可在交易市场进行自营买卖，但专门以自营买卖为主的证券公司为数极少。截至 2002 年，我国证券公司已达 124 家。

五、保险公司

保险公司是指经中国保险监督管理机构批准，依法设立的专门从事经营商业保险业务的企业。我国保险公司的组织形式分为股份有限公司和国有独资公司两种；按照业务种类，主要分为人寿保险公司、财产保险公司和再保险公司。目前我国保险公司的数量仍然偏少，截至 2004 年，我国各类保险公司只有 70 余家，而美国已达到 5 000 多家。

六、基金公司

证券投资基金是指通过发售基金份额，将众多投资者的资金集合起来，形成独立财产，由基金托管人托管、基金管理人管理，以投资组合的方法进行证券投资的一种利益共享、风险共担的集合投资方式。基金公司是通过发行股票募集资本并投资于证券市场的股份有限公司。投资者在购买基金公司的股票以后成为公司的股东，公司董事会是基金公司的最高权力机构。基金公司的发起人一般是投资银行、投资咨询公司、经纪商行或保险公司。基金公司一般委托外部的基金管理人来管理基金资产，委托其他金融机构托管基金资产。

基金公司可分为开放型基金公司和封闭型基金公司。其中，开放型基金公司又称为共同基金，是当今基金投资公司的主要形式。基金一般按照投资策略来分类，具体包括货币市场基金、股权基金、债券基金、国际基金、平衡与收入型基金、资产灵活配置型基金及指数基金等。自 1998 年 3 月 5 日国泰基金管理公司成立以来，截至 2008 年 7 月，我国已有基金管理公司 58 家，旗下基金 365 只，具体类型和比重如表 2 - 5 所示。

表 2 – 5　　　　　　　　　　　我国基金概况

基金类型	数量合计（只）	占比（%）	份额合计（亿份）	占比（%）	资产净值合计（亿元）	占比（%）
股票型基金	195	53.4	12 864.56	64.7	21 848.098	68.8
封闭式股票型基金	39	10.7	793.748	4	2 585.888	8.1
开放式股票型基金	156	42.7	12 070.81	60.7	19 262.21	60.6
混合型基金	81	22.2	5 871.37	29.5	8 613.558	27.1
封闭式混合型基金	0	0	—	—	—	—
开放式混合型基金	81	22.2	5 871.37	29.5	8 613.558	27.1
债券型基金	32	8.8	446.388	2.3	575.047	1.8
封闭式债券型基金	0	0	—	—	—	—
开放式债券型基金	32	8.8	446.388	2.3	575.047	1.8
货币型基金	51	14	590.24	3	590.24	1.9
保本型基金	6	1.6	101.156	0.5	153.916	0.5
合计	365	100	19 873.71	100	31 780.859	100

资料来源：Wind 资讯。

七、信托公司

　　信托是指委托人基于对受托人（信托投资公司）的信任，将其合法拥有的财产委托给受托人，由受托人按委托人的意愿以自己的名义，为受益人的利益或者特定的目的，进行管理或者处分的行为，即是以信任委托为基础、以货币资金和实物财产的经营管理为形式，将融资和融物相结合的多边信用行为，概括地说就是"受人之托，代人理财"。信托公司是一种以受托人的身份，代人理财的金融机构，它与银行信贷、保险并称为现代金融业的三大支柱。

　　信托业务主要包括委托和代理两个方面。前者是指财产的所有者为自己或其指定人的利益，将其财产委托给他人，要求按照一定的目的，代为妥善管理和有利经营；后者是指一方授权另一方，代为办理的一定经济事项。目前，我国资本市场上信托的种类很多，主要包括个人信托、法人信托、任意信托、特约信托、公益信托、私益信托、自益信托、他益信托、资金信托、动产信托、不动产信托、营业信托、非营业信托、民事信托和商事信托等。信托业务方式灵活多样，适应性强，有利于搞活经济，加强地区间的经济技术协作；有利于吸收国内外资金，支持企业的设备更新和技术改造等。

本 章 小 结

1. 金融市场是指资金供应者和资金需求者以金融资产为交易对象而形成的供求关系及交易机制的总和，它包括三层含义：第一，金融市场是将购买金融工具的储蓄方和发行金融工具的资金需求方结合起来进行交易的场所；第二，金融市场反映了资金供应者和资金需求者所形成的资金供求信息，并能将其传递给各参与方；第三，金融市场包含了金融资产交易过程中所产生的各种运行机制，如价格机制、交易机制和监管机制等。

2. 金融市场是由不同的子市场所组成的，根据不同的标准对金融市场有不同的分类：按照期限可分为货币市场和资本市场；按照交割方式可分为现货市场、期货市场和衍生品市场；按照是否首次发行可分为发行市场和流通市场。

3. 金融市场上的主要参与者有政府部门、中央银行、金融中介、企业和居民个人等，各种参与者的特性不同，在金融市场上起到的作用也各不相同。

4. 金融中介机构是指专业化的融资中介人，以发行融资证券的方式汇集各种期限和数量的资金，并进行集中运作，投向需要资金的社会各部门，促进了资金从盈余者向资金短缺者的流动。

复习思考题

1. 简述金融市场与金融机构的功能。
2. 简述证券初级市场和二级市场的区别。
3. 为什么说发育完善的二级市场对于未参与其中的企业来说也非常重要？

第三章

财务报表分析

【本章要点】本章从财务报表基本分析框架入手，结合我国上市公司实际情况，对资产负债表、损益表和现金流量表中各要素质量分析的关键点、各要素的风险及财务粉饰手段等进行了阐述和分析。

【核心概念】资产负债表 损益表 现金流量表 财务报告系统 财务报表要素分析 财务比率分析

第一节 财务报表分析框架

一、财务报表分析的必要性

财务报告一般包括文字说明和财务报表两个部分。其中，文字说明通常采用董事会报告形式，对企业在过去一个会计年度中的经营情况、业务增长点、未来业务前景及战略发展进行描述；财务报表包括资产负债表、损益表、现金流量表及留存收益表等，是企业过去一年生产经营活动信息的数字记录及当前财务状况的会计描述，也是最容易获得的企业基础资料之一。

近年来，财务报告在主要发达国家和许多新兴市场经济国家中得到较大发展，为财务报告当前和潜在的债权人、投资者及其他使用者提供有用信息，以使这些报表使用者对该企业的商业和经济活动具备正常的判断力，并做出合理的投资决策。一般来说，财务报表的使用者可以分为四个群体，每一群体在财务报表分析中的目标和侧重点各不相同：一是企业的债权人，短期债权人希望尽早回收其投资，将关注点放在企业当前的偿债能力上，长期债权人追求稳定的利息支付和到期偿还本金的能力，更倾向于关注企业长期资产状况和公司的盈利能力；二是企业的股东，由于股东权益投资者获得的是剩余收益，承担着剩余收益的风险，因此，其对财务报表的使用最为深入和全面，需要关注企业的长期盈利能力、成长能力、偿债能力、营运能力及股利支付能力等；三是监管机构、税务机构等政府部门，对财务报表数据的真实性、财务报表粉饰行为等进行监督和管控，并保证政府税收的获得和安全；四是公众和特定利益群体，这一群体是企业潜在的投资者，在大多数情况下，其分析常与股东权益投资者分析方法类似。

在财务报表分析中，由于会计政策的可选择性、不同国家和企业之间的会计处理方法存在差异等，导致经济事项与会计分录之间没有精确地对应，使得财务分析和投资决策进一步复杂化。如责权发生制原则要求企业以应收、应付为标准确认收入，而不管是否实际收到了该业务款项，即凡属于本期实现的收入，即使未收到款项，也需要确认为当期收入，凡不属于本期实现的收入，即使已经收到该业务款项，也不能记入当期收入，这就导致企业实际收到的项目款项与会计确认的收入存在差异；成本计量中先进先出法和后进先出法在原材料价格波动较大的情况下对于存货计量和成本核算会产生差异等。因此，在财务报告分析中，还需要采用财务报告之外的一些信息进行辅助分析，以提高分析结果的有效性。

二、财务报告系统

财务报告系统是在持续经营假设前提下和遵守会计准则的基础上，以会计主体为核算范围，采用货币计量对会计主体的经济活动进行记录，并形成的一系列财务报表系统，主要包括：资产负债表、损益表、现金流量表和所有者权益表。

1. 资产负债表

资产负债表是反映企业在某一特定时期财务状况的财务报表，主要包括企业拥有或控制的资产、外界对这些资产索偿权的负债和股东权益的金额及它们相互之间的关系。财务报表的使用者可以根据资产负债表提供的信息对企业的财务状况进行评价，其主要作用有：第一，通过资产类项目的分析，评价和预测企业的经营业绩、生产经营能力及营运能力，从而预测企业未来经营前景；第二，通过负债类项目分析，评价、预测企业短期和长期偿债能力，预测企业未来可能产生的现金流，从而监控其财务风险；第三，通过所有者权益项目分析，评价、预测企业的盈利能力和举债能力；第四，通过不同时期资产负债表相关指标的对比，了解企业财务状况的发展趋势，为其经济决策提供依据。

资产负债表的基本结构是建立在资产、负债和所有者权益会计平衡式基础之上，即"资产＝负债＋所有者权益"，具体项目如表 3－1 所示。

表 3-1   资产负债表

编制单位：   年   月   日   单位：元

资　　产	行次	期末余额	期初余额	负债和所有者权益	行次	期末余额	期初余额
流动资产：	1			流动负债：	36		
货币资金	2			短期借款	37		
交易性金融资产	3			交易性金融负债	38		
应收票据	4			应付票据	39		
应收账款	5			应付账款	40		
预付账款	6			预收账款	41		
应收股利	7			应付职工薪酬	42		
应收利息	8			应交税费	43		
其他应收款	9			应付利息	44		
存货	10			应付股利	45		
其中：消耗性生物资产	11			其他应付款	46		
待摊费用	12			预提费用	47		
一年内到期的非流动资产	13			预计负债	48		
其他流动资产	14			一年内到期的非流动负债	49		
流动资产合计	15			其他流动负债	50		
非流动资产：	16			流动负债合计	51		
可供出售金融资产	17			非流动负债：	52		
持有至到期投资	18			长期借款	53		
投资性房地产	19			应付债券	54		
长期股权投资	20			长期应付款	55		
长期应收款	21			专项应付款	56		
固定资产	22			递延所得税赋债	57		
在建工程	23			其他非流动负债	58		
工程物资	24			非流动负债合计	59		
固定资产清理	25			负债合计	60		
生产性生物资产	26			所有者权益：	61		
油气资产	27			实收资本（或股本）	62		
无形资产	28			资本公积	63		
开发支出	29			盈余公积	64		
商誉	30			未分配利润	65		
长期待摊费用	31			减：库存股	66		

续表

资　　产	行次	期末余额	期初余额	负债和所有者权益	行次	期末余额	期初余额
递延所得税资产	32			所有者权益（或股东权益）合计	67		
其他非流动资产	33				68		
非流动资产合计	34				69		
资产总计	35			负债和所有者（或股东权益）合计	70		

2. 损益表

损益表是反映企业在一定期间经营成果的财务报表，其主要作用有：反映和评价会计计量期间企业生产经营活动的经济效益；考核企业管理团队的工作绩效；分析企业的获利能力、预测未来的盈利趋势；反映企业的生产经营期间的费用损耗情况；作为企业决策机构进行利润分配的重要依据。

损益表的格式有单步式和多步式两种。其中，单步式是将当期所有的收入项目列在一起，然后将所有的成本和费用项目列在一起，两者相减得出当期利润的格式；多步式是将当期的收入、费用及成本项目按照性质加以归类，列示出利润形成的主要环节，分步计算出当期利润的表格形式。目前，我国损益表主要采用多步式，具体如表 3-2 所示。

表 3-2　　　　　　　　　　　　损　益　表

编制单位：　　　　　　　　　　　年度　　　　　　　　　　　单位：元

项　　　目	行次	本年金额	上年金额
一、营业收入	1		
减：营业成本	2		
营业税费	3		
销售费用	4		
管理费用	5		
财务费用（收益以"-"号填列）	6		
资产减值损失	7		
加：公允价值变动净收益	8		
投资净收益（净损失以"-"号填列）	9		

35

续表

项 目	行次	本年金额	上年金额
二、营业利润（亏损以"－"号填列）	10		
加：营业外收入	11		
减：营业外支出	12		
其中：非流动资产处置净损失	13		
三、利润总额（亏损总额以"－"号填列）	14		
减：所得税	15		
四、净利润（净亏损以"－"号填列）	16		
五、每股收益	17		
（一）基本每股收益	18		
（二）稀释每股收益	19		

3. 现金流量表

现金流量表是以现金为基础反映企业在一定期间内的现金流入和流出情况、获得现金和现金等价物的能力及财务状况变动情况的财务报表。现金流量表为财务报表的使用者提供了资产负债表和损益表无法提供的、更加真实有用的财务信息，更为清晰地揭示了企业资产的流动性和财务状况，在提高财务报表信息相关性、可比性及可解释性等方面更能体现财务报表的目的。

一般来说，现金流量表的主要作用有以下四个方面：一是揭示企业现金的来龙去脉，有助于报表使用者获取企业的现金真实流动和结存情况，较大程度上弥补了资产负债表和损益表静态状况下不能反映的企业现金流动状况的缺陷；二是揭示企业真实的获利能力，虽然损益表可以反映企业在核算会计期间的获利水平，但由于会计政策的可选择性，以及利润操纵等原因，损益表中所反映出来的数据是有弹性甚至被粉饰的，而现金流量表反映的是企业真实存在的现金流，能更好地刻画企业的获利能力；三是揭示企业的偿债能力，反映企业偿债能力的财务指标有流动比率、速动比率和资产负债率等，但这些指标大多为相对数，在现实中投资者往往需要从一个更直接的角度去看企业在一个会计期间到底偿还了多少债务，而现金流量表正好提供了这种视角；四是反映企业的支付能力，企业在一个会计期间的支付活动有进货、发放工资和缴纳税金等多个方面，这些支付项目的规模和结构在现金流量表中给予了较为全面地反映。

现金流量表的现金流量由经营活动产生的现金流量、投资活动产生的现金流量、筹资活动产生的现金流量、汇率变动对现金流量的影响、现金及现金等价物净增加额等几部分构成，其中经营活动产生的现金流量、投资活动产生的现金流量和筹资活动产生的现金流量又按需要明确划分出现金流入和现金流出项目，具体如表 3 - 3 所示。

表 3 - 3　　　　　　　　　　　　现金流量表

编制单位：　　　　　　　　　年度　　　　　　　　　　　　单位：元

项　　目	行次	本年金额	上年金额
一、经营活动产生的现金流量	1		
销售商品、提供劳务收到的现金	2		
收到的税费返还	3		
收到其他与经营活动有关的现金	4		
经营活动现金流入小计	5		
购买商品、接受劳务支付的现金	6		
支付给职工以及为职工支付的现金	7		
支付的各项税费	8		
支付其他与经营活动有关的现金	9		
经营活动现金流出小计	10		
经营活动产生的现金流量净额	11		
二、投资活动产生的现金流量	12		
收回投资收到的现金	13		
取得投资收益收到的现金	14		
处置固定资产、无形资产和其他长期资产收回的现金净额	15		
处置子公司及其他营业单位收到的现金净额	16		
收到其他与投资活动有关的现金	17		
投资活动现金流入小计	18		
购建固定资产、无形资产和其他长期资产支付的现金	19		
投资支付的现金	20		
取得子公司及其他营业单位支付的现金净额	21		
支付其他与投资活动有关的现金	22		
投资活动现金流出小计	23		
投资活动产生的现金流量净额	24		
三、筹资活动产生的现金流量	25		
吸收投资收到的现金	26		
取得借款收到的现金	27		
收到其他与筹资活动有关的现金	28		

项　　目	行次	本年金额	上年金额
筹资活动现金流入小计	29		
偿还债务支付的现金	30		
分配股利、利润或偿付利息支付的现金	31		
支付其他与筹资活动有关的现金	32		
筹资活动现金流出小计	33		
筹资活动产生的现金流量净额	34		
四、汇率变动对现金的影响	35		
五、现金及现金等价物净增加额	36		
期初现金及现金等价物余额	37		
期末现金及现金等价物余额	38		

4. 所有者权益表

　　所有者权益表反映了企业实收资本、资本公积、盈余公积、未分配利润及库存股等所有者权益在一定期间的变化情况，以及待出售证券上实现的利得和损失、现金流套期上实现的收益和亏损以及与记入所有者权益项目相关的所得税影响，具体如表3-4所示。

表3-4　　　　　　　　　　　所有者权益表

编制单位：　　　　　　　　　　　年度　　　　　　　　　　　单位：元

项　　目	行次	实收资本	资本公积	盈余公积	未分配利润	库存股	所有者权益
一、上年年末余额	1						
1. 会计政策变更	2						
2. 前期差错更正	3						
二、本年年初余额	4						
三、本年增减变动金额	5						
（一）本年净利润	6						
（二）直接记入所有者权益的利得和损失	7						
1. 可供出售金融资产公允价值变动净额	8						

续表

项　　目	行次	实收资本	资本公积	盈余公积	未分配利润	库存股	所有者权益
2. 现金流量套期工具公允价值变动净额	9						
3. 与记入所有者权益项目相关的所得税影响	10						
4. 其他	11						
小计	12						
（三）所有者投入资本	13						
1. 所有者本期投入资本	14						
2. 本年购回库存股	15						
3. 股份支付记入所有者权益的金额	16						
（四）本年利润分配	17						
1. 对所有者（或股东）的分配	18						
2. 提取盈余公积	19						
（五）所有者权益内部结转	20						
1. 资本公积转增资本	21						
2. 盈余公积转增资本	22						
3. 盈余公积弥补亏损	23						
四、本年年末余额	24						

三、财务报表分析方法

1. 要素分析

　　财务报表要素分析是指根据资产负债表、损益表及现金流量表等财务报表构成要素的特征，对其质量情况进行分析，具体包括各要素的总量、构成、变动趋势、行业比较及安全性等方面。要素分析是财务报告分析的基础，可以比较直接地反映企业在会计核算期间生产经营活动对各项财务基础指标的影响。

2. 财务比率分析

　　财务比率分析是通过各项财务报表比率之间的内在联系，来反映企业的偿债能力、营运能力、盈利能力及成长能力等情况。由于单纯的财务比率意义不大，经常采用某一基准进行比较分析，如将该企业的财务比率与行业平均值、行业内规模类似企业相关财务比率进行比较，以提高分析结果的实用性。

2002 年 2 月，财政部、经济贸易委员会、中共中央企业工作委员会、劳动和社会保障部、国家计委等部门联合印发了《企业绩效评价操作细则（修订）》，采用财务比率分析方法，从财务效益状况、资产营运状况、偿债能力状况和发展能力状况等四个方面对企业高层管理人员的绩效进行考核，提出由基本指标、修正指标和评议指标等 28 项指标构成的绩效评价体系，具体如表 3-5 所示。

表 3-5　　　　　　　　　　企业绩效评价指标体系及权重设计

评价指标		基本指标		修正指标		评议指标	
评价内容	权数	指标	权数	指标	权数	指标	权数
1. 财务效益状况	38	净资产收益率	25	资本保值增值率	12	经营者基本素质	18
				主营业务利润率	8	产品市场占有率	16
		总资产收益率	23	盈余现金保障倍数	8	基础管理水平	12
				成本费用利润率	10	发展创新能力	14
2. 资产营运状况	18	总资产周转率	9	存货周转率	5	经营发展战略	12
		流动资产周转率	9	应收账款周转率	5	在岗员工素质	10
				不良资产比率	8	技术装备更新	10
3. 偿债能力状况	20	资产负债率	12	现金流动负债比率	10	综合社会贡献	8
		已获利息倍数	8	速动比率	10		
4. 发展能力状况	24	销售增长率	12	三年资本平均增长率	9		
		资本积累率	12	三年销售平均增长率	8		
				技术投入比率	7		

3. 趋势分析

趋势分析是通过对企业近几年财务报表中各项财务指标的对比，考察企业在这些年的发展变化趋势，从而评价企业经营状况、资金实力、获利能力、筹资能力、偿债能力和投资能力的变化情况，具体可采用各财务指标在考察年度的趋势线进行分析。由于不同年度企业财务报表的数据变化情况较大，使得各年度财务报表缺乏直接可比性，因此，在分析过程中引入了构成趋势分析，以资产负债表为例，将资产总额记为 100%，分析各资产类项目占资产总额的比重在各年度的变化趋势。

第二节　资产负债表分析

一、资产类项目分析

1. 流动资产

（1）货币资金

货币资金是企业中流动性最强，收益率偏低，以货币金额列示，随时可用以支付且不打折扣的资产，包括库存现金、备用金、各种银行存款和在途资金等，但不包括远期支票存款、临时借条、银行退票、已指定用途的货币资金和有价证券。货币资金质量是指企业对货币资金的运用质量以及货币资金的构成质量，其分析主要包括三个方面：

第一，分析企业货币资金规模是否适当。企业货币资金的规模受企业的资产规模、业务收支规模、行业特征及企业资金运用能力的限制。从财务管理角度而言，过低的货币资金保有量，将严重影响企业正常经营活动、制约企业的发展并进而影响企业的商业信誉，并产生偿债风险；而过高的货币资金规模，则意味着企业正在丧失潜在的投资机会，资金运作效率低下，同时也将增加企业的筹资成本。如果企业在近期内保持较高的货币资金规模，可从以下几方面分析其原因：是否存在大量的短期负债、近期是否有大额付款或大量或有负债压力、是否存在不恰当的融资行为、是否存在大量融资后资金尚未动用的情况等。

第二，分析货币资金收支过程中的内部控制制度完善程度、实际执行质量以及内部管控是否符合国家对货币资金管理的相关规定。

第三，分析货币资金的构成质量，从而判断货币资金的安全性及风险因素。如当企业业务涉及多种货币时，不同货币汇率的未来走向决定了货币的构成质量和风险状况，可通过货币资金关于汇率的敏感性分析，来判断其汇率风险水平。

（2）短期投资

短期投资是指各种能够随时变现、持有期间不超过一年的有价证券（如债券和股票）以及不超过一年的其他投资，由于短期投资的变现能力较强，公司可以随时在证券市场出售，因此，又被称为企业的"准现金"。短期投资的目的是将企业暂时闲置未动用的货币资金通过购入和销售相关证券来获利，因此，短期投资容易变现、持有时间较短、盈利与亏损难以把握，在报表中表现为金额经常波动、投资收益与亏损波动较频繁等特征。

根据企业短期投资的特点可将其质量分为总量分析、投资成本分析、收益及风险分析、期末计价及减值准备分析等,具体如下:

第一,总量分析。企业进行短期投资主要原因之一是将暂时闲置的现金浮存转化为收益性较高的短期投资,以提高资金的使用效率,因此,从这一角度来看,较高比例的短期投资往往意味着企业拥有的现金已经超过经营活动的需要,转而从事短期投资活动以提高资金的利用率。但是,如果短期投资占用的资金量过多,可能会挤占正常生产经营活动对现金的需求,从而对企业的主营业务活动产生不利影响。另外,企业短期投资总量较大,有可能是因为正常的生产经营活动出现困境,不得不将资金用于短期投资,期望通过短期投机活动获得高额收益来掩盖经营活动中的困境,由于短期投资活动的收益在相当程度上具有不可知性,这样的公司通常存在较高的风险。

从表3-6中可见,存在短期投资的公司可分为三类:一是有大量来自于股权的现金流,如潜江制药、太太药业、用友软件、中商股份和金山股份等在2001年发行了大量的新股;二是当期经营现金流较高的企业,如东海股份由于经营业绩突出,产生上亿元"闲置资金"用作短期投资;三是主营业务绩效平平,依靠短期投资"过活"的公司。

第二,投资成本分析。短期投资的成本包括企业为获得短期投资实际支付的全部价款,包括税金及手续费等相关费用,但不包括短期股票投资实际支付的价款中包含的已宣告而尚未领取的现金股利,以及短期债券投资中实际支付的价款中包含的已到期而尚未领取的债券利息。

表3-6　　　　　2001年短期投资占总资产比重较大的上市公司　　　单位:元、%

股票简称	2001年短期投资	2001年资产总计	短期投资占总资产比重
潜江制药	202 177 103	460 314 777	43.92
东海股份	389 684 489	1 241 634 670	31.38
太太药业	639 930 530	2 327 350 378	27.50
用友软件	279 476 049	1 167 865 248	23.93
中商股份	145 000 000	607 172 957	23.88
北大高科	42 652 098	222 008 805	19.21
金山股份	100 248 576	563 880 865	17.78
深天马A	150 568 270	857 071 330	17.57

资料来源:Wind 数据库。

第三，收益率及风险分析。新会计准则中规定，与短期投资有关而取得的股利、利息在实际收到时作为投资成本收回，冲减短期投资的账面价值，短期投资的损益随着短期投资处置而实现。一般来说，短期投资以股票、债券及基金等资产形态存在，其投资收益率受到资产市场价值波动的直接作用，通过对历史收益率的分析和对企业现有投资资产存量的测度，可以大致估计企业预期的短期投资收益情况。

短期投资风险一般来自投资品种价格波动风险和委托投资方式产生的信用风险两个方面。不管是哪种风险，只要有可能转化为现实的损失，就应当计提短期投资减值准备，并可用短期投资的风险系数（即短期投资减值准备/还原的短期投资账面价值）来评价。短期投资风险在较大程度上是由企业管理层资金使用权限决定的，如短期投向资金是否应该由董事会批准，股东大会是否应该有权力管辖，中小投资者是否有表决权以及短期投资的透明度和公开性等。现实中，由于短期投资一般是在一个会计年度或经营周期内投入并收回的投资，上市公司往往并没有经股东大会审议，而由董事会直接予以通过，在信息披露上也往往是"先斩后奏"，从而导致短期投资在操作过程中的风险程度增加。

第四，期末计价及减值准备分析。为体现我国当前会计体系中的谨慎性原则，期末对外披露的短期投资需采用成本与市价孰低原则进行计价，也就是说，如果公司的短期投资涨了，只要没有售出则仍然以原有投资时的价格反映；如果跌了，就将市价低于成本的部分作为短期投资跌价准备以其市场价格来反映，并将跌价准备的损失记入企业当年的管理费用。

但是，由于当前会计体系中对短期投资减值准备计提标准规定不清，使得短期投资存在较大的人为操纵空间。如，新会计准则中规定，企业在采用短期投资成本与市价孰低原则计价时，可以根据其具体情况采用按投资总体、投资类别或单项投资计提跌价准备，因此，企业在短期投资减值准备计提方法上有较大的选择空间，可以通过不同计提方法间的转换对企业利润进行调节（见表3-7）。

表3-7　　　　　　　2003年短期投资减值准备计提额度较大的上市公司

公司简称	截止日	本期短期投资减值准备（万元）	上期短期投资减值准备（万元）	短期投资减值准备增长率（%）
招商银行	2003-12-31	5 681.1	8 968.8	-36.68
上港集箱	2003-12-31	2 330.35	444.61	424.14
波导股份	2003-12-31	1 708.5	1 330.58	28.4
华北高速	2003-12-31	1 479.57	5 571.89	-73.45

资料来源：Wind数据库，部分短期投资减值准备超过1 000万元以上的上市公司。

另外，《企业会计制度》中规定："企业改变投资目的将短期投资划转为长期投资时，应按短期投资成本与市价孰低原则进行结转，并将按此确定的价值作为长期投资的新投资成本。而拟处置的长期投资一般不调整至短期投资，待处置时按处置长期投资进行会计处理。"在会计核算中，短期投资和长期投资是按照准备持有时间进行界定的，当持有时间由准备不超过1年（含1年）改为超过1年，可将短期投资转化为长期投资，而"准备"这一主观意愿在实务中难以加以明确判定，从而导致短期投资与长期投资间划转规定不明晰。将短期投资划转为长期投资后，减值准备按期末时市价低于成本部分计提，转化为长期投资后，其减值准备计提条件要严格得多①，因此，企业可以通过将短期投资划转为长期投资，将原来需要定期计提的减值准备支出少提甚至不提，从而对利润进行操纵。

在现实中，一些企业为了粉饰流动比率②，故意将长期投资的一部分人为划分为短期投资，这可以从以下几方面进行推断：从数量看，由于短期投资金额具有经常波动的特点，跨年度不变且金额较为整齐的短期投资极可能是长期投资；从实际营运资金的运作情况看，企业将长期投资人为拨到短期投资，不能改变其现金支付能力和其他流动项目的变现能力，因此，企业流动比率状况好但现金支付能力差可以看作长期投资短期化的一个信号；从投资收益看，短期投资收益具有不确定、笔数较多特点，而长期投资收益具有固定性、业务笔数较少等特征，如果投资收益构成中出现异常情况，可以推测企业存在操纵行为。

（3）应收票据

应收票据是指企业因赊销产品、提供劳务等在采取商业汇票结算方式下收到商业汇票而形成的债权，是指企业持有的、尚未到期兑现的商业票据。应收票据上载有一定付款日期、付款地点、付款金额和付款人无条件支付承诺，持票人可以自由转让给他人，其法律约束力和兑付力强于一般的商业信用。

在应收票据到期前，企业如果急需货币资金，可以将其持有的商业汇票背书，向其开户银行申请贴现，银行按约定的贴现率从票据价值中扣除贴现日起到票据到期日止的贴息后，将余额兑付给持票人。其中，票据价值就是票据的到期值，不带息票据为票据的面值，带息票据为票据到期时的本利和金额；票据到期时的价值与贴现收到金额之间的差额，叫贴息或贴现息，通常记作财务费用。贴现票据可分为有追索权和无追索权两种。无追索权的应付票据被贴现后，不论到

---

① 按会计制度规定，对有市价的长期投资可以根据下列迹象判断是否应当计提减值准备：市价持续2年低于账面价值、该项投资暂停交易1年或1年以上、被投资单位当年发生严重亏损、被投资单位持续2年发生亏损、被投资单位进行清理整顿、清算或出现其他不能持续经营的迹象。

② 美国企业界认为流动比率维持在2:1比较理想。

期出票人或付款人是否兑付，该票据与贴现企业均无关系；在有追索权条件下，如果出票人或付款人不能到期兑付，背书人负有连带责任。当前我国绝大部分应付票据为有追索权的商业票据，因此，已贴现的应收票据应视为企业（背书人）的一项或有负债，需要在对外披露的财务报表的附注中加以说明。

（4）应收账款

应收账款是企业生产经营活动中以信用交易所形成的获取相应资源的权利，指企业在一年或一个会计计量期间内因赊销商品、材料和提供劳务而形成的向其他企业或个人取得货币、商品或劳务的债权。从某种角度来看，应收账款的主要目的在于支撑销售规模的扩大，正常情况下，应收账款与销售收入规模正相关，当企业放宽信用限制时，企业销售收入和应收账款相应增加，而当企业信用紧缩时，在应收账款减少的同时又会影响到销售业绩。但对企业而言，应收账款只有转化为现金才有价值，而那些预期将无法转化为现金的应收账款将成为企业的损失，因此，应收账款的规模和回收率成为关键风险点，也是应收账款质量分析的核心。

一般来说，应收账款的规模主要取决于以下三方面：一是企业经营方式和所处行业特征，企业销售其产品和服务的方式主要有预收、赊销和现销三种。在现实中，采用预收款进行销售的行业主要有广告业、咨询业等，零售企业采用现金销售很普遍，大量从事商品批发和相当一部分工业企业往往采用赊销方式提供产品和服务，从而形成了商业债权。另外，行业中同类企业间的竞争激烈程度对企业的销售方式也有重要影响，当市场为买方市场时，赊销手段使用得越广泛，生产销售单位提供的信用额度就越多，在应收账款方面占用的资产规模也就越大；二是企业的销售规模，生产销售单位每天在市场上销售的商品越多，占用在流动资产周转各阶段的资产也就越大，应收账款作为流动资产周转的一个重要阶段，也会随着销售规模的扩大而增加；三是企业的信用政策，当企业提供信用期限较长、折扣率较低时，企业应收账款方面占用的资产数额就会增加，销售量增多。反之，企业提供的信用期限较短、折扣率较高占用在应收账款的资产数额就会减少，但销量会受到影响。除此之外，企业产品在市场上的需求情况、产品质量以及季节变化等因素也会影响企业应收账款的占用量。

在应收账款规模分析中，还应该关注应收账款结构和趋势的变动情况。从结构看，应收账款与企业所处的经济环境和内部管理有着密切关系，通过测量应收账款占企业流动资产的比重，可以探寻企业外部环境、内部管理以及经营策略方面的变化；从趋势看，不断增加的应收账款，特别是当其增幅显著高于营业收入时，则往往意味着其产品的销售已经钝化，主要依靠提供过量的信用来维持现有销量。

应收账款质量分析主要在于研究其回收风险，可从应收账款的周转率、账龄和对象等方面进行分析。

第一，分析应收账款的周转情况。应收账款转化为现金速度越快，循环周期越短，在一个期间内可提供的现金也就越多，企业的运营也就越有效率。一般采用应收账款周转率和应收账款周转天数进行衡量，具体计算公式为：

$$应收账款周转率 = 赊销收入净额 / 平均应收账款余额$$

$$应收账款周转天数 = 365 / 应收账款周转率$$

应收账款周转率指标值越高，表明一年内收回的应收账款次数也越多，收回账款的平均时间越短，应收账款收回得越快。一般来说，应收账款周转天数并无一定的标准，但周转一次所需天数越少越好，应收账款周转天数究竟多少才合适，应视企业政策并参照同行业所定标准而定。此外，企业应收账款周转率或平均周转天数存在某些特殊的影响因素，如销货条件改变、现销或分期付款销货政策对正常赊销的影响、同业竞争、物价水平变动、信用或收账政策变更、新产品开发等。严格来说，应收账款周转率或平均周转天数仅表示全部应收账款的平均周转速度，确实无法全面了解应收账款中各客户逾期的情形。

第二，应收账款的账龄及坏账计提。应收账款的账龄是指资产负债表中的应收账款从销售实现、产生应收账款之日起，至核算期间为止所经历的时间。简而言之，就是应收账款在账面上存在的未收回时间，一般来说，应收账款的账龄越长，其回收的可能性就越小，风险也就越大。我国目前对应收账款账龄划分为四段，即1年以内、1~2年、2~3年和3年以上[①]。一般来说，1年以内的应收账款在企业的信用期限范围内；1~2年的应收账款有一定逾期，但仍属正常；2~3年的应收账款风险较大；而3年以上因经营活动形成的应收账款已经与企业的信用状态无关，其可回收性极小。

第三，应收账款的对象分析。按照应收账款的对象对其进行归类，并对应收账款数量比较大的客户对象的资信情况进行分析，一般来说，应收账款对象的信用等级比较高，其账款回收的可能性也比较大，风险程度较低；反之，则回收可能性降低，风险程度较高。

（5）其他应收款

其他应收款是指企业除应收票据、应收账款及预付账款之外的各种应收和暂付款项，包括应收的各种赔款、各种罚款、存出的保证金、应收出租包装物的租金、预付给企业内个人或单位的备用金及应向职工个人收取的各种垫付款项等。其他应收款账户一般存在以下基本特征：

---

① 中国证监会. 公开发行股票公司信息披露的内容与格式准则第2号——年度报告的内容与格式 [S].

第一，易变动性。其他应收款在实际使用中并不是十分规范，它常被作为过渡科目既反映资金占用，也反映资金来源，只要不违反一般的记账规则，两笔经济性质不同的业务可以相互结转，虽然改变了资金的性质，但不会影响到账户之间的平衡。如果不了解业务核算的具体内容，不了解账户之间的对应关系，往往不容易发现其中的问题。

第二，发生的时限性不明确。其他应收款发生或完结的时间往往不容易确定，尽管财务制度规定了记账时间和坏账处理的时限，但实际上由于经济活动多变性和复杂性、会计人员的素质和管理状况等原因，其他应收款的登账时间以及最后完结日期往往不明确。这种时效的不明确性为企业通过其他应收款进行舞弊活动提供了空间，一方面可通过时间模糊事实的真相，另一方面增加观望的机会。

第三，发生的同向性。其他应收款是企业在生产经营活动中发生的一种资金占用形态，它与许多账户具有同向性，如本应记入其他应收款账户的，也可以记入成本费用账户。由于企业生产经营活动繁多、债权关系复杂，其他应收款的这一特征使企业舞弊活动呈现出多样性和隐蔽性。

其他应收款的质量分析可以从两个方面入手：一是分析其他应收款的比重与构成，正常情况下，其他应收款在主营业务收入中的比重不应过大，并且，分析其他应收款的构成要素时应关注关联单位其他应收款的数额情况，以预防关联企业之间通过其他应收款账户进行财务粉饰行为；二是分析其他应收款的账龄及债务人结构，了解债务的持续时间及其来源情况，从而推测其收回的可能性。

（6）预付账款

预付账款是指企业按照购货合同中的规定预付给商品供应单位的款项。一般在供货方产品比较紧俏以及按惯例需要进行预付的情况下，会进行购货款的预付。企业预付账款的规模与本行业和供货方行业情况相关，如预付账款规模过低可能影响企业的经营与发展，而预付账款规模过高则意味着企业在采购上积压了大量的资金。预付账款一般不会是流动资产的主要组成部分，如企业预付账款所占比例较高，则很有可能是企业通过预付账款账户对其他企业进行贷款的信号，如在关联企业急需资金的情况下，通过向关联企业支付大额的预付账款对其进行融资。预付账款也是被一些企业用来进行财务粉饰的账户之一，如签订销售合同并支付预付账款偷逃印花税；利用预付账款之名进行融资，进而隐匿获得的利息收入；利用该账户的往来结算性质截留应税收入，逃避纳税等。

（7）存货

存货是指企业在正常生产经营过程中持有的以备出售的产成品或商品、为了出售仍然处在生产过程中的在产品，以及将在生产过程或提供劳务过程中耗用的材料、物资等，但为建造固定资产等各项工程而储备的各种材料、企业的特种储备以及按国家指令专项储备的资产不属于存货范围。按照《企业会计准则第1号——存货》的规定，在满足以下两个条件时存货才能加以确认：一是该存货包含的经济利益很可能流入企业；二是该存货的成本能够可靠地计量。

存货成本一般包括采购成本、加工成本和其他成本。其成本的计量与存货取得的方式相关：对于通过非货币性交易、投资者投入、债务重组、接受捐赠和盘盈等方式取得的存货，其成本的确定可通过将非货币性交易换入的存货按换出资产的账面价值减去可抵扣增值税进项税额加上应支付的相关税费作为实际成本。投资者投入的存货，按照投资各方确认的价值作为实际成本。企业接收的债务人以非现金资产抵偿债务方式取得的存货，或以应收款项换入的存货，按照应收债权的账面价值减去可抵扣的增值税进项税额后的差额，加上应付相关税费作为实际成本。接受捐赠的存货，如能够提供有关凭据的，按凭据上表明的金额加上应支付的相关税费作为实际成本；未能提供有关凭据的，应参照同类或类似存货的市场价格加上应付相关税费作为实际成本。盘盈的存货应按照同类或类似存货的市场价格作为实际成本。

存货的计价方法有个别计价法、先进先出法、移动平均法和后进先出法等。计价方法的不同，对企业财务状况、盈亏情况会产生不同的影响，在会计期末，出于谨慎性原则方面的考虑，存货应当按照成本与可变现净值孰低原则进行计量。企业每期都应当重新确定存货的可变现净值，如果发现以下情况需要考虑计提存货跌价准备：一是存货市价持续下跌，并且在可预见的未来无回升的希望；二是企业使用该项原材料生产的产品成本大于产品销售价格；三是因产品更新换代，原有库存原材料已不适应新产品的需要，而该原材料的市场价格又低于其账面成本；四是因所提供商品或劳务过时或消费者偏好改变而使市场需求发生变化，导致市场价格逐渐下跌。

对于存货质量分析，主要从规模、结构和周转情况等三个方面进行：第一，存货规模分析。在正常的生产经营循环中，存货期初、期末余额应当差别不大，这反映了企业的原料采购、生产和销售活动基本保持平衡，存货项目没有出现过多的资金占用；反之，如果期初、期末存货余额差别过大，则表明企业在生产经营环节出现了某些值得关注的变化。如果存货异常增加，有可能存在两种原因：一是存货质量或市场有问题，其变现能力大大降低，暗示着这些存货的账面价值可能要进行减值，并导致下一会计年度利润减少；二是企业急于扩大销售规模，结果使得存货和资金积压。如果存货异常减少，则企业有可能面临原材料供应链断裂的风险。第二，存货结构分析。存货主要包括商品、产成品、半成品、在产品、各类材料、燃料、包装物和低值易耗品等，可以通过各存货项目占存货总额相对比重的趋势分析来判断企业的采购、生产及销售情况是否正常。第三，存货周转情况。采用存货周转次数和存货周转天数等营运能力指标来衡量和评价企业管理存货水平及变现能力的高低，存货周转速度越快，表明其资金占用水平越低，流动性越强，企业管理存货的效率越高。

2. 长期投资

（1）长期股权投资

长期股权投资是指通过对外出让资产（包括有形资产和无形资产）获得的被投资企业的股权，按持股对象可分为股票投资和非股票投资，其中，股票投资是指企业以购买并持有受资方股票的方式，对受资方进行投资；非股票投资是指企业以购买股票但不持有股票的方式对受资方进行投资。长期股权投资成本是指取得长期股权投资时支付的全部价款、放弃的非现金资产的公允价值或取得长期股权投资的公允价值，包括税金、手续费等相关费用，但不包括为取得长期股权投资而发生的评估、审计、咨询等费用。

对于长期股权投资的质量可从两个方面进行分析：一是长期股权投资的构成分析，包括企业长期投资的方向、持股比例等；二是长期股权投资的数额分析，由于股权投资一般不能收回，只能转让，对企业财务状况的影响较大，所以，长期股权投资在很大程度上代表了企业长期不能直接控制的资产流出，并且不能保证企业获得稳定的收益。总体而言，风险程度较大。

（2）长期债权投资

长期债权投资是指企业持有的不准备随时变现、持有期超过1年以上、因对外出让资产而形成的债权。对于长期债权投资的质量可从以下4个方面进行分析：一是长期债权的账龄。一般来说，超过合同约定的偿还期越长的债权投资收回性越差，其质量也就越差。二是对债务人构成进行分析。通过分析债务人的还债能力和信用风险，来衡量长期债权的可收回性。三是长期债权投资的数额。长期债券投资很大程度上代表企业长期不能直接控制的资产，企业只能定期收取利息、到期收回本金，因此，其数额较大时应引起关注。四是对利润表中债权投资收益与现金流量表中因债权投资收益而收到的现金之间的差异进行分析。长期债券投资收益增加是引起企业货币状况恶化的原因之一。

3. 固定资产

固定资产是指使用期限较长、单位价值较高，并在使用过程中保持其实物形态基本不变的资产项目，生产经营用固定资产主要包括房屋及建筑物、机器、机械、运输工具以及其他与生产经营有关的设备、器具、工具等。会计制度中规定，固定资产的确认应符合两个标准：一是生产经营用固定资产，使用年限在 1 年以上；二是不属于生产经营主要设备的物品，单位价值 2 000 元以上，使用年限超过 2 年。

固定资产折旧方法有直线法、工作量法和加速折旧法等，其折旧方法的选择会直接影响公司成本和费用的计算，也会影响到公司的收入和纳税，如加速折旧法能较快收回公司的投资，减少固定资产的无形损耗，但这种方法增加了当期公司成本和费用的支出，在一定程度上减少了同期的上市公司利润和税收支出；公司通过人为延长固定资产折旧年限，减少每期的折旧额，从而减少了每期成本费用的支出，使得公司利润出现虚增情况。固定资产的质量分析可从以下两个方面入手：一是具有增值潜力的固定资产所占的份额；二是固定资产原值在年内的变化，这在一定程度上反映了企业固定资产的质量变化情况。

4. 无形资产

无形资产是指企业长期使用而无实物形态的资产，主要包括专利权、非专利技术、商标权、著作权、土地使用权、商誉及特许经营权等。无形资产的成本应在企业收益期内进行摊销，但无形资产的收益期受人为因素以及环境因素的影响而难以确定。如，专利权对企业的实际收益期不仅取决于本企业所持有专利的先进性，还取决于企业对此专利权保密工作的成功与失败，以及社会上其他类似专利的出现情况。

对于无形资产质量的分析主要从三个方面入手：一是账内无形资产的不充分性。报表上列示的无形资产基本上是企业外购的无形资产，与无形资产自创有密切关系的研究和开发支出基本上已经作为发生会计期间的当期费用，并没有作为无形资产处理，因此，作为"无形资产"处理的基本上是企业外购的无形资产。二是账外无形资产存在的可能性。由于会计处理原因，可能导致企业存在自创成功的账外无形资产，并能为企业未来的发展做出贡献。三是无形资产在特定企业内部的利用价值和对外投资或转让价值。具体表现为企业无形资产与其他有形资产相结合而获得较好的经济效益的潜力、企业无形资产被转让或出售的增值潜力、企业无形资产用于对外投资时的增值潜力等。

二、负债类项目分析

1. 流动负债

（1）应付账款

应付账款是指因购买材料、商品或接受劳务供应等而发生的债务，是买卖双方在购销活动中由于取得物资与支付货款在时间上不一致而产生的短期负债。一般情况下，应付账款于所购物资所有权转移过程中发生，或所购买劳务已接受时确认，有的企业为了调减利润或为了少缴所得税，通过虚进存货或购买供应方虚开发票等方式加大应付账款，从而虚增成本，虚减利润。为了反映和监督企业应付账款的发生和归还情况，企业设置"应付账款"账户，进行总分类核算，并按照供应单位分别设置明细账，进行明细分类核算，以便提供企业应付账款的详细资料。

应付账款的质量分析主要是规模分析，如果企业应付账款占总资产比重过大，一旦企业经营恶化或资金链出现问题，则应付账款将对企业的信誉和长远利益产生较大的负面影响，因此，根据企业的规模及所处行业特征，其应付账款应控制在一定的比例之内。

（2）应付票据

应付票据是指企业购买材料、商品和接受劳务供应等而开出的承兑商业汇票，包括商业承兑汇票和银行承兑汇票。商业汇票是指收款人或付款人（或承兑申请人）签发，由承兑人承兑，并于到期日向收款人或被背书人支付款项的票据。商业汇票按承兑人不同分为商业承兑汇票和银行承兑汇票，按是否带息分为带息票据和不带息票据。目前我国常用的是不带息票据。应付票据构成企业的一项负债，其质量情况主要从规模和期限结构两个方面进行分析。

（3）应交税费

应交税费是企业根据有关规定，按照一定的纳税依据和适从税率应该缴给有关部门的税金，主要包括应缴纳的增值税、消费税、营业税、所得税、资源税、土地增值税、城市维护建设税、房产税、土地使用税、车船税和个人所得税等。这些应交税费应按权责发生制原则预提记入有关账户，在尚未缴纳之前形成了企业的一项债务。应交税费的质量分析主要为规模分析，应缴纳的规模较大，表明企业将面临大量近期的税金缴纳，其财务风险也相应较高。该账户也常被用于进行利润操纵和财务报表粉饰，常见的手段如下：

第一，无中生有，虚增应交税费的借方数，抵减贷方数，达到偷漏税款的目的。如根本就不存在物资购进，却虚拟物资购进，借记"应交税费——应交增值税（进项税）"；根本就没有接受物资投资，却虚拟收到投资物资，借记"应交税费——应交增值税（进项税）"；根本就没有购进免税农产品，却虚拟免税农产品购进，借记"应交税费——应交增值税（进项税）"；将委托加工后的材料"直接用于销售"的会计处理故意作成委托加工后的材料"用于继续生产应税消费品"的会计处理等。

第二，隐瞒收入，达到偷漏税款的目的。如隐瞒主营业务收入，将已经实现的商品销售凭证隐瞒不进行会计处理；已提供劳务故意不办理结算手续，使会计处理不及时进行；已经售让的材料，不贷记"应交税费——应交增值税（销项税）"；已经收到出租包装物租金，不贷记"应交税费——应交增值税（销项税）"等。

第三，转移收入，达到少缴税款的目的。如本该形成主营业务收入的经济活动，却有意将"增值税"换成"营业税"，让其适用较低税率；本该形成"其他业务收入"的经济活动，却故意记入"营业外收入"，逃缴"营业税"等。

第四，凭空捏造，虚增成本费用，偷漏税款。如虚增主营业务成本，虚减主营业务利润；虚增营业费用、管理费用和财务费用，虚减营业利润；虚增营业外支出，虚减利润总额等。

第五，里应外合，偷漏税款。如将自产货物用于投资，却不缴纳增值税，记入"应交税费——应交增值税（销项税）"；将产品以福利形式发给职工，却不缴纳增值税，贷记"应交税费——应交增值税（销项税）"；将产品用于在建工程，却不缴纳增值税，贷记"应交税费——应交增值税（销项税）"；资金运转不好的企业，将产品发给职工以抵付工资，却不视同销售，贷记"应交税费——应交增值税（销项税）"；将产品用于馈赠和捐赠，不缴纳税款；将自产货物与对方交易，各取所需，不缴纳税金等。

2. 长期负债

（1）长期借款

长期借款是指企业向银行或其他金融机构借入的、期限在1年以上的款项，一般用于企业的固定资产构建、固定资产改扩建工程、固定资产大修理工程以及流动资产的正常需要等方面。长期借款的质量分析可以从以下几个方面入手：一是长期借款的数量，如果长期借款的数额过大，则可能使得企业在未来的还款压力过大，从而导致企业现金不足或者需要提前预留相应资产准备还债，如果长期借款的数额较小，则又可能限制企业的长期发展和建设，错过良好的投资机会；二是长期借款的来源，长期借款的来源不同可能会有不同的借款利息，并且与借款机构的关系好坏会使企业面临不同水平的还款压力；三是长期借款的用途，分析长期借款是否用于企业的建设，并给企业带来的收益有多大，如果收益小于成本则表明长期借款并没有给企业带来效率，企业将面临更加困窘的财务境况。

（2）应付债券

应付债券是指企业为筹集长期资金而发行的偿还期在1年以上的债券。对其质量分析主要有应付债券的数额、应付债券的利率和应付债券的期限三个方面：如果应付债券的数额较大，则表明企业将面临较大的还款还息压力；如果应付债券的利率较高，则表明企业面临较大的还息压力；如果应付债券的期限较长，则表明企业可以有更长的时间利用此部分资金，但其支付的利息也会相应增加。

3. 或有负债

或有负债是指过去的交易或者事项形成的潜在义务，其存在需通过未来不确定事项的发生或不发生予以证实，主要包括担保、未决诉讼、应收票据贴现和应收账款抵减等。对或有负债的判断有以下几个标准：一是或有负债是由过去的交易或事项产生的，而不是未来发生的事项引起的，如企业涉及的诉讼，因为企业"可能"违反某项经济法律的规定且已收到对方的起诉这已是事实，并使企业产生了或有负债；二是或有负债具有不确定性，或有负债是否会发生具有不确定性，并且发生的时间或发生的金额也具有不确定性；三是或有负债的结果只能由未来发生的事项确定，在或有负债发生时难以证实。

对于或有负债质量分析主要从三个方面入手：一是对或有负债信息披露的充分性，企业是否对所有或有负债都进行了披露；二是对所披露的或有负债在财务上是否作了必要的处理；三是或有负债需要偿还的可能性，即企业可能产生的损失数额分析，从而衡量该或有负债对公司目前及未来经营业绩的影响。

（1）担保

或有负债中的担保是指为其他企业提供的贷款担保、为自己提供的产品和服务进行的担保及承诺。在考虑或有负债向实际负债的转化的可能性时需要根据具体情况进行分析，在考虑为其他企业等单位提供的贷款担保是否发生时，需要分析被担保者在其贷款期满时能否付清其债务，如果被担保者在贷款到期时不能偿清其债务，担保企业就要代被担保人清偿债务，此时或有负债就成了真实负债；在考虑自己提供的产品或服务的担保或承诺是否发生时，需要分析质量担保期内企业售出的产品或提供的劳务是否出现质量问题，如果出现质量问题，企业的或有负债将转化为实际负债。对于担保的质量分析主要有：贷款担保企业的运营情况及偿债能力、本企业的产品质量以及担保的数额等。

（2）未决诉讼

未决诉讼是指正在审理过程中法庭尚未做出最后判决的案件，企业可能因败诉而承担赔偿责任。按规定，披露全部或部分信息预期将对企业造成重大不利影响的，企业无须披露这些信息，但应当披露该未决诉讼、未决仲裁的性质，以及阐述没有披露这些信息的事实和原因。对于未决诉讼的质量分析主要从企业对未决诉讼披露的充分性、企业败诉的可能性、或有负债发生时赔偿数额的大小以及对企业经济和名誉上的影响等方面入手。

（3）应收票据贴现

票据贴现是企业通过转让票据从银行或金融公司获得借款的一种方式，如果在票据到期日出票人或付款人不能如数付款，企业作为票据的背书人负有连带的、代为偿还的责任。即企业在持票据向银行贴现后，就要承担或有负债的责任。票据贴现实质上是企业融通资金的一种形式，企业持有的应收票据在到期前，如果出现资金短缺，可以持未到期的商业票据向其开户银行申请贴现，以便获得所需要的资金。应收票据贴现的质量分析可从贴现票据出票人或付款人的信用及还款能力、贴现应收票据的数额及企业需要代偿的可能性等方面入手。

三、所有者权益类项目分析

1. 实收资本

实收资本是指投资者按照企业章程、合同或协议的约定，投入到企业中的各种资产的价值，是企业实际收到的投资者投入的资本。除非企业出现增资、减资等情况，实收资本在企业正常经营期间一般不发生变动。实收资本的变动将会影响企业原有投资者对企业的所有权和控制权，并且对企业的偿债能力、获利能力等都会产生重大影响。

实收资本一般具有以下特点：第一，没有固定的利率。投资者投入企业的资本，只有盈利时才能分配利润，没有盈利或盈利较少时可以不分配利润，但在企业盈利能力较强时也可能获得高额利润；第二，期限长。投资者投入资本对于企业来说是永久性的资本，可以长期占用，无须到期还本。

2. 资本公积

资本公积是企业在非经营业务中生产的资本增值。在未按规定转增资本之前，既无期限又无利息。从内容上来看，资本公积主要包括四大部分：资本溢价和股本溢价、资产评估增值、接受捐赠资产、外币资本折算差额。从来源上细分，资本公积可确定为六项：资本溢价或股本溢价、资产评估增值、非现金资产股权投资、接受捐赠资产、权益法核算股权投资产生的资本公积、外币资本折算差额。

3. 盈余公积

盈余公积是指企业按照规定从税后净利润中提取的公积金，盈余公积按规定可用于弥补企业亏损，也可按法定程序转增资本金。法定公积金提取率为 10%，符合规定条件的企业，也可以用盈余公积分派现金股利。盈余公积包括法定盈余公积、法定公益金、任意盈余公积。其中，法定盈余公积主要用途为弥补亏损、转增资本；法定公益金主要用于集体福利设施的支出，如兴建职工宿舍、托儿所等；任意盈余公积的用途与法定盈余公积相同，企业在用盈余公积弥补亏损、转增资本时，一般先使用任意盈余公积，在任意盈余公积用完后，再按规定使用法定盈余公积。盈余公积金具有以下两个特点：一是由于属于权益类项目，无须支付利息；二是期限较长，如果不用来弥补亏损，则可以永久性使用，无须到期还本。对于企业来说，在所有的资本来源中，盈余公积最为稳定，既无期限又无利息，因此在盈利后除分配利润外，应尽可能多提盈余公积。

盈余公积的提取实际上是企业当期实现的净利润向投资者分配利润的一种限制，一经提取形成盈余公积后，在一般情况下不得用于向投资者分配利润或股利。企业提取的盈余公积的用途，并不是指实际的占用形态，提取盈余公积也并不是单独将这部分资金从企业资金周转过程中抽出，无论是用于弥补亏损还是转增资本，都不过是企业所有者权益内部结构的转换，并不会引起企业所有者权益总额的变动。

4. 未分配利润

未分配利润是企业留待以后年度进行分配的结存利润，也是企业所有者权益的组成部分。一般包括有两层含义：一是留待以后年度处理的利润；二是未指定特定用途的利润。在会计核算上，未分配利润是通过"利润分配——未分配利润"明细科目进行结算。从数量上来说，是期初未分配利润，加上本期实现的净利润，减去提取的盈余公积和分出利润后的余额。如果该项指标在所有者权益中的比例越高，说明企业盈利能力越强。未分配利润可作为资金的一部分使用，且无须支付利息。

第三节 损益表分析

一、主营业务收入分析

主营业务收入指企业从事某种主要生产经营活动所取得的营业收入，在不同的行业中，其名称有所不同，如，农业企业和交通运输企业是指"主管业务收入"、工业企业是指"产品销售收入"、建筑企业指"工程结算收入"、房地产企业指"房地产经营收入"、其他企业指"经营收入"，一律按各行业会计制度或报表定义的口径进行填报。一些企业常利用主营业务收入账户对企业利润进行粉饰，常用的手法有少计主营业务收入和虚增主营业务收入，其主要途径如下：

1. 少计主营业务收入的途径

（1）不确认或延期确认已实现的主营业务收入

在应确认的情况下不确认收入，将已实现的主营业务收入长期挂账，少计当期主营业务收入，从而达到少缴增值税和所得税的目的。例如，甲公司在2010年1月销售给乙公司100台打印机，收到货款300 000元，转账支票已签收并将发票账单和提货单全部交给乙公司，乙公司尚未提货，销售当日，甲公司将货款记入"预付账款"。在直接收款交货方式下，虽然对方尚未提货，但按照会计制度的规定，该笔业务已符合收入确认条件，应记入营业收入，而甲公司却通过将已实现的营业收入挂在预收账款上，达到人为操纵利润的目的。

（2）将视同销售的业务不作销售处理

企业将自产、委托加工或购买的货物分配给股东或投资者，将自产、委托加工的货物用于集体福利或个人消费等行为都应视同销售。我国会计制度和税法规定企业在发生视同销售行为时也应缴纳增值税，否则将视为偷税漏税处理。

（3）虚构销售退回

在企业会计处理中，销售退回仅用红字借记"应收账款"，贷记"主营业务收入"、"应交税费——应交增值税（销项税额）"，记账凭证后面没有相应的销售发票、销售退回单、商品验收单等原始凭证。销售退回、销售折扣和销售折让会直接冲减企业的收入和税金，所以企业往往通过办理假退回、折扣等虚减企业的主营业务收入。

（4）将营业收入直接冲减成本

将"应收账款"或"银行存款"账户与"产成品"账户相对应，一些企业在销售产品时，没有按正常的会计程序对账户进行处理，而是将营业收入直接冲减成本，从而达到操纵利润，少缴税金的目的。

2. 虚增主营业务收入的途径

（1）虚构客户，虚拟销售收入

对并不存在的销售业务，按正常销售程序和单据进行模拟运转，通过伪造顾客订单、发运凭证、销售合同及开具税务部门认可的销售发票等手段来虚拟销售对象及交易。由于客户和交易是虚拟的，所以顾客订单、发运凭证、销售合同是虚假的，因此，客户的签章也是虚假的，不存在真正经济意义上的销售行为，是通过多开具销售发票达到增加利润的目的。

（2）以真实客户为基础，虚增销售收入

公司与某些客户之间有一定的销售业务，为了粉饰当期营业业绩，在原销售业务的基础上虚构销售业务，人为扩大销售数量，使得公司在该客户名下确认的收入远远大于实际销售收入。特别是一些经营业绩不佳的企业为了达到粉饰报表的目的，在年终时集中虚增销售收入，等到次年再作退货处理。

（3）利用本公司与其他公司的特殊关系制造销售收入

公司将产品销售给与其没有关联关系的第三方，然后再由其子公司将产品从第三方购回，这样既可以增加销售收入，又可以避免公司内部销售收入的冲销，这些参与操纵利润的第三方与公司虽没有法律上的关联关系，但相互之间往往存在一定的默契。还有一些公司利用关联方交易虚构销售收入，如母子公司之间通过转移定价操纵收入，或在年底采用互开发票等行为进行财务粉饰。

（4）把还没有实现的销售收入提前确认

通常情况下，产品发出是确认公司已将商品所有权附属的风险和报酬转移给购货方最直观的标志之一。但产品发出并不意味着收入就能够确认，如公司在销售产品时给购货方赋予一定的销售退货权，因此，在产品发出时，与交易行为相关的经济利益并未全部流入公司，只能将不能发生退货的部分确认为收入，但有些企业为了增加销售业绩却全额确认为收入。另外，如果公司将资产转移给购货方，却仍然保留与该资产所有权相联系的继续管理权，则也不能确认该项收入。如在出售房屋、土地使用权和股权等交易中，如果相关资产未办理交接过户手续，则相关收入不能确认，但许多公司为了虚增销售收入，在相关资产控制存在重大不确定性的情况下也确认了收入。

二、主营业务成本分析

主营业务成本是用来核算企业销售商品、产品、提供劳务或让渡资产使用权等日常活动而发生的成本，它的借方登记已销售商品、产品、劳务供应等的实际成本，贷方登记期末转入本年利润账户的数额，结转后应无余额。对于主营业务成本的分析，应该关注以下几个方面：一是企业对已售出产品不作成本结转，即只计收入不计成本，如当产品已销售后，会计部门对其产成品明细账的贷方数量不作记录，在月末集中结转成本，到下期作产成品的盘亏处理。对未销售产品视为销售，多转成本、多计产成品明细账的出库量，到下期作产成品盘盈处理；二是企业发出的产成品中有一些与销售业务无关，如退回生产部门返修的产品等，这些产成品发出必须当即冲减库存产成品明细账，否则会虚增库存产成品成本，隐瞒已销产成品成本；三是在分析生产成本时，将各项主要费用以及各产品的单位成本分别列示，并分别与预算数、上期数或上年同期数、同行业平均数进行比较，分析其增减变动情况，若有异常变动，需查明原因。

三、期间费用分析

期间费用是企业在会计年度发生的、不能直接或间接归入某种产品成本的、直接记入损益的各项费用，主要有营业费用、管理费用和财务费用，是企业当期发生费用的重要组成部分。对企业来说，期间费用直接影响到当期利润的大小，在其他条件一定情况下，期间费用越大则利润越少，期间费用越小则利润越大，因此，对企业管理者来说，控制和减少期间费用是提高企业经济效益最直接、有效的途径。

1. 营 业 费 用

营业费用是在整个经营环节中所发生的费用，包括企业在产品销售过程中发生的和商业性公司在进货过程中发生的各项费用，具体项目有：销售商品过程中发生的运输费、装卸费、包装费、保险费、展览费和广告费，以及为销售公司商品而专设的销售部门的职工工资、福利费、业务费等经常性费用等。营业费用大幅增长一般表明企业有以下情况发生：一是公司营销机构臃肿，效率低下，在管理体系和组织机构设置上存在问题；二是企业进入了一个新行业，在发展初期，需要投入大量的人力、物力以增加其在新行业中的影响力、开拓新市场，但这种增加一般是暂时性的，并可能给公司未来发展带来新的利润增长点；三是企业所处行业进入成熟期，竞争更加激烈，为了保护市场份额、打击竞争对手而增加营销力度，在这种情况下，如果企业没有特殊的核心竞争力，不能重新获得相对垄断的地位，就有面临销售收入进一步降低、营业费用进一步增加、企业风险加剧等问题。在报表分析时应将企业营业费用的增减变动与销售量、销售收入的变动情况结合起来进行分析，以判断这种变动的合理性和有效性。

2. 管 理 费 用

企业在组织生产和进行管理过程中，由行政管理部门的管理行为而产生的各种费用称为管理费用，管理费用的内容相当复杂，如公司经费（即公司总部管理人员工资、职工福利费、差旅费、办公费、折旧费、修理费、物料消耗、低值易耗品摊销及其他公司经费等），劳动保险费（即离退休职工的退休金、价格补贴、医药费、异地安家费、职工退职金、职工死亡丧葬补助费、抚恤费、按规定支付给离休干部的各项经费以及实行社会统筹基金等），待业保险费，董事会会费（即企业最高权力机构及其成员为执行职能而发生的各项费用，包括差旅费、会议费等），业务招待费。具体项目有：工会经费、职工教育经费、业务招待费、税金、技术转让费、无形资产摊销、咨询费、诉讼费、开办费摊销、坏账损失、公司经费、上缴上级管理费、劳动保险费、待业保险费、董事会会费以及其他管理费用。管理费用属于期间费用，在发生的当期就记入当期损益，由于管理费用相当庞杂，有些企业通过将不符合管理费用的开销记入管理费用，从而达到降低当期利润，减少纳税的目的。

3. 财务费用

财务费用是指企业为筹集生产经营所需资金等而发生的费用，包括在生产经营中的利息支出、汇兑损失以及相关手续费等，其中，汇兑损失是指企业有外币业务时，由于发生业务和月末、年底结账时汇率不同而造成的账面损失；相关手续费是指企业与金融机构往来过程中发生的各种费用。但是并非所有借款利息都记入财务费用，如企业为建造固定资产而借入资金在固定资产交付使用前发生的利息支出，记入固定资产成本，而不记入财务费用。

财务费用的变化主要来自于公司财务结构、资金需求的变化。如当公司近期刚刚募集到一大笔资金，在相当长的一段时期内，这笔资金产生的利息收入都可能导致公司的财务费用为负；如果上市公司的财务费用在短期内大幅增加，投资者就应该警惕有可能产生的财务风险，需要对比分析该企业的资产负债率、流动比率、速动比率与同行业其他企业的差异。财务费用是由企业筹资活动而发生，因此在进行财务费用分析时，应当将财务费用的增减变动和企业的筹资活动联系起来，分析财务费用的增减变动的合理性和有效性，发现其中存在的问题，查明原因，采取对策，以达到控制和降低财务费用，提高企业利润水平的目的。

四、营业外收入分析

营业外收入是指企业发生的与其生产经营无直接关系的各项收入，具体包括固定资产盘盈、处置固定资产净收益、非货币性交易收益、出售无形资产收益、罚款净收入和确实无法支付的应付账款等。例如，企业在生产经营期间，固定资产清理所取得的收益，借记"固定资产清理"账户，贷记"营业外收入——处置固定资产净收益"账户；在企业清查财产过程中，查明固定资产盘盈的收入，借记"待处理财产损溢——待处理固定资产损溢"账户，贷记"营业外收入——固定资产盘盈"账户；对于企业取得的罚款净收入，借记"银行存款"等账户，贷记"营业外收入"账户。由于营业外收入账户涉及的内容过于复杂，因此，该账户常被用来操纵企业利润。

五、营业外成本分析

营业外成本是指企业发生的与其主营业务生产经营无直接关系的各项支出，如固定资产盘亏、固定资产处置净损失、债务重组损失、计提的固定资产减值准备、计提的无形资产减值准备、计提的在建工程减值准备、罚款支出、捐赠支出和非常损失等。其中，固定资产盘亏是指企业在财产清查盘点中，由于实际固定资产数量和价值低于固定资产账面数量和价值，而发生的处理固定资产损失；处理固定资产净损失是指企业处理固定资产获得的收入不足以抵补处置费用和固定资产净值时所发生的损失；非常损失是指企业由于自然灾害等客观原因造成的，在扣除保险公司赔偿后应记入营业外成本的净损失；罚款支出是指企业由于违反经济合同、税收法规等规定而支付的各种罚款；资产评估减值是指企业以非现金资产对外投资，其公允价值小于账面价值的差额；债务重组损失是企业在债务重组过程中，按照债务重组会计处理规定应记入营业外支出的损失；捐赠支出是指企业对外捐赠的各种资产所产生的费用支出。

营业外成本账户涉及内容也比较复杂，经常被企业用于利润操纵。对于财产盘亏和毁损事项，我国现行会计制度规定：存货的盘亏和毁损属于自然灾害或意外事故造成的存货毁损，应先扣除残料价值和可以收回的保险赔偿，然后将净损失转作营业外支出；在固定资产盘亏、处置固定资产净损失、出售无形资产损失方面，纳税人在一个纳税年度内生产经营过程发生的固定资产、流动资产的盘亏、毁损、报废净损失，坏账损失，以及遭受自然灾害等人类无法抗拒因素造成的非常损失，经税务机关审查批准后，准予作为营业外成本转出，在缴纳企业所得税前扣除。部分企业为了操纵利润，对于转入营业外成本的处理没有扣除残值或可回收的保险赔偿，或未经税务机关批准，自行进行调整，以调节利润达到减少纳税的目的。

六、利润总额分析

利润总额是指企业在一定时期内实现的盈亏总额，这一指标反映了企业最终的财务成果，不仅包括企业正常经营的损益，还包括偶然的、非正常的补贴收入、营业外收支净额等损益。利润总额是衡量企业在会计核算年度经营业绩十分重要的经济指标之一，包括当期生产经营过程中所产生的正常利润（即由企业从事生产、销售、投资活动所产生和实现的利润）和非正常利润（即与企业生产经营活动无关事项所引起的盈亏，如自然灾害导致的损失、罚款支出和滞纳金支出等）。当利润总额为负时，表示企业发生亏损，一年生产经营的收入还抵不上成本开支及应缴的税款；当利润总额为零时，表示企业盈亏平衡，一年的收入正好与支出相等；当利润总额大于零时，表示企业盈利，一年的收入大于其支出及应缴的税款。

利润质量分析是指判断企业利润形成过程以及利润结果的合规性、效益性及公允性。一般来说，利润质量较高表现为企业资产运转状况良好，业务具有较好的市场发展前景，购买能力、偿债能力、缴纳税金及支付股利的能力较强；相反，利润质量偏低表现为企业资产运转不畅，企业支付能力、偿债能力减弱，生存能力下降。对于利润质量的分析可从利润的构成、稳定性以及变现性等方面进行。

（1）从利润构成来看，利润主要包括营业利润、非流动资产处置净收益和投资收益三个方面。营业利润是公司生产经营活动中所实现的利润，它是企业营业收入与营业成本、营业费用、管理费用、财务费用的配比结果，也是企业净利润的主要源泉。由于营业利润产生于日常经营，其实现具有持续性、长久性和可重复性，体现了企业总体经营管理水平和效果，是企业生存发展的基础，表现了企业相对稳定的盈利能力和竞争能力，因此，该指标是衡量利润质量高低的重要参考标准，可使会计信息使用者更准确地把握企业利润质量，判断公司未来发展前景。一般情况下，营业利润占利润总额比重越高，企业利润的可持续性就越强，利润质量就越高；反之，利润质量就越低。非流动资产处置净收益是非持续性利润，属偶然交易利润，此项利润没有保障，不能期望它经常或定期地发生，因此，该指标不能代表企业的盈利能力，偶然交易利润比例较高的企业其利润质量低。在企业有虚增利润动机情况下，为了维持一定的利润水平，就有可能通过偶然交易实现的利润来弥补营业利润和投资收益的不足，如通过将企业股东资产出售给关联交易方产生的利得来增加利润，或从事大量经营主业以外的其他业务以谋求近期盈利提升等。在投资收益对应企业货币资金和短期债权的情况下，投资

高等学校会计学专业特色教材

收益的确认不会导致企业现金流转困难，在投资收益对应企业长期投资的条件下，投资收益会导致企业出现现金流转困难，因此，对应于长期投资的投资收益增加，其利润质量就比较差。

（2）从利润的稳定性来看。利润稳定性是指企业在连续几个会计年度利润水平变动的幅度及平稳性，它取决于公司经营业务结构、产品结构与市场结构的稳定性。从长期持续健康发展角度看，企业应保持稳定的利润水平和平稳的增长速度，企业的管理层可通过各种手段操纵一时的利润，但却很难在几个会计年度对企业的利润进行操纵。一般情况下，可通过利润期限比率和现金流入量结构比率来分析利润的稳定性，其中，利润期限比率=本年度利润额÷相关分析期年度平均利润额，这一指标揭示了本年度利润水平的波动幅度，若利润期限比率较大，则说明利润的波动幅度较大、稳定性较差、利润质量可能较低；现金流入量结构比率=经营活动产生的现金流入量÷现金流入总量，现金流入总量包括经营活动产生的现金流入量、投资活动产生的现金流入量以及筹资活动产生的现金流入量，经营活动产生的现金流入量与企业经营活动所产生的利润有一定的对应关系，并能为企业的扩张提供稳定、持续的现金流支持。

（3）从利润的变现性来看。在市场经济条件下，企业现金流转情况在很大程度上影响着企业的生存和发展，稳定发展阶段企业经营活动现金流量需要对利润形成有足够的支付能力利润的变现性也是判断企业实现利润质量高低的重要参考，其评价指标主要有销售收现比率和现金营运指数。其中，销售收现比率=销售商品提供劳务收到的现金÷营业收入净额，该指标反映企业销售获取现金的能力，主要用于衡量企业产品销售形势好坏，若该比率大于1，说明应计现金流入转化为实际现金流入的能力较强，收入质量较好；若该比率小于1，说明应收款项较多，获现能力较弱；现金营运指数=经营现金净流量÷经营所得现金（经营活动净利润＋非付现费用），若该指标小于1，说明一部分利润尚没有取得现金，停留在实物和债权形态，其营运资产的变现风险增加，利润质量偏低；反之，则表明企业营运资产的变现风险较低，利润质量较高。

七、所得税分析

企业所得税是以企业在会计核算年度获得的生产经营所得和其他所得为征税对象所征收的一种税，所得税征收方式有两种：一是查账征收，根据企业收入减去成本、费用得出的利润，再乘以相应的税率（利润在 3 万元以下是 18%，3 万～10 万元是 27%，10 万元以上是 33%）；二是核定征收，就是根据企业的收入直接乘以一个比率（由税务机关根据不同行业确定），不考虑企业的成本费用，得出的数字就算是企业的利润，再乘以相应的税率。因此，所得税是与企业利润总额直接挂钩的税种。

八、净利润分析

净利润是指在利润总额中按规定缴纳了所得税后公司的利润留成部分，也称为税后利润或净收入，是衡量一个企业最终经营成果的主要指标，其计算公式为：净利润＝利润总额×（1－所得税税率）。净利润的多寡取决于两个因素：一是利润总额；二是所得税税率。目前我国实行的所得税税率主要有两种：一是一般企业33%的所得税税率，即利润总额中的33%要作为税收上缴国家财政；二是对三资企业和部分高科技企业采用的优惠税率，所得税税率为15%。当企业的经营条件相当时，所得税税率较低的企业经营效益要好一些。

第四节　现金流量表分析

一、经营活动中的现金流分析

企业经营活动是指销售商品、提供劳务、经营性租赁、购买商品、接受劳务、广告宣传、推销产品以及缴纳税款等与生产经营相关的经济活动。经营活动中产生的现金流是现金流量的一项重要指标，可用于判断企业在不动用外部筹资情况下，通过生产经营活动产生的现金流量是否足以偿还负债、支付股利和对外投资。经营活动的现金净流入为正，表明企业生产经营进入良性循环，现金流入量越大，企业经营越稳健。

1. 经营活动的现金流入

（1）销售商品、提供劳务收到的现金

销售商品、提供劳务收到的现金反映了企业销售商品、提供劳务实际收到的现金，具体包括本期销售商品与提供劳务收到的现金、收回前期销售与提供劳务的款项、本期预收的账款、本期收回前期已核销的坏账，扣除本期发生的销售退回所支付的现金等，具体核算公式为：

销售商品、提供劳务收到的现金＝当期销售商品或提供劳务收到的现金收入＋当期收到前期的应收账款＋当期收到前期的应收票据＋当期的预收账款－当期因销售退回而支付的现金＋当期收回前期核销的坏账损失

其中，应收账款、应收票据增加净额为本期销售商品、提供劳务的收入中有一部分并没有收到现金，故应予以扣除；预收账款增加净额为本期收到的现金中有一部分不是本期销售实现的收入，但现金流量表是以收付实现制为基础的，只要本期收到现金，就将这一部分增加净额记入销售商品、提供劳务收到的现金；本期收回的已核销的坏账与本期应收账款的增减无关，但在收付实现制度下，它也属于本期销售商品、提供劳务收到的现金。

在分析销售商品、提供劳务收到的现金时应关注坏账准备对其核算的影响，销售商品、提供劳务收到的现金还可用：销售商品、提供劳务收到的现金（含增值税）＝（主营业务收入＋主营业务收入×17%－在建工程领用产品计算的增值税销项税额）－赊销业务的主营业务收入以及增值税（本期增加的应收账款和应收票据）进行核算，因此，在计算销售商品、提供劳务收到的现金时，对于应收账款的减少额应该加上；而当期计提的坏账准备将影响到坏账准备科目，进而影响到应收账款科目，坏账准备增加意味着应收账款减少，但借方记入管理费用，而非现金类账户，并没有构成当期现金流出流入，应该进行调整。

（2）收到的租金

收到的租金是反映企业实际收到现金的租金收入，包括经营性租赁收到的租金，出租包装物收到的租金，以及融资租赁收到的租赁收益，会计核算公式为：收到的租金＝经营性租赁收到的租金＋出租包装物收到的租金＋融资租赁收到的租赁收益（企业实际收到现金的租金收入），这与现实中的租金收入现金流量可能存在时间上的差异。

（3）收到的税费返还

收到的税费返还包括"收到的增值税销项税额与退回的增值税款"以及"收到的除增值税以外的其他税费返还"两部分。其中，收到的增值税销项税额和退回的增值税税款是指企业销售商品收到的增值税销项税额以及出口产品按规定退税而取得的现金；收到的除增值税以外的其他税费返还是指企业除增值税税款退回外，还有其他的税费返还，如所得税、消费税、关税和教育费附加返还款等。一般来说，企业生产经营活动中税费返还占现金流比重较大的公司受退税政策和地方政府支持的影响较大。

（4）收到的其他与经营活动有关的现金

收到的其他与经营活动有关的现金主要包括因补贴收入、接受捐赠收入、与

经营活动有关的罚款收入等特殊项目收到的现金，如果某一特殊项目的金额相对不大，可包括在该项目中；如果金额相对较大，则应对其单项反映。其会计核算公式为：收到的其他与经营活动有关的现金＝营业外收入（处理固定资产收益等除外）＋其他应收款（备用金、租金除外）的减少净额＋其他应付款（押金、现金溢余）的增加净额。

2. 经营活动的现金流出

（1）购买商品、接受劳务支付的现金

购买商品、接受劳务支付的现金反映企业购买商品、接受劳务支付的现金（包括支付的增值税进项税额），主要包括本期购买商品接受劳务支付的现金、本期支付前期购买商品、接受劳务的未付款项和本期预付款项等。与购买商品、接受劳务有关的经济业务主要涉及利润表中的主营业务成本项目和资产负债表中的应交税金（进项税额）项目、应付账款项目、应付票据项目、预付账款项目和存货项目，可通过上述项目给予确定，其会计核算公式为：购买商品、接受劳务支付的现金＝当期购买商品、接受劳务支付的现金＋当期支付前期的应付账款＋当期支付前期的应付票据＋当期预付的账款－当期因购货退回收到的现金。

但由于制度规定和企业一些特殊做法等原因，上述项目的发生额也可能与购买商品、接受劳务无关，可将其视为特殊调整业务进行处理。典型的特殊调整业务包括：当期实际发生的制造费用（不包括消耗的物料）、生产成本中含有的生产工人工资、当期以非现金和非货币资产清偿债务减少的应付账款和应付票据、销售业务往来账户与购货业务往来账户的对冲、工程项目领用本企业商品等。具体处理原则为：应付账款、应付票据、预付账款和存货类账户借方对应的账户不是购买商品、接受劳务产生的现金类账户，则作为减项处理①；应付账款、应付票据、预付账款和存货类等账户贷方对应的账户不是销售成本和增值税进项税额类账户，则作为加项处理。

（2）经营租赁所支付的现金

经营租赁所支付的现金反映了企业在会计期间经营租赁所支付的租金，如支付的包装物租金以及经营性租入设备租金等②，其会计核算按照当期实际支付额进行反映。

（3）支付给职工以及为职工支付的现金

支付给职工以及为职工支付的现金反映了企业实际支付给职工的工资以及其

---

① 不含 4 个账户内部转账业务。
② 融资租赁支付的租金应当列入筹资活动的现金支出。

他为职工支付的现金，主要包括本期实际支付给职工的工资、奖金、各种津贴和补贴、为职工支付的养老保险、待业保险、社会保险、商业保险和住房困难补助等，其会计核算按照当期实际支付额进行反映。本项目可以根据企业职工人数及年人均工资进行分析，如果有重大差异，则存在操纵利润的嫌疑。

（4）支付的各项税款

支付的各项税款包括实际缴纳的增值税税款、支付的所得税税款及支付的除增值税、所得税以外的其他税费。其中，实际缴纳的增值税税款反映了企业购买商品实际支付的能够抵扣增值税销项税额的增值税进项税额；支付的所得税税款按当期实际支付的所得税进行反映；支付的除增值税、所得税以外的其他税费反映了企业按国家有关规定于当期实际支付的除增值税、所得税以外的其他各种税款，包括本期发生并实际支出的税金和当期支付以前各期发生的税金以及预付的税金。

（5）支付的其他与经营活动有关的现金

支付的其他与经营活动有关的现金项目反映了企业支付的除上述各项目外，与经营活动有关的其他现金流出，如捐赠现金支出、罚款支出、支付的差旅费、业务招待费现金支出及支付的保险费等，其会计核算公式为：支付的其他与经营活动有关的现金＝营业外支出（处理固定资产损失、固定资产报废损失、实物捐赠支出等除外）＋其他应付款（应付租金除外）的增加净额＋管理费用（支付的工资、福利费、税金、折旧、无形资产摊销、计提坏账除外）、销售费用（支付的其他费用）、财务费用（支付的其他费用）本期发生额＋待摊费用（其他费用）增加净额（借方）－预提费用增加净额（贷方）。若本会计年度其他现金流出数额较大，应单列项目反映。一般情况下，支付的其他与经营活动有关的现金应大幅低于管理费用和营业费用的合计数，若存在异常情况，应进行分析。

在经营活动产生的现金流量分析中，可以通过各项指标的对比来判断企业当前的生产经营情况：第一，将销售商品、提供劳务收到的现金与购进商品、接受劳务付出的现金进行比较，可以掌握企业大体的供销状况。在企业生产经营正常、购销平衡的情况下，若销售商品、提供劳务收到的现金大于购进商品、接受劳务付出的现金，则说明企业的销售利润大，销售回款情况良好，盈利能力较强；若销售商品、提供劳务收到的现金大于购进商品、接受劳务付出的现金，但生产经营不正常、购销不平衡，则企业有可能在本会计期内因产品提价使收入增大；若购进商品、接受劳务付出的现金明显大于销售商品、提供劳务收到的现金，则说明企业有可能处于库存积压状态；第二，将销售商品、提供劳务收到的现金与经营活动流入的现金总额进行比较，如果企业产品销售现款占经营活动流入的现金的比重较大，则说明企业的主营业务运营情况良好，收益质量较高；第三，将本期经营活动现金净流量与上期进行比较，如果经营活动现金净流量增长率较高，则说明企业的成长性较好，未来有较大的发展潜力。

二、投资活动中的现金流分析

投资活动产生的现金流是指企业在长期资产购置及其处置等投资活动中产生的现金流入和现金流出，但不包括现金等价物范围内的投资。

1. 投资活动的现金流入

投资活动的现金流入是指企业在会计核算期间由投资活动产生的现金流入，包括由收回投资所收到的现金、分得股利或利润所收到的现金、取得债券利息收入所收到的现金、处置固定资产、无形资产和其他长期资产而收到的现金净额、收到的其他与投资活动有关的现金等。

（1）收回投资所收到的现金

收回投资所收到的现金反映企业出售、转让或到期收回除现金等价物以外的短期投资、长期股权投资而收到的现金，以及收回长期债权投资本金而收到的现金，具体核算公式为：收回投资所收到的现金 = 短期投资贷方发生额 + 投资收益账户中的收回投资而取得的收益 + 长期股权投资（投资收回）贷方发生额 + 长期债权投资（投资收回）贷方发生额。一般来说，企业收回的投资款项包括投资本金和投资收益两部分内容，其中，债券利息收入应与本金分开，在取得债券利息收入所收到的现金项目中单独反映。

（2）取得投资收益收到的现金

取得投资收益收到的现金包括分得股利或利润收到的现金和取得长期债券投资利息收入收到的现金等，其中分得股利或利润收到的现金反映了企业在会计核算年度因股权性投资而收到的现金股利，以及从子公司分回利润所收到的现金，可根据应收股利、投资收益、现金、清算备付金及银行存款等科目的记录进行填列；取得长期债券投资利息收入收到的现金反映了企业进行长期债券投资以现金收到的利息收入，但不包括长期债券投资收回的本金[1]。

（3）处置固定资产、无形资产和其他长期资产而收到的现金净额

处置固定资产、无形资产和其他长期资产而收到的现金净额反映了企业出售

---

[1] 长期债券投资到期收回的本金在"收回对外投资收到的现金"项目中反映。

固定资产、无形资产和其他长期资产收回的现金，扣除所发生的现金支出后的净额。可根据固定资产、固定资产清理、无形资产、交易席位费、现金及银行存款等科目的记录进行填列。

（4）收到的其他与投资活动有关的现金

收到的其他与投资活动有关的现金是指反映了企业收到的除上述现金收入以外的其他与投资活动有关的现金，可根据现金、银行存款和其他有关科目的记录进行填列。融资租赁租入固定资产所支付的租金，应在筹资活动的现金流量中反映。

2. 投资活动的现金流出

投资活动的现金流出是由购建固定资产、无形资产和其他长期资产所支付的现金、权益性投资所支付的现金、债权性投资所支付的现金和支付的其他与投资活动有关的现金等项目构成。

（1）权益性投资支付的现金

权益性投资支付的现金反映了企业在进行长期股权投资支付的现金，以及支付的佣金、手续费等附加费用。长期股权投资支付的现金是指取得长期股权投资时支付的全部价款，或放弃非现金资产的公允价值，或取得长期股权投资的公允价值，具体包括企业所取得的除现金等价物以外的短期股票投资、长期股权投资支付的现金，以及支付的佣金、手续费等附加费用，可根据长期股权投资、现金和银行存款等科目的记录进行填列。

根据长期股权投资获取的方式不同，其成本确定有所差别，如以支付现金取得的长期股权投资，按支付的全部价款（包括支付的税金、手续费等相关费用）作为投资成本，但实际支付的价款中包含已宣告而尚未领取的现金股利，应作为应收项目单独核算；以放弃非现金资产取得的长期股权投资，其成本确定包括各种存货、固定资产、无形资产的价值，但各种待摊销的费用不能作为非现金资产部分作价；原采用权益法核算的长期股权投资改按成本法核算，或原采用成本法核算的长期股权投资改按权益法核算时，应以原投资账面价值作为投资成本。

（2）债券性投资支付的现金

债券性投资支付的现金反映了企业进行长期债券投资支付的现金，以及支付的佣金、手续费等附加费用，可根据长期债券投资、现金和银行存款等科目的记录进行填列。长期债权投资取得时的成本，是指取得长期债权投资时支付的全部价款，包括税金、手续费等相关费用，但实际支付的价款中包含的已到期尚未领取的利息，应作为应收项目单独核算，不构成债券投资的成本。若实际价款中包含尚未到期的债券利息，构成长期债券投资的成本，并在长期债券投资中单独核算。

（3）购建固定资产、无形资产和其他长期资产支付的现金

购建固定资产、无形资产和其他长期资产支付的现金反映了企业购买、建造固定资产，取得无形资产和其他长期资产支付的现金，但不包括为购建固定资产而发生的借款利息资本化的部分，以及融资租入固定资产支付的租赁费，借款利息和融资租入固定资产支付的租赁费在筹资活动产生的现金流量中进行反映。可根据固定资产、在建工程、无形资产、交易席位费、现金及银行存款等科目的有关记录进行填列。

（4）处置固定资产、无形资产和其他长期资产支付的现金净额

处置固定资产、无形资产和其他长期资产支付的现金净额反映了企业出售固定资产、无形资产和其他长期资产支付的现金，扣除所取得的现金变价收入后的净额，可根据固定资产、固定资产清理、无形资产、交易席位费、现金和银行存款等科目的记录进行填列。

（5）支付的其他与投资活动有关的现金

支付的其他与投资活动有关的现金反映了企业除了上述各项以外，支付的其他与投资活动有关的现金，如果支付的其他与投资活动有关的现金项目中有价值变动较大的项目，需要单独进行反映，本项目可根据现金、银行存款科目和其他长期有关科目的记录进行填列。

在分析企业投资活动的现金流量时应结合企业目前的投资项目进行，不能简单地以现金净流入还是净流出判断投资活动的优劣。当企业扩大生产规模或开发新的利润增长点时需要大量的现金投入，如果投资活动产生的现金流入补偿不了现金流出，则投资活动的净现金流量为负；如果企业投资活动效率较高，将会产生比较充裕的未来现金流入用于偿还债务，未来的偿债风险会有所下降。另外，通过收回投资所收到的现金、取得投资收益所收到的现金与企业原始投资的对应关系，并结合资产负债表中长期投资和短期投资账户余额的变化情况，可判断企业的对外投资活动是否获利。

三、筹资活动中的现金流分析

筹资活动是指为企业生产经营及投资筹集资金，并导致企业资本及债务规模和构成发生变化的经济活动，其中，资本是指实收资本（股本）、资本溢价（股本溢价）、与资本有关的现金流入和流出项目，包括吸收投资、发行股票及分配利润等；债务是指企业对外举债所借入的款项，包括发行债券、向金融企业借入款项以及偿还债务等。

1. 筹资活动中的现金流入

筹资活动中的现金流入主要包括吸收投资所收到的现金、借款所收到的现金以及收到的与企业筹资活动有关的现金，其中，吸收投资所收到的现金反映了会计核算年度企业收到的投资者投入的现金；借款所收到的现金反映了企业举借各种短期、长期借款所收到的现金；收到的其他与筹资活动有关的现金反映了企业除上述各项目外，收到的其他与筹资活动有关的现金流入，如其他现金流入金额较大，应该单列项目反映。

2. 筹资活动中的现金流出

筹资活动中的现金流出主要包括偿还债务所支付的现金、分配股利、利润或偿付利息所支付的现金和支付的其他与筹资活动有关的现金，其中，偿还债务所支付的现金反映了企业以现金偿还债务的本金，包括偿还金融企业的借款本金、债券本金等，可根据短期借款、长期借款、现金和银行存款等科目的记录进行填列；分配股利、利润或偿付利息所支付的现金反映了企业实际支付的现金股利，支付给其他投资单位的利润以及支付的借款利息等，可根据应付利润、财务费用、长期借款、现金以及银行存款等科目的记录进行填列；支付的其他与筹资活动有关的现金反映了企业除了上述各项外，支付的其他与筹资活动有关的现金流出，如捐赠现金支出、融资租入固定资产支付的租赁费等。

一般来说，筹资活动产生的现金净流量越大，企业面临的偿债压力也就越大，但如果筹资活动中的现金流入量主要来自企业吸收的权益性资本，则偿债压力就会减轻。因此，在进行分析时，可将吸收权益性资本收到的现金与筹资活动现金总流入进行比较，若吸收权益性资本收到的现金占筹资活动现金总流入的比重大，说明企业资金实力增强，财务风险较低。筹资活动的现金流出主要为偿还到期债务和支付现金股利，在一个较短的时期内，如果筹资活动现金流出占总现金流出比重过大，则有可能引起资金周转的困难。

四、附注中的现金流量信息披露

报表附注需披露的现金流量表信息主要包括不涉及现金收支的投资和筹资活动、在净利润基础上进行调整的项目以及现金流量的净增加额等三项。

1. 不涉及现金收支的投资和筹资活动

不涉及现金收支的投资和筹资活动是指会计核算期间影响资产或负债，但不形成该期间现金收支的所有投资和筹资活动的信息，这些投资和筹资活动虽然不涉及现金收支，但对以后各期的现金流量有重大影响，如融资租赁设备，记入长期应付款账户，虽然当期并不支付设备款及租金，但以后各期必须为此支付现金，从而在一定期间内形成了一项固定的现金支出，应在报表附注中进行披露。一般情况下，企业不涉及现金收支的投资和筹资活动的业务主要有：以固定资产偿还债务、以对外投资偿还债务、以固定资产进行长期投资、以存货偿还债务、融资租赁固定资产和接受捐赠非现金资产等。

2. 在净利润基础上进行调整的项目

企业在核算期间发生的债权债务变动、存货变动、应计及递延项目、投资和筹资现金流量相关的收益或费用项目，应在报表附注中将净利润调节到经营活动的现金流量，具体调整项目包括：计提的坏账准备或转销的坏账；固定资产折旧；无形资产摊销；处置固定资产、无形资产和其他长期资产的损益；固定资产报废损失；财务费用；投资损益；递延税款；存货；经营性应收项目；经营性应付项目；增值税净额等。具体调节公式为：

经营活动产生现金流量净额 = 净利润 + 计提的坏账准备或转销的坏账 + 当期计提的固定资产折旧 + 无形资产摊销 + 处置固定资产、无形资产和其他长期资产的损失（减：收益）+ 固定资产报废损失 + 财务费用 + 投资损失（减：收益）+ 递延税款贷项（减：借项）+ 存货的减少（减：增加）+ 经营性应收项目的减少（减：增加）+ 经营性应付项目的增加（减：减少）+ 增值税增加净额（减：减少净额）+ 其他不减少现金的费用和损失

3. 现金流量的净增加额

现金流量的净增加额是通过对现金、银行存款、其他货币资金账户以及现金等价物的期末余额与期初余额比较得来的，应在报表附注中进行披露。符合现金定义的现金、银行存款、其他货币资金以及不能随时用于支付的存款，应当作为投资处理，并且附注中的现金及现金等价物净增加额与现金流量表中的现金及现金等价物净增加额两者之间的金额需相等。

对于现金净增加额的分析是现金流量表分析的关键环节。如果企业的现金净增加额主要是由于经营活动产生的，这表明企业的经营状况良好，盈利能力较强，风险较低；如果企业的现金流量净额主要是投资活动产生的，即是由处置固定资产、无形资产和其他长期资产及回收投资引起的，这反映出企业的生产经营能力正在衰退，当期正通过处置非流动资产手段以缓解资金矛盾，但也可能是企业为了走出不良境地而调整资产结构，所以应结合资产负债表、利润及利润分配表做深入分析；如果企业的现金流量净额主要是筹资活动引起的，这就意味着未

来期间将偿还大量的债务和利息，因此，企业将承受较大的财务风险。

一般而言，企业处于不同发展时期，其经营活动现金净流量、投资活动现金净流量和筹资活动现金净流量所反映的情况是不一样的。在创建初期，产品还处在市场开发阶段，这一时期为开发产品需要大量的投资和筹资，所以生产经营活动和投资活动的现金净流量一般均为负，筹资活动则为正；在企业快速成长时期，产品生产和销售快速增长，经营现金流量为正，为了扩大市场份额企业需不断追加投资从而导致投资现金流量为负，当经营现金流量不足以满足投资所需现金时，还会进行筹资活动，因此筹资活动现金流量可能是正负相间；在产品成熟期，销售情况相对稳定，并进入投资回收期，因此经营现金流量和投资现金流量均为正，由于现金被用来偿债，筹资现金流量可能为负；当企业进入衰退期，市场萎缩，销售下降，经营活动现金流量为负，企业大规模收回投资并偿还债务，因此投资活动现金流量为正，筹资活动现金流量为负。

本 章 小 结

1. 财务报表要素分析是指根据资产负债表、损益表及现金流量表等财务报表构成要素的特征，对其质量情况进行分析，具体包括各要素的总量、构成、变动趋势、行业比较及安全性等方面。要素分析是财务报表分析的基础，可以比较直接地反映企业在会计核算期间生产经营活动对各项财务基础指标的影响。

2. 财务比率分析是通过各项财务报表比率之间的内在联系，来反映企业的偿债能力、营运能力、盈利能力及成长能力等情况。由于单纯的财务比率意义不大，经常采用某一基准进行比较分析，如将该企业的财务比率与行业平均值、行业内规模类似企业相关财务比率进行比较，以提高分析结果的实用性。

3. 趋势分析是通过对企业近几年财务报表中各项财务指标的对比，考察企业在这些年的发展变化趋势，从而评价企业经营状况、资金实力、获利能力、筹资能力、偿债能力和投资能力的变化情况，具体可采用各财务指标在考察年度的趋势线进行分析。

4. 经营活动中产生的现金流是现金流量的一项重要指标，可用于判断企业在不动用外部筹资情况下，通过生产经营活动产生的现金流量是否足以偿还负债、支付股利和对外投资。经营活动的现金净流入为正，表明企业生产经营进入良性循环，现金流入量越大，企业经营越稳健。

5. 企业投资活动现金流量分析应结合目前的投资项目进行，不能简单地以现金净流入或是净流出判断投资活动的优劣。当企业扩大生产规模或开发新的利润增长点时需要大量的现金投入，如果投资活动产生的现金流入补偿不了现金流出，则投资活动的净现金流量为负；如果企业投资活动效率较高，将会产生比较充裕的未来现金流入用于偿还债务，未来的偿债风险会有所下降。

6. 一般来说，筹资活动产生的现金净流量越大，企业面临的偿债压力也就越大，但如果筹资活动中的现金流入量主要来自企业吸收的权益性资本，则偿债压力就会减轻。

复习思考题

1. 简述普通股东进行财务报表分析的目的。
2. 简述企业的不同成长阶段的业绩评估特点。
3. 简述财务报表要素分析的关键点。
4. 什么是趋势分析？其主要分析步骤是什么？
5. 分析影响资产周转率的因素有哪些？

习　　题

1. 已知光明公司 2008 年的净利润额为 1 026 万元，应付优先股股利为 60 万元。假设该公司流通在外的普通股股数情况如下表所示，试计算该公司的每股收益。

时　间	股　数
1 ~ 6 月	1 293 189
7 ~ 12 月	1 284 910

2. 某公司 2009 年的资产负债表部分项目如下：

项　目	2009 年
现金	4 800
银行存款	1 600 000
短期投资——债券投资	40 000
其中：短期投资跌价准备	640
应收票据	50 000

续表

项　　目	2009 年
固定资产	28 840 000
其中：累计折旧	600 000
应收账款	180 000
其中：坏账准备	14 000
原材料	460 000
应付票据	80 000
应交税金	80 000
预提费用	1 200 000
长期借款——基建借款	1 400 000

计算：

（1）企业的营运资本。

（2）企业的流动比率和速动比率。

（3）企业的现金比率。

3. 某公司连续 3 年的部分财务比率及今年行业平均水平如下表所示，试用以下比率来评价该企业资产的流动性、盈利能力及财务杠杆状况，如果公司想发行债券进行新项目投资，应该如何进行规划？

比　　率	第 1 年	第 2 年	第 3 年	行业水平
股东权益报酬率（%）	16	22	26	20
负债权益比	1	1.2	2.1	0.8
流动比率	2.1	1.5	1.1	2.2
收益利息倍数（倍）	13	7	5	8
销售净利润率（%）	7	6.3	8.2	6.1
总资产周转率（次）	1.1	1.5	1.4	1.15
速动比率	1.2	0.86	0.6	1.2
应收账款平均回收期（天）	21	26	19	32
固定负担倍数	4	6	3.1	4.8

第四章

投资组合理论及其
前沿问题研究

【本章要点】本章从投资者效用最大化出发，对投资组合选择中的资本配置决策、资产配置决策和证券选择等问题进行了阐述，并从居民家庭资产配置视角，对该理论在现实中的扩展和前沿研究进行了论述。

【核心概念】投机和赌博　风险厌恶型投资者　资本配置决策　资产配置决策　证券选择
市场组合

第一节　投资者最优：效用最大化

投资组合理论是早期金融学和现代金融学的重要分水岭。早期金融大多数来源于实业家的直观判断，并没有太多的理论指导，因此，早期的金融市场更多地被人们视为"赌场"而非真正的"市场"，他们提出资产的价值是由资本收益的期望和反期望决定的，因此，整体而言，投资者是"自己被自己套牢了"①。马柯维茨（1952）从预期效用理论②入手，在风险—收益均衡的前提下提出了最优投资组合选择理论③，即现代投资组合理论。虽然，该理论由于计算过于复杂而在现实应用中受到限制，但却为现代金融学的发展构造了清晰的框架和坚实的理论基础，成为现代金融学发展的基石。

投资组合决策主要分为三个层次：首先是资本配置决策，这是整个资产组合配置过程中最为广泛的选择，它决定的是整个资产组合中无风险资产和风险资产的最优配置比例问题，即投放在安全但收益低的货币市场证券资产的比例与放在

---

① John Maynard Keynes. 货币论［M］. 1930；John Maynard Keynes. 就业、利息和货币通论［M］. 1936.

② Jonh von Neumann, Oskar Morgenstern. 博弈论与经济行为［M］. 1944.

③ Markowitz, Harry. Portfolio selection［J］. Journal of Finance, 1952, 7：1, pp. 77–91.

高等学校会计学专业特色教材

有风险但收益比较高的证券资产（如股票）的比例；其次是资产配置决策，它描述了资本在不同风险等级的风险资产中的分布情况（如股票、债券、不动产等）；最后是证券选择决策，它描述了每种资产等级中的普通证券选择问题。大多数投资机构均使用这一方法进行资产组合管理，一般来说，投资机构的高层组织决定资本配置决策和资产配置决策，具体的资产组合管理人员决定每种资产等级中特定证券的选择。以下将从投资者效用最大化、无风险资产与风险资产的最优配置比例、最优风险资产组合、证券选择、投资组合的风险管理以及家庭资产配置等方面对投资组合理论及其前沿发展问题进行阐述。

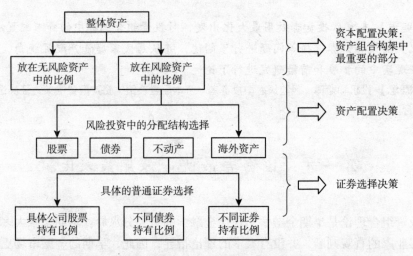

图 4 - 1　投资组合选择的三个基本层次

一、收益和风险的界定

投资是指投资者在当期投入一定数量的资金并且期望在未来期间获得相应的回报，即购买的不仅不会被消耗掉反而会被用于生产未来物品的资本货物，如修造铁路、建造工厂、购置土地、引进生产线、购买机器设备以及人力资本投资等。从金融学角度来讲，投资意味着购买证券或其他金融资产，包括房地产、股票、债券、黄金、外币或邮票等，其基本特点是以让渡其他资产而换取另一项具有一定风险的资产。因此，相对于投机而言，投资的期限段更长一些，更倾向于为了在未来一定时间段内获得某种比较持续稳定的现金流收益。一般情况下，投资者在进行投资过程中不仅需要关注投资收益，还需要控制投资风险。

1. 单一资产收益及风险的界定

投资收益是指对外投资获得的补偿,具体包括企业经营利润、债券利息、股利、资本利得等收入减去投资损失后的净收益,投资风险是指收益的不确定性。对于单一资产而言,投资收益常用期望收益率指标衡量,公式表达为:

$$\bar{K} = \sum_{i=1}^{n} P_i K_i \qquad (4-1)$$

式中:K_i——该资产在第 i 种情况下的收益率;

$\bar{K}$——该资产的期望收益率;

P_i——第 i 种情况发生的概率。

风险采用标准差进行估计,具体公式为:

$$\sigma = \sqrt{\sum_{i=1}^{n} (K_i - \bar{K})^2 \times P_i} \qquad (4-2)$$

2. 投资组合收益和风险的度量

投资组合收益率度量最常用的方法是加权平均投资组合收益率,即以投资组合中所有资产的收益率按所占比重作为权重进行加权平均后得到的收益率,具体公式为:

$$E_P = \sum_{i=1}^{n} W_i E_i \qquad (4-3)$$

式中:E_P——投资组合的期望收益率;

E_i——资产 i 的期望收益率;

W_i——资产 i 的价值占整个投资组合价值的比重。

目前,对于风险尚无统一的定义,普遍认可的描述是指某种事物的不确定性,投资风险即指投资收益的不确定性,统计上用其收益率分布的离散或延伸程度来度量,其统计衡量指标为方差和标准差,具体表现为各种情况下收益率与平均收益率之间距离平方之和。如果某资产收益率分布比较集中,则表示该资产的收益率不确定性较低,收益率标准差和方差较小,风险程度偏低;如果收益率分布比较延伸分散,则表明收益率的不确定性较高,收益率标准差和方差较大,风险程度也就越高。一般情况下,投资组合的风险是用投资组合的方差来衡量。当投资组合是由两种资产构成时,其方差为:

$$\sigma_P^2 = W_1^2 \sigma_1^2 + W_2^2 \sigma_2^2 + 2 W_1 W_2 \text{cov}(R_1, R_2) \qquad (4-4)$$

式中:σ_P^2——投资组合的方差;

W_1，W_2——第 1 种和第 2 种资产在总投资额中所占的比重；

σ_1，σ_2——第 1 种和第 2 种资产收益率的标准离差；

$\text{cov}(R_1, R_2)$——资产 1 和资产 2 收益率的协方差。

当投资组合由 n 种资产构成时，其方差可用协方差矩阵表示，如表 4-1 所示。

表 4-1   投资组合的协方差矩阵

资产组合的权重	W_1	W_2	$\cdots$	W_i	$\cdots$	W_n
W_1	$\text{cov}(r_1, r_1)$	$\text{cov}(r_1, r_2)$	$\cdots$	$\text{cov}(r_1, r_i)$	$\cdots$	$\text{cov}(r_1, r_n)$
W_2	$\text{cov}(r_2, r_1)$	$\text{cov}(r_2, r_2)$	$\cdots$	$\text{cov}(r_2, r_i)$	$\cdots$	$\text{cov}(r_2, r_n)$
$\cdots$	$\cdots$	$\cdots$	$\cdots$	$\cdots$	$\cdots$	$\cdots$
W_i	$\text{cov}(r_i, r_1)$	$\text{cov}(r_i, r_2)$	$\cdots$	$\text{cov}(r_i, r_i)$	$\cdots$	$\text{cov}(r_i, r_n)$
$\cdots$	$\cdots$	$\cdots$	$\cdots$	$\cdots$	$\cdots$	$\cdots$
W_n	$\text{cov}(r_n, r_1)$	$\text{cov}(r_n, r_2)$	$\cdots$	$\text{cov}(r_n, r_i)$	$\cdots$	$\text{cov}(r_n, r_n)$

注：W_1，W_2，$\cdots$，W_n 为构成投资组合的各类资产的权重，r_1，r_2，$\cdots$，r_n 为构成投资组合各类资产的收益率，$\text{cov}(r_i, r_j)$ 为资产 i 和资产 j 之间的协方差。

二、投机与赌博

投机是指在获取相应收益水平[①]下承担一定的风险，与投资的概念基本类似，只是一定收益水平下风险承受能力更强些。赌博是指为一个不确定的结果打赌或下赌注，与投机的主要区别在于赌博者可以享受到冒险带来的乐趣，因此，赌博行为表现为在没有相应的风险补偿情况下愿意承担一定的风险。

在某些情况下，赌博看起来与投机类似，如小王和小李两个人对美元与人民币的远期汇率看法截然不同，他们为此打赌，如果一年之后，1 美元的价值超过了 6.8 元人民币，小王付给小李 100 元人民币；反之，如果，在一年后 1 美元价值低于 6.8 元人民币，则小李付给小王 6.8 元人民币。1 年后美元对人民币的走势只有两种情况：一是 1 美元高于 6.8 元人民币；二是 1 美元低于 6.8 元人民币，如果这两种情况出现的概率相等，都为 50%，则两个人的期望收益率均为 0，两人均在没有相应风险补偿的情况下承担了风险，因此，两人均在进行赌博。

然而，现实情况更有可能是小王和小李两人对未来美元对人民币的远期汇率的看法不同，小王认为一年后 1 美元超过 6.8 元人民币的可能性小于 50%，而小

---

① 相应的收益水平是指去除无风险收益之后的实际期望收益率，即风险溢价。

李认为一年后1美元超过6.8元人民币的概率大于50%，因此，在这种"异质预期"[1] 情况下，两人均将自己的行为视为投机而将他人的行为视为赌博。

三、投资者的风险偏好

众多调查研究发现，投资者对于风险的承受能力差异较大，有些投资者倾向于获得比较稳定的回报，而有些投资者可以为提高较少的收益而承担很高的风险[2]，有些投资者甚至能够为了享受冒险带来的乐趣而承担风险[3]。在进行投资决策分析的过程中，根据市场参与者对于风险的偏好程度，我们将投资者分为三种基本类型：风险偏好型、风险中性型和风险厌恶型。风险偏好型投资者是指决策过程中能够享受风险带来的乐趣，从而愿意承担较高的风险的市场参与者；风险中性投资者是指风险因素对其决策不产生影响，仅按照期望收益率的高低来进行投资判断的市场参与者；风险厌恶型投资者是指在投资决策过程中综合考虑风险和收益因素的市场参与者，风险厌恶型投资者为补偿所承担的风险，将按某一百分比降低资产组合的期望收益率，承担的风险越大，降低的幅度也就越大。

参考资料：

某投资机构投资者风险偏好测试表

风险测试表能帮助投资者对自我风险承受能力、投资理念、投资性格等进行专业的自我认知测试，从而控制风险，构建适合自己的投资组合，它是投资者进行投资理财之前重要的准备工作。请回答以下问题：

1. 你购买一项投资，在一个月后跌去了15%的总价值。假设该投资的其他任何基本面要素没有改变，你会

（a）坐等投资回到原有价值

（b）卖掉它，以免日后如果它不断跌价，让你寝食难安，夜不能寐

（c）买入更多，因为如果以当初价格购买时认为是个好决定，现在应该看上去机会更好

2. 你购买一项投资，在一个月后暴涨了40%。假设你并找不出更多的相关信息，你会：

（a）卖掉它

---

[1] 异质预期是指对未来发生的同一件事情看法不一样，要排除异质预期需要获取相应信息和深入沟通。

[2] 有时投机和投资含义相同，相对于投资而言，投机要求的风险补偿更高。

[3] 金融学上定义的赌博是指为期望收益小于零的投资而承担一定的风险。

（b）继续持有它，期待未来可能更多的收益

（c）买入更多——也许它还会涨得更高

3. 你比较愿意做下列哪件事：

（a）投资于今后 6 个月不大上升的激进增长型基金

（b）投资于货币市场基金，但会目睹今后 6 个月激进增长型基金增长翻番

4. 你是否会感觉好，如果：

（a）你的股票投资翻了一番

（b）你投资于基金，从而避免了市场下跌而造成的一半投资的损失

5. 下列哪件事会让你最开心：

（a）你在报纸竞赛中赢了 100 000 元

（b）你从一个富有的亲戚继承了 100 000 元

（c）你冒着风险，投资的 2 000 元期权带来了 100 000 元的收益

（d）任何上述一项——你很高兴 100 000 元的收益，无论是通过什么渠道

6. 你现在住的公寓要改造成酒店式公寓，你可用 80 000 元买下现在的住处，或把这个买房的权利以 20 000 元卖掉。你改造过的住处的市场价格会是 120 000 元。你知道如果你买下它，可能要至少花 6 个月才能卖掉，而每个月的养房费要 1 200 元。并且为买下它，必须向银行按揭支付头期。你不想住在这里了。你会怎么做？

（a）就拿 20 000 元，卖掉这个买房权

（b）先买下房子，再卖掉

7. 你继承了叔叔价值 100 000 元的房子，已付清了所有的按揭贷款。尽管房子在一个时尚社区，并且会预期以高于通货膨胀率的水平升值，但是房子现在很破旧。目前，房子正在出租，每月有 1 000 元的租金收入。不过，如果房子新装修后，租金可以有 1 500 元。装修费可以用房子来抵押获得贷款。你会：

（a）卖掉房子

（b）保持现有租约

（c）装修它，再出租

8. 你为一家私营的呈上升期的小型电子企业工作。公司在通过向员工出售股票募集资金。管理层计划将公司上市，但要至少 4 年以后。如果你买股票，你的股票只能在公司股票公开交易后，方可卖出。同时，股票不分红。公司一旦上市，股票会以你购买的 10 ~ 20 倍的价格交易。你会做多少投资？

（a）1 股也不买

（b）1 个月的薪水

（c）3 个月的薪水

（d）6 个月的薪水

资料来源：http：//www.phfund.com.cn/phfund/UploadFile。

四、投资者效用最大化

1. 风险厌恶与效用最大化

理性投资者的投资决策是以风险厌恶为前提，也就是说在投资收益确定情况下以收益最大化为标准，而在投资收益不确定情况下需要将风险考虑在内，以下将以贝诺里在圣彼得堡进行投币游戏实验对这一问题进行阐述和分析。1725 ~ 1733 年，丹尼尔斯·贝诺里在圣彼得堡进行了一项投币实验，参加投币游戏需要先付门票，其后，抛硬币直到第一个正面出现时为止，参加游戏者获得的报酬可用反面出现的次数 n 计算，即：$R(n) = 2^n$，通过实验测试游戏参与者愿意为参加这个游戏支付多少美元的门票。

首先分析一下参加这个游戏可以获得的收益情况，表 4 - 2 列示了各种情况出现的概率以及获得的报酬。

表 4 - 2　　　　　　　　　　圣彼得堡游戏的收益情况分析

反面次数	概率	报酬 = R(n)	概率 × 报酬
0	1/2	1	1/2
1	1/4	2	1/2
2	1/8	4	1/2
3	1/16	8	1/2
…	…	…	…
n	$(1/2)^{n+1}$	2^n	1/2

因此，该游戏的期望报酬为：

$$E(R) = \sum_{n=1}^{\infty} P_{r(n)} R(n) = 1/2 + 1/2 + \cdots + 1/2 = \infty \qquad (4-5)$$

可见，这个游戏的期望收益率是无限的，也就是说，如果投资者不考虑投资风险，仅以投资收益为决策依据，那么，他们为了参与这个游戏愿意支付的费用应该是无限的。但显然参加者愿意买票玩这个游戏的花费是有限度的，实验结果表明，门票的承受能力在 2 ~ 3 美元之间，一旦超过这一额度，游戏参与者寥寥无几。

对于这一悖论的解释在于参与者并不是以投资收益最大化为决策的唯一标准，因此，贝诺里提出了综合投资收益和风险的决策指标——效用最大化标准。贝诺里发现投资者对于报酬中的每 1 美元的价值评价是不一样的，随着财富的增加其效用水平也相应增加，但每增加 1 美元财富所增加的效用值却在逐渐减少[1]，同时风险对于效用具有抵减作用，在数学上可以凸函数对效用这种性质进行描述，以对数效用函数 $\ln(R)$ 为例，投资者支付 R 美元获得的效用为 $\ln(R)$，则参加该游戏的期望效用值为：

$$V(R) = \sum_{n=0}^{\infty} P_{r(n)} \ln[R(n)] = \sum_{n=0}^{\infty} (1/2)^{n+1} \ln(2^n) = 0.693 \qquad (4-6)$$

结果表明，该游戏获得的效用与给参与者 2 美元带来的效用是等价的，这与现实中游戏参与者的门票支付水平相当。由此可见，在确定情况下[2]以及两个投资组合具有相同预期收益率标准差[3]时，市场参与者将选择高预期收益的投资组合；而在不确定情况下或两个投资组合预期收益率标准差不相同时，市场参与者将根据期望效用最大化原则进行其投资决策。

2. 效用函数的性质

上小节讨论了不确定情况下投资的决策原则可根据效用最大化给出，接下来将考虑投资决策中效用函数的基本性质及特征，以及风险态度的度量方法。为了方便起见，分析过程中将不确定性定义为可知的随机性结果，虽然不知道将会出现什么结果，但能够通过其概率分布掌握该结果出现的规律性。

首先考虑一个公平赌博，$\tilde{x}$ 为期望收益为零、只有两种结果的随机函数，即：

$$P\{\tilde{x} = a\} = p, \quad P\{\tilde{x} = b\} = 1 - p$$
$$pa + (1-p)b = 0 \qquad (4-7)$$

投资者对于风险的态度有三种类型，一是风险厌恶型投资者，这类投资者为承担风险需要获得相应的风险补偿，因此，不愿意接受任何公平赌博；二是风险中性的投资者，即在投资决策中只关注投资收益，不关心投资风险，这类投资者无所谓是否接受任何公平赌博；三是风险偏好型投资者，即冒险能带来心理上的满足感，因此，这类型投资者总愿意接受任何公平赌博。可以用效用函数对不同风险偏好的投资者进行刻画。

风险厌恶型投资者的效用函数描述为：

$$u(W_0) > pu(W_0 + a) + (1-p)u(W_0 + b) \qquad (4-8)$$

风险中性投资者的效用函数描述为：

$$u(W_0) = pu(W_0 + a) + (1-p)u(W_0 + b) \qquad (4-9)$$

---

① 这种效用类似于给定风险与收益特性下的资产组合的满意程度。
② 即无风险情况下。
③ 即两个投资组合风险水平相同情况下。

风险偏好型投资者的效用函数描述为：

$$u(W_0) < pu(W_0 + a) + (1-p)u(W_0 + b) \qquad (4-10)$$

其中 W_0 为任意财富水平。

假设 u 二阶连续可导，式（4-8）等价于 u 的严格凹函数。对于

$$\forall x, y \in \mathbf{R}, \lambda \in (0, 1)$$

$$\begin{aligned}
u[\lambda x + (1-\lambda)y] &= u[W_0 + \lambda(x - W_0) + (1-\lambda)(y - W_0)] > \lambda u[W_0 \\
&\quad + (x - W_0)] + (1-\lambda)u[W_0 + (y - W_0)] \\
&= \lambda u(x) + (1-\lambda)u(y) \qquad (4-11)
\end{aligned}$$

其中 $W_0 = \lambda x + (1-\lambda)y$，而严格不等式是因为 $\lambda(x - W_0) + (1-\lambda)(y - W_0) = 0$ 以及风险厌恶的定义。根据凹函数的性质：如果 u 二阶连续可导，当且仅当 $\forall x \in I$，$u'' > 0$ 时，u 在区间 I 内为凹函数。因此，可以得出如下结论：对于风险厌恶型投资者，其效用函数为凹函数，且 $u'' > 0$；对于风险中性的投资者，其效用函数为线性函数，且 $u'' = 0$；对于风险偏好型的投资者，其效用函数为凸函数，且 $u'' < 10$。

3. 均值—方差效用无差异曲线分析

萨缪尔森（1970）[1] 运用均值、方差与较高阶矩差对资产组合进行分析得出，在大部分情况下：（1）超过方差的所有矩差的重要性远远小于期望值和方差，也就是说，在分析效用的过程中，忽略大于方差的矩差不会影响资产组合的选择；（2）方差和均值对于投资者的效用同样重要。萨缪尔森的证明表明，在均值—方差效用框架下，均值和方差同等重要，而其他的高阶矩差可以忽略。马柯维茨投资组合理论在很大程度上是建立在均值—方差框架下的。以下将对均值—方差效用形式进行介绍。

$$U = E(r) - 0.005A\sigma^2 \qquad (4-12)$$

式中：U——投资组合为投资者带来的效用值；

　　　$E(r)$ ——投资者的期望收益；

　　　A——投资者的风险厌恶系数；

　　　σ^2——投资组合收益的方差。

从式（4-12）可见，投资组合的效用与投资组合的收益成正比关系，即投资组合的收益水平越高，给投资者带来的效用值就越大；与投资组合的风险成反

---

① Paul A. Samuelson, The Fundmental Approximation Theorem of portfolio Analysis in Terms of Means, Variances, and Higher Moments, Review of Economic Studies 37, 1970.

比关系，即投资组合的风险水平越高，给投资者带来的效用值就越小；与投资者自身的风险偏好程度成反比关系，即投资者的风险厌恶水平越高，相同收益—风险水平投资组合给投资者带来的效用值就越小。在某种程度上，方差抵减效用的程度取决于投资者的风险厌恶程度，在竞争性资产组合中进行选择的投资者将挑选效用值最大的资产组合。

例 4 – 1

运用均值方差效用函数进行投资评估

假设一投资者的效用为均值—方差函数形式，现在期望收益率为23%、标准差为32%的风险投资组合与无风险收益率为8%的国库券之间进行投资选择，分析当投资者的风险厌恶程度 $A = 2$，$A = 3$ 时，他会作出何种选择？

分析：

无风险资产给该投资者带来的效用值为8%；

当 $A = 2$ 时，风险投资对该投资者产生的效用 $U = 23\% - 0.005 \times 2 \times 32\% \times 32\% = 12.76\% > 8\%$，因此，应该选择风险项目投资；

当 $A = 3$ 时，风险投资产生的效用 $U = 23\% - 0.005 \times 3 \times 32\% \times 32\% = 7.64\%$，因此，应该选择无风险国库券投资。

以上分析表明，投资组合高预期收益水平将提高投资者的效用，而高风险水平将降低投资者的效用，在投资决策中投资者将选择效用值最大的资产组合。如图 4 – 2 所示，P 点代表收益率为 $E(r_p)$，方差为 σ_p 的投资组合，沿 P 点分别作出平行于 $E(r)$ 轴和 σ^2 轴的平行线，两条平行线将平面划分为Ⅰ、Ⅱ、Ⅲ和Ⅳ四个区域。对于投资者而言，第Ⅰ区域的投资机会风险均低于点 P 代表的投资组合，且收益均高于点 P，则其代表的投资机会均优于点 P 代表的投资组合；第Ⅳ区域的投资机会风险均高于点 P，且收益均低于点 P，则其代表的投资机会均劣于点 P；第Ⅲ区域的投资机会风险和收益均低于点 P 代表的投资组合；第Ⅳ区域的投资机会风险和收益均高于点 P 代表的投资组合。

由此可见，与 P 点代表的投资组合效用水平相同投资机会将出现于第Ⅱ和第Ⅲ区域，其效用无差异曲线如图 4 – 3 所示。

从图 4 – 3 可见，投资组合的选择首先依赖于投资者的风险偏好特征，对于 P、N 两点来说，从 P 点开始，投资组合的标准差逐渐增加并引起效用水平的降

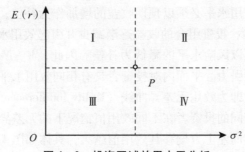

图 4 – 2　投资区域效用水平分析

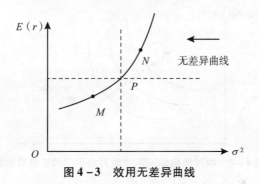

图 4 – 3　效用无差异曲线

例 4 – 2

效用无差异曲线分析

某一投资者的效用为均值—方差函数形式，其风险厌恶系数 $A = 4$，效用无差异曲线为 $E(r) = 2 - 0.02\sigma^2$，试分析效用值为 2 时，其投资组合的风险和收益情况如下表所示。

预期收益 $E(r)$	标准差 σ	$U = E(r) - 0.005A\sigma^2$
10%	20%	$10 - 0.005 \times 4 \times 400 = 2$
15%	25.5%	$15 - 0.005 \times 4 \times 650 = 2$
20%	30%	$20 - 0.005 \times 4 \times 900 = 2$
25%	33.9%	$25 - 0.005 \times 4 \times 1\,150 = 2$

可见，当投资者的效用保持同一水平情况下，想要得到更高的预期收益就必须承受更大的风险。

低，要获得同样的效用水平必须以预期收益的增加作为补偿；同样对于 M、P 两点来说，从 P 点开始，投资组合的收益逐渐减少并引起效用水平的降低，要获得同样的效用水平必须以风险水平的降低为补偿。因此，M、N 和 P 点最终对投资者而言具有相同的吸引力。平面内对投资者具有相同效用水平的投资组合可连成一条曲线，这条曲线即为效用无差异曲线（Utility Indifference Curve）。

风险偏好特征相同的投资者在不同效用值情况下的无差异曲线可表现为一组平行的曲线，并且越向左上方偏移其效用值越大，具体如图 4 - 4 所示。

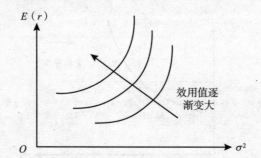

图 4 - 4　相同风险偏好不同效用水平下的无差异曲线

具有不同风险偏好特征的投资者的效用无差异曲线可用图 4 - 5 表示，并且投资者风险厌恶程度越高，其无差异曲线越为陡峭。

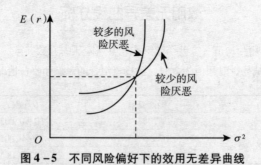

图 4 - 5　不同风险偏好下的效用无差异曲线

第二节　无风险资产与风险资产配置

投资组合选择首先需要解决的资本配置决策问题，即决定无风险资产与风险资产之间的最优配置比例,这是资产配置决策中最为广泛的决策部分。分析过程中假设投资者将其资产配置成两部分:一是无风险资产;二是一个风险资产组合。假设投资者的投资组合 C 由 W_p 份风险资产与 W_f 份无风险资产组成,其中,无风险资产收益率为 r_f,风险资产收益率为 r_p,投资组合的标准差为 σ_p,无风险资产的标准差 $\sigma_f = 0$,风险资产与无风险资产的相关系数 $\rho_{(r_p, r_f)}$ 为 0。

一、投资组合 C 的收益

投资组合为 C 的收益率 r_c 为:

$$r_c = W_p r_p + W_f r_f \tag{4-13}$$

其中,$W_p + W_f = 1$,即 $r_c = W_p r_p + (1 - W_p) r_f$。

投资组合 C 的期望收益率 $E(r_c)$ 为:

$$E(r_c) = W_p E(r_p) + (1 - W_p) r_f = r_f + W_p [E(r_p) - r_f] \tag{4-14}$$

二、投资组合 C 的风险

投资组合 C 的风险 σ_c^2 为:

$$\sigma_c^2 = W_p^2 \sigma_p^2 + W_f^2 \sigma_f^2 + 2 W_p W_f \text{cov}(r_p, r_f) \tag{4-15}$$

由于无风险资产的标准差为 0,与风险资产的相关系数为 0,则投资组合 C 的风险为:

$$\sigma_c = W_p \sigma_p \tag{4-16}$$

三、投资者的效用

通过资产组合 C 的期望收益和方差,可以计算投资者从给定投资组合 C 中所获得的效用,已知投资者的效用为均值—方差函数形式,即 $U = E(r) - 0.005 A \sigma^2$。将投资组合 C 的期望收益(式(4-14))和方差(式(4-16))代入效用函数得出:

$$U = r_f + W_p [E(r_p) - r_f] - 0.005 A W_p^2 \sigma_p^2 \tag{4-17}$$

此时效用函数 U 为风险资产权重 W_p 的函数,不同的 W_p 值对于投资者产生的效用 U 也不相同,投资者可以通过选择风险资产的最优权重 W_p 以使其效用最大化。表 4-3 对不同风险资产权重下投资者的效用水平进行了测算。

表4-3   不同风险资产投资比重下的效用水平（$A=4$）

W_p	$E(r_c)$	σ_c^2	U
0	7	0	7
0.1	7.8	2.2	7.7
0.2	8.6	4.4	8.21
0.3	9.4	6.6	8.53
0.4	10.2	8.8	8.65
0.41	10.28	9.02	10.26
0.5	11	11	8.58
0.6	11.8	13.2	8.32
0.7	12.6	15.4	7.86
0.8	13.4	17.6	7.2
0.9	14.2	19.8	6.36
1	15	22	5.32

四、最优配置比例

获得最优风险资产组合配置比率的方法主要有两种：一种方法是通过对效用函数极值求导的方法来得到解析解；另一种方法是通过资本配置线与效用无差异曲线进行图解。以下将对这两种方法进行介绍。

1. 通过极值求导获得最大效用

根据式（4-17），将效用函数 U 对 W_p 求一阶导，得：

$$U' = E(r_p) - r_f - 0.01AW_p\sigma_p^2 \qquad (4-18)$$

令 $U'=0$，求得最优风险资产所占比例 W_p^* 为：

$$W_p^* = \frac{E(r_p) - r_f}{0.01A\sigma_p^2} \qquad (4-19)$$

最优配置比例下的效用值为：

$$U_{\max} = r_f + W_p^*\left[E(r_p) - r_f\right] - 0.005AW_p^{*2}\sigma_p^2 \qquad (4-20)$$

2. 用图解法求得最大效用

通过作图分析寻找投资者在所有可能的投资机会内效用最大的投资组合。作图法分析中用到投资者的效用无差异曲线和资本配置线，其中，效用无差异曲线代表了投资者相同效用水平下的所有投资组合，资本配置线（Capital Allocation Line，CAL）则代表了投资者的所有可能获得的投资组合机会，它描述了投资者将其资产在无风险资产与风险资产之间进行分配时，所有可获得的投资组合期望收益与风险之间关系。

假定投资者将在无风险资产与风险资产组合 P 中配置其资产，其中，投资组合 P 的期望收益率 $E(r_p) = 15\%$，投资组合 P 的标准差为 $\sigma_p = 22\%$，所占权重为 W_p，无风险收益率 $r_f = 7\%$，所占权重为 $1 - W_p$，投资者的效用为均值—方差函数形式，风险厌恶系数为 A，试分析使得投资者效用最大化的最优配置比例 W_p。

第一步，画出该风险资产与无风险资产组合 P 的资本配置线，具体如图 4 - 6 所示。

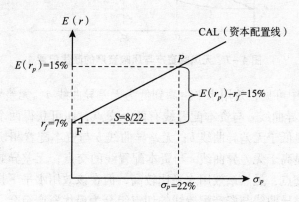

图 4 - 6　风险资产组合 P 与无风险资产的资产配置线

从图 4 - 6 可知，FP 为无风险资产与风险资产组合 P 构成的资本配置线，表示该风险资产和无风险资产构成投资组合的所有投资机会，点 F 表示投资组合 C 完全由无风险资产组成，即 $W_p = 0$；点 P 表示投资组合 C 完全由风险资产 P 组成，即 $W_p = 1$；点 F 与点 P 的连线代表了 W_p 不同取值下的所有可能的获得投资组合机会集。点 F 的左侧连线表示投资者卖空风险资产来购买无风险资产，点 P 右侧连线表示投资者卖空无风险资产来购买风险资产。资本配置线的斜率表示承担每单位风险所获得的风险溢酬补偿，称为报酬与波动性比率，即夏普比率（Sharpe Ratio），S 越大，表示投资者单位风险下获得的风险补偿水平越高。

$$S = \frac{E(r_c) - r_f}{\sigma_p} \tag{4-21}$$

对于同一投资者，不同的投资组合对其产生的效用不同，从无差异曲线分析中可知，无差异曲线越偏向左上方，其效用水平越高。投资者总是试图在较高效用水平的无差异曲线上寻找自己的投资组合，因此，将无差异曲线簇与资本配置线放在一起，就可以确定可获得投资机会下投资者效用最大化情况下的最优配置比例，具体如图4-7所示。

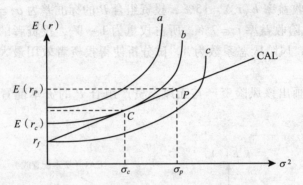

图4-7 无风险资产与风险资产的最优配置

从图4-7中可见，效用水平由高到低为无差异曲线 a、无差异曲线 b 和无差异曲线 c，无差异曲线 c 与资本配置线有两个交点，即可获得两个投资机会，但其效用水平明显低于无差异曲线 b；无差异曲线 b 与资本配置相切于 C 点，并且其效用水平明显高于无差异曲线 c 与资本配置线的交点；无差异效用曲线 a 与资本配置线没有交点，虽然该效用水平比较高，但在该效用水平下投资组合无法实现。因此，无差异曲线与资产配置线的切点组合为最优资产组合。

五、投资者风险偏好与资本配置

投资者具有不同的风险偏好，其风险厌恶程度各不相同，效用无差异曲线的形状也不一样，资产配置也存在一定的差异，图4-8表示相同资本配置线下，不同风险厌恶水平的投资者的资产配置情况。

从图4-8可见，无差异曲线 c 代表风险厌恶水平较低的投资者 M（ A 值较小），无差异曲线 b 代表风险厌恶水平较高的投资者 N（ A 值较大），N 比 M 有着更陡的无差异曲线，这表明在同一资产配置线下，对于投资组合中风险的上升，风险厌恶水平较高的投资者要求更高的预期收益率进行补偿。换句话说，当投资预期收益相同时，风险厌恶水平较高的投资者总是避免冒险，以风险更低的点作为自己的最优投资组合选择。在两者效用最大的投资组合上，M 也选择比 N 更多比例的风险资产作为自己的最优资产组合。

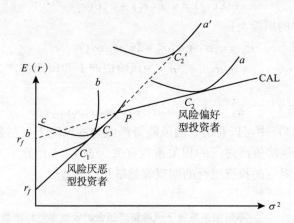

图4-8 不同风险厌恶水平下的资产配置

当投资者 M 极其喜欢冒险时，他有可能对无风险资产进行做空处理，即以 r_f^b 为利率进行贷款获得更多资金投资于风险资产，以获取最大的效用。

（1）当 $r_f^b = r_f$，即贷款利率等于无风险利率时，此时 M 的效用无差异曲线为 a'，最优投资选择为 C_2'。

（2）当 $r_f^b > r_f$，即贷款利率高于无风险利率时，资本配置线将发生变化，无风险资产卖空的斜率变小，变为 $S = \dfrac{E(r_c) - r_f^b}{\sigma_p}$，资本配置线将在 P 点弯曲，投资者 M 将以 r_f^b 借入额外资金投资于风险资产组合 P，最优投资选择为 C_2。

第三节 风险资产之间的配置

在研究了无风险资产与风险资产的最优配置后，将进入资产配置决策的分析，即最优风险资产的配置比例问题。本节首先对两种资产的最优配置问题进行探讨，接下来分析三种风险资产的最优配置情况，最后将其向多种风险资产情况扩展。

一、两种风险资产的资产组合

假设一投资组合 P 由风险资产 1 和风险资产 2 构成，其中，r_1 为风险资产 1 的收益率，r_2 为风险资产 2 的收益率，w_1 和 w_2 分别资产组合中风险资产 1 和风险资产 2 的权重，则该投资组合 P 的预期收益为：

$$E(r_p) = w_1 E(r_1) + w_2 E(r_2) \tag{4-22}$$

投资组合 P 的风险为：

$$\sigma_p^2 = w_1^2 \sigma_1^2 + w_2^2 \sigma_2^2 + 2 w_1 w_2 \text{cov}(r_1, r_2) \tag{4-23}$$

其中，$\text{cov}(r_1, r_2) = \sigma_1 \sigma_2 \rho_{1,2}$，$\rho_{1,2}$ 为风险资产 1 和风险资产 2 之间的相关系数，则：

$$\sigma_p^2 = w_1^2 \sigma_1^2 + w_2^2 \sigma_2^2 + 2 w_1 w_2 \sigma_1 \sigma_2 \rho_{1,2} \tag{4-24}$$

从式（4-24）中可以看出，两风险资产组合的风险不仅与各自的权重及风险相关，还与两风险资产之间的相关系数有关。表 4-4 计算了不同风险资产权重及相关系数下对应的投资组合的期望收益率及标准差。

表 4-4　　　　　　　不同相关系数下风险资产组合的收益率与标准差

w_1	w_2	$E(r_p)$	给定相关性下的资产组合的标准差			
			$\rho = -1$	$\rho = 0$	$\rho = 0.3$	$\rho = 1$
0	1	13	20	20	20	20
0.1	0.9	12.5	16.8	18.04	18.4	18.4
0.2	0.8	12	13.6	16.18	16.88	18.4
0.3	0.7	11.5	10.4	14.46	15.47	17.6
0.4	0.6	11	7.2	12.92	14.2	16.8
0.5	0.5	10.5	4	11.66	13.11	16
0.6	0.4	10	0.8	10.76	12.26	15.2
0.7	0.3	9.5	2.4	10.32	11.7	14.4
0.8	0.2	9	5.6	10.4	11.45	13.6
0.9	0.1	8.5	8.8	10.98	11.56	12.8
1	0	8	12	12	12	12

由表 4-4 可见，投资组合 P 的收益率随着组合中高收益、高风险资产权重的增加而单调增加，与两资产的相关系数无关。但投资组合 P 的风险与相关系数直接相关，在相关系数为 1 时，投资组合的风险随着组合中高风险资产权重的增加而增加；但当相关系数小于 1 时，投资组合的风险与高风险资产权重呈 "U" 型关系，即首先随着高风险资产权重的增加而减少，达到一定水平后，再随着高风险资产权重的增加而增加；当相关系数为 -1 时，在某一权重下，其风险被完全抵消，但收益水平相对较高。

投资组合 P 的预期收益与组合中各资产的配置比例呈线性关系，具体如图 4-9 所示。

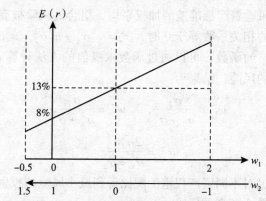

图 4-9　资产组合预期收益与资产权重之间的关系

由图 4-9 可知，风险资产组合的预期收益与组合中各资产的权重呈线性关系，预期收益随着回报率高的资产权重的增加而增加。如果存在做空机制，投资者也可以通过对风险资产做空来提高整个组合的预期收益率。

投资组合标准差与组合中各资产权重的关系如图 4-10 所示。

由图 4-10 可知，不同相关系数下，风险资产的标准差与各资产权重之间的

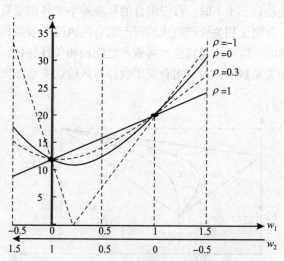

图 4-10　资产组合预期收益与资产权重之间的关系

函数关系各不相同。当两风险资产完全正相关时，即 $\rho_{1,2}=1$，$\sigma_p=w_1\sigma_1+w_2\sigma_2$，资产组合的标准差等于资产组合中各资产标准差的加权平均值，此时分散化没有降低资产的风险。当两风险资产非完全正相关时，即相关系数不等于1，风险资产的标准差小于两风险资产标准差的加权平均，组合的风险被有效地分散了。

当两风险资产的相关系数等于0时，$\sigma_p^2=w_1^2\sigma_1^2+w_2^2\sigma_2^2=w_1^2\sigma_1^2+(1-w_1)^2\sigma_2^2$，此时，$\sigma_p$ 是关于 w_1 的函数，可以通过函数求极值的方法计算 σ_p 最小时各资产的权重及投资组合的风险，结果为：

$$w_1^*=\frac{\sigma_2^2}{\sigma_1^2+\sigma_2^2}, \qquad w_2^*=\frac{\sigma_1^2}{\sigma_1^2+\sigma_2^2} \qquad (4-25)$$

$$\sigma_p^*=\frac{2\sigma_1^2\sigma_2^2}{\sigma_1^2+\sigma_2^2} \qquad (4-26)$$

投资者可以通过对不同资产权重的配比得到最小风险的投资组合，并且投资组合的风险均小于单个资产的风险。

当两资产风险完全负相关时，即两资产之间的相关系数为 -1 时，$\sigma_p=|w_1\sigma_1-w_2\sigma_2|$。

由此可见，此时若 $w_1=\dfrac{\sigma_2}{\sigma_1+\sigma_2}$，$w_2=\dfrac{\sigma_1}{\sigma_1+\sigma_2}$ 时，投资组合的风险将趋近于零，但其收益仍为两风险资产收益的加权平均值。

综上所述，由于资产组合的期望收益是资产组合中两资产期望收益的加权平均值，而在两者相关系数小于1时，投资组合的标准差小于各组成资产的标准差的加权平均值。因此，非完全相关资产组成的资产组合的风险—收益机会总是优于资产组合中各证券单独的风险—收益机会。各资产之间的相关性越低，投资组合的有效性就越高。不同相关系数下，投资组合期望收益与风险的关系如图4-11所示。

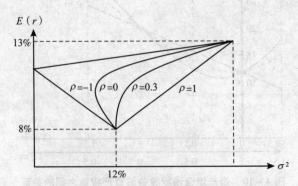

图4-11　两风险资产组合期望收益与风险的关系

由此可见，投资组合中的各资产之间的相关性越低，投资分散化的潜在收益也就越大。在极端的完全负相关的情况下，可以构造出一个零方差的投资组合，该组合在无风险情况下可以享受风险资产的收益水平。

在现实中，如果已知两风险资产的相关系数，就可以通过极值求导的方式确定投资组合方差最小时各风险资产的权重，其结果为：

$$w_1^* = \frac{\sigma_2^2 - \sigma_1\sigma_2\rho_{1,2}}{\sigma_1^2 + \sigma_2^2 - 2\sigma_1\sigma_2\rho_{1,2}}, \quad w_2^* = 1 - w_2^* \qquad (4-27)$$

通过极值求导方式可确定效用最大化条件下的各风险资产的权重，其结果为：

$$w_1^* = \frac{E(r_1) - E(r_2) + 0.01A(\sigma_2^2 - \sigma_1\sigma_2\rho_{1,2})}{0.01A(\sigma_1^2 + \sigma_2^2 - 2\sigma_1\sigma_2\rho_{1,2})}, \quad w_2^* = 1 - w_2^* \qquad (4-28)$$

二、三种风险资产的资产组合

可将以上分析推广到三种或三种以上资产的情况。以三种风险资产情况为例，假定一个投资组合有三种风险资产构成，各自权重分别为 w_1、w_2 和 w_3，则该投资组合的期望收益率为：

$$E(r_p) = w_1E(r_1) + w_2E(r_2) + w_3E(r_3) \qquad (4-29)$$

该投资组合的风险为：

$$\sigma_p^2 = w_1^2\sigma_1^2 + w_2^2\sigma_2^2 + w_3^2\sigma_3^2 + 2w_1w_2\sigma_1\sigma_2\rho_{1,2} + 2w_1w_3\sigma_1\sigma_3\rho_{1,3}$$
$$+ 2w_2w_3\sigma_2\sigma_3\rho_{2,3} \qquad (4-30)$$

将其代入投资者均值—方差效用函数，采用两种风险资产组合类似的分析方法，可获得三种风险资产的最优配置比例。

三、无风险资产与两种风险资产的配置

一种无风险资产与两种风险资产的最优配置问题可按照以下步骤进行。

步骤1：确定风险资产组合的资本配置线，获得风险资产组合的投资可行集。

步骤2：引入无风险资产后，投资者面临的可行集由风险资产组合的配置曲线，转变为从无风险资产与风险资产组合上任一投资机会的连线，假设无风险资产的收益率 r_f 为5%，其投资机会集如图4-12所示。

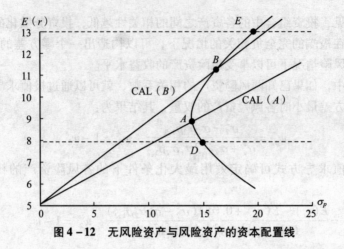

图4-12　无风险资产与风险资产的资本配置线

步骤3：确定无风险资产与两种风险资产组合的最优配置线，具体如图4-13所示。

由图4-13可知，无风险资产与风险资产的最优投资组合为从无风险资产出发向风险资产组合作切线的切点组合，这一组合可以获得最高的单位风险报酬。通过极值求导，可以得到最优风险资产组合的配置比例：

$$w_1^* = \frac{[E(r_1) - r_f]\sigma_2^2 - [E(r_2) - r_f]\sigma_1\sigma_2\rho_{1,2}}{[E(r_1) - r_f]\sigma_1^2 + [E(r_2) - r_f]\sigma_2^2 - [E(r_1) + E(r_1) - 2r_f]\sigma_1\sigma_2\rho_{1,2}}$$

$$w_2^* = 1 - w_2^* \tag{4-31}$$

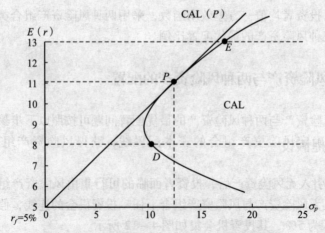

图4-13　无风险资产与风险资产的最优配置线

步骤4：结合投资者的效用无差异曲线，在最优投资组合配置线上确定无风险资产与风险资产组合的最优配置比例，具体如图4-14所示。

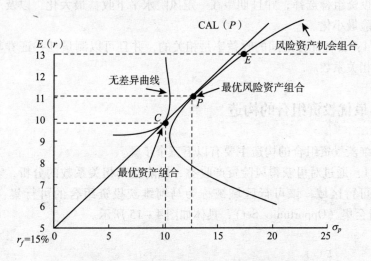

图4-14 最优无风险资产与风险资产配置

由此可见，不管投资者的风险偏好程度如何，其最优投资组合均表现为无风险资产和相同的风险资产组合 P。投资者风险偏好的不同只表现在无风险资产与同样的风险资产组合的配置比例上，即风险厌恶型投资者在无风险资产上的投资比例高些，在风险资产组合上的投资比例低些；而风险偏好型投资者在无风险资产上的投资比例低些，在风险资产组合上的投资比例要高些。

第四节 马柯维茨投资组合选择模型

一、前提假设

马柯维茨投资组合选择模型基于以下前提假设进行分析。

假设1：证券市场是有效的，投资者能得知证券市场上多种证券收益与风险的变动及其原因。

假设2：所有投资者均为风险厌恶型投资者，即为承受较大的风险必须得到较高的预期收益作为补偿。

假设3：投资者具有均值—方差效用函数形式，根据资产的预期收益率和标准差进行投资组合选择，并且期望在一定风险水平下收益最大化，以及一定收益水平下风险最小化。

假设4：各种证券之间的收益率是相关的，并且可以测量任一证券与其他证券之间的相关系数。

二、最优投资组合的构造

马柯维茨投资组合的构造主要有以下三个步骤。

步骤1：通过对可获得风险资产收益、风险及其相关系数的分析，获得风险资产组合可行区域，该可行区域被称为马柯维茨投资组合的可行集（Feasible Set）或机会集（Opportunity Set），具体如图4-15所示。

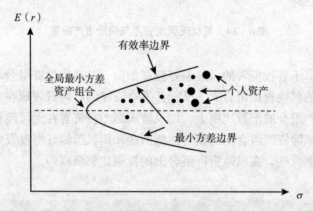

图4-15　马柯维茨投资组合可行集

在投资组合机会集中，理性投资者进行投资决策时需要考虑两个标准：一是相同风险水平下收益最大化。二是相同收益水平下风险最小化。因此，只有落在全局最小方差以上的边界才有效，这一边界称为马柯维茨投资组合有效边界。

步骤2：引入无风险资产，向风险资产组合有效边界作切线，由于切点组合在整个投资组合中的夏普比率最高，因此，该组合为最优风险资产组合，投资者的可行机会也由风险资产有限边界转变为无风险资产与最优风险资产组合的连线上，具体如图4-16所示。

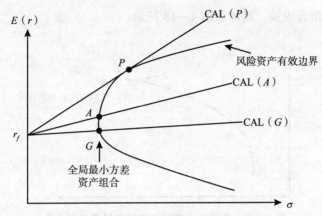

图 4 – 16 无风险资产引入的资产配置

步骤 3：根据投资者的风险偏好，在已确定的资产配置线上找到效用最大点，确定效用最大化的投资组合，具体如图 4 – 17 所示。

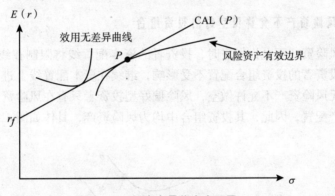

图 4 – 17 投资者最优资产配置

三、马柯维茨投资组合模型在现实中的拓展

1. 无风险资产不存在时的投资组合选择

在现实中，很难找到完全意义上的无风险资产[①]，因此，就无法构造一条与有效边界相切的资产配置线，在这种情况下，投资者不得不在风险资产有效边界

————————————————————

① 国债在名义上为无风险资产，但其价格和收益在交易过程中也是不断波动的。

上进行其投资组合决策，具体如图 4 - 18 所示。

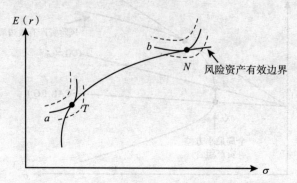

图 4 - 18　无风险资产不存在时的投资组合选择

　　风险厌恶型投资者有着更陡的效用无差异曲线 a，因此他们将选择收益低但风险也低的投资组合 T；风险偏好型投资者有着比较平缓的效用无差异曲线 b，因此将选择风险高但收益也高的投资组合 N。

2. 无风险资产不允许做空时的投资组合

　　当无风险资产不允许做空时，投资者的资本配置线将限制在线段 FP 上，风险厌恶型投资者的投资组合配置不受影响，继续在资本配置线上进行投资组合选择。由于无风险资产不允许做空，风险偏好型投资者只有在风险资产有效边界上进行其资产配置，因此，其投资组合中均为风险资产，具体如图 4 - 19 所示。

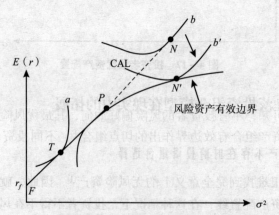

图 4 - 19　无风险资产不允许做空时的投资组合选择

3. 无风险资产贷款利率高于存款利率时的投资组合

当无风险资产允许做空，但其贷款利率高于存款利率，即 $r_f^b > r_f$ 时，如果投资者不想做空无风险资产，则其资产配置线不受贷款利率的影响，最优资产配置组合仍为 T；如果投资者想通过做空无风险资产以获得更多投资收益，则需要付出更多的代价，即 FP 线段后的资本配置线将在 $F'P$ 的延长线上，最优资产配置组合为 N，具体如图 4 – 20 所示。

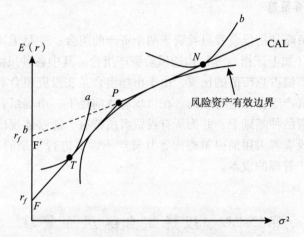

图 4 – 20   无风险资产贷款利率高于存款利率时的投资组合

四、两基金分离定理与消极投资策略

1. 两基金分离定理

由以上分析可知，不管投资者的风险偏好如何，其最优风险资产组合均为无风险资产向风险资产组合有效边界作出的切点组合[①]，不同投资者只是表现为无风险资产与风险资产组合之间的比例不一样，因此，有效资产组合选择可分为两个独立部分：一是确定最优风险资产组合，不管投资者的风险厌恶程度如

---

① 该切点组合为市场组合，即包含了市场上所有可获得的风险资产品种，且每种风险资产所占比重为该风险资产市值占总市值的比例。

何，所有的投资者将在相同风险资产组合上进行投资；二是根据投资者个人的风险偏好，决定无风险资产和最优风险资产组合之间的最优配置比例，此定理称为两基金分离定理。两基金分离是基金公司运作及资金管理的理论基础，其合理性在于通过专业的基金公司进行投资操作，可以使投资者的投资行为更加专业、效率更高并获得投资成本上的优势。但实际操作中，不同资金管理人可获得的投资品种和面临的资产组合限制各不相同，其投资组合有效边界也不一样。

2. 消极投资策略

消极投资策略是指投资者只投资于两个资产的组合：一是无风险资产；二是模仿市场指数（如上证指数等）构造风险资产组合。其中各种风险资产的权重为该风险资产的市值占总市值的比重，由于市场组合是在投资组合有效边界上，因此，其构造的资产组合也是有效的。在市场有效前提下，市场组合是建立在所有公开交易的投资品种基础上，并为所有投资者所持有，能够体现出证券市场中所有相关信息，投资者采用消极策略配置其资产不需要进行复杂的单个证券分析，大大降低了资产管理的成本。

第五节　投资组合的风险管理

Statman（1987）[1] 采用美国证券市场上的股票对资产组合分散化进行分析指出，只含一只股票的资产组合收益率平均标准差为 49.2%，平均资产组合的风险随着资产组合中股票数量的增加而迅速下降，其极限是下降至 19.2%。研究结果表明，随着投资组合中风险资产品种的增加，投资组合的风险单调下降，但风险下降程度逐渐降低，并且其下降受一定风险水平的限制，实证结果如图 4-21 所示。

基于以上分析，可以将投资组合的风险分为系统风险和非系统风险两部分，具体如图 4-22 所示。

---

① Meir Statman, How Many Stocks Make a Diversified Portfolio [J]. Journal of Financial and Quantitative Analysis, 1987 (22).

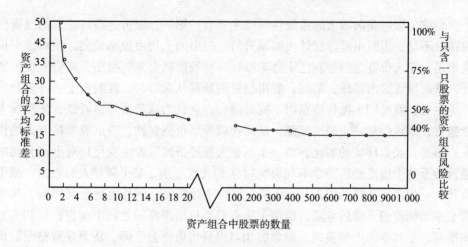

图 4 – 21　资产组合分散化与风险

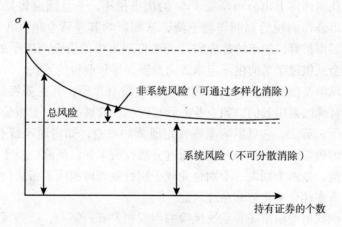

图 4 – 22　系统风险与非系统风险

　　系统风险又称市场风险，是指由于某种因素的影响和变化，导致股市上所有股票价格的下跌，从而给股票持有人带来损失的可能性，其主要特征有：第一，它是由共同的经济政治因素引起的，如利率、现行汇率、通货膨胀、宏观经济政策与货币政策、能源危机、经济周期循环、政权更迭及战争冲突等；第二，它对市场上所有的股票持有者都有影响，只不过有些敏感型股票比另一些非敏感型股票的敏感程度高一些，如基础性行业、原材料行业等；第三，它无法通过分散投资来加以消除，由于系统风险是由社会、经济和政治系统内的因素所引起，不为个别企业或行业所控制，因此，不能够通过投资组合的分散化来消除。

当前，影响我国股市的系统性风险主要有：第一，股价过高、股票的投资价值相对不足，当股市经过狂炒大幅飙升后，股市的平均市盈率偏高、相对投资价值不足，先入市资金的盈利已十分丰厚，一些股民就会率先撤出，将资金投向别处，从而导致股市暴跌；第二，股市投资的盲目从众行为，在股市上，许多股民并无主见，看见别人抛售股票时不究其缘由，就认为该股票行情看跌，便跟着大量抛售，以致引起一个抛售狂潮，从而使该股票价格猛跌，造成股票持有人的损失；第三，经营环境的恶化，当一个国家宏观经济政策发生变化将对上市公司的经营乃至整个国民经济产生不利影响时（如政权更迭、某个领导人的逝世、战争及其他引起社会动荡的因素），所有企业的经营都无一例外地要受其影响，其经营水平面临普遍下降的危险，股市上所有股票价格都将随之向下调整；第四，利率提高，当利率向上调整时，股票的相对投资价值将会下降，从而导致整个股价下滑；第五，税收政策，税收的高低与上市公司的经营效益及股民的投资收入成反比，当前我国许多上市公司享受 15% 的优惠税率，一旦国家将其优惠税率取消，这些上市公司的税后利润将会下降，从而影响其经营业绩，并导致股价下滑；第六，股市扩容，股市的扩容将逐步改变股市中的资金与股票的供求关系，使股市的资金从供过于求向供不应求方向发展，导致股价的下跌。

非系统风险是由上市公司自身因素引起的特有风险，其主要特征有：第一，它是由某些特殊因素引起的，如企业的管理问题、发展战略、上市公司高层管理人员的变更等；第二，它只影响某些特定股票的收益，如房地产行业不景气时，房地产公司的股票下降；第三，它可通过分散投资来加以消除，由于非系统风险属于个别风险，是由个别人、个别企业或个别行业等可控因素带来的，因此，股民可通过投资多样化来化解非系统风险。

当前影响我国股票市场非系统风险的因素主要有：第一，金融风险，金融风险与公司筹集资金方式有关，贷款和债券比重小的公司股票金融风险低，贷款和债券比重大的公司股票金融风险较高；第二，经营风险，经营风险指的是由于公司的外部经营环境，以及内部经营管理方面的问题造成公司收入的变动而引起的股票投资者收益的不确定性，经营风险的程度因公司而异，取决于公司所处的行业及其经营活动情况；第三，流动性风险，流动性风险指由于将资产变成现金存在困难而造成投资者收益的不确定性，一种股票在不作出大的价格让步情况下卖出的困难越大，其流动性风险程度也就越大，有时在同一股票市场上，不同品种股票的流动性风险会存在较大差异；第四，操作性风险，在同一证券市场上，不同投资者投资于同一股票其盈利情况可能会截然不同，有的盈利丰厚，有的亏损累累，这种差异很大程度上是由于投资者不同的心理素质与心理状态、不同的判断标准及不同的操作技巧造成的，因此，心理因素的影响是衡量操作性风险的重要方面。

第六节　家庭资产配置问题研究

一、家庭资产配置的概念和研究范畴

近年来，随着居民个人财富的增加及其经济行为社会扩散效应的显著，家庭资产配置问题的研究开始为国内外学者所关注，而传统的马柯维茨投资组合模型用于研究微观居民资产配置行为时出现了"资产配置之谜"、"股权溢价之谜"等理论与现实之间的差异。学者们开始从消费及其跨期平滑、效用函数、养老、保险及税收等方面对传统模型进行拓展。

家庭资产配置（有些文献称为家庭理财"household finance"）是研究居民如何利用各种金融工具来达到生命周期消费—投资的最优状态。具体而言，是指居民根据生命周期不同阶段其家庭的消费需求、投资目标和风险承受能力等特征，把家庭资产在各类资产之间进行分配，并通过不同时期风险和收益的权衡对整个资产组合中各项资产的配置比例进行调整，使其资产配置达到整个生命周期内的整体最优[①]。

一个典型居民家庭资产配置流程可以用图4-23表示：居民最初的财富积累来其自于初始的收入（包括劳动收入和继承遗产等），用于维持当期消费（如日常消费、住房消费、教育支出和税收）后的余额可以进行投资，随着我国资本市场的发展和逐步完善，居民的可投资途径有了较大的拓展，主要包括股票、各种债券、金融信托、基金产品、金融衍生产品、住房、教育投资、社会保障、养老和储蓄等。当期的投资成为下一期的存量资产，其产生的收益进入下一期的可支配收入，发生的投资性支出在下一期的收入中扣除。当期收入扣除生活性支出和投资性支出后的结余成为当期的流量资产，与上一期的存量资产一起构成了居民当前的总财富，有了一定的财富积累后（在当期财富足以维持基本的日常消费水平情况下），需要将其财富在消费和投资之间进行合理分配。

由此可见，一个典型居民家庭的当期财富来自两部分：一是存量资产，即上一期积累的财富；二是流量资产，即当期收入减去当期支出的余额。其中，当期

---

① 一般情况下，整体最优体现为生命周期效用最大化。

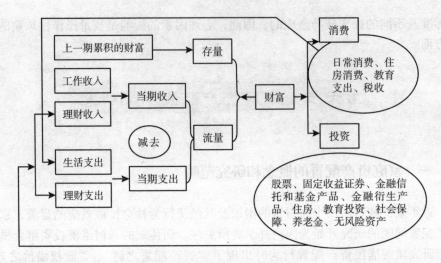

图 4 – 23　家庭资产配置流程

收入包括这一期的劳动收入和上一期各项资产投资产生的收益，当期支出包括日常生活支出和投资理财所支付的相关费用（如金融产品的交易成本、住房的购置成本等）。居民的当期财富一方面用于消费以维持其日常生活水平，另一方面用于投资以使其消费在生命周期不同阶段进行平滑或增加财富总量，从而获得更大的生命周期总效用。

因此，居民家庭资产配置主要包括三个层次的决策问题：（1）"消费—储蓄（投资）"决策，居民决定其财富分配于当期消费和当期投资的比例或数量；（2）"消费"决策，即居民决定当期用于消费的财富分配于各类消费品的比例或数量，其中包括日常消费、住房消费、教育支出、养老保险及税收等；（3）"投资"决策，即居民决定当期用于投资的财富分配于各类资产的比例或数量，其中包括股票、固定收益证券、金融信托和基金产品、住房、教育投资、社会保障、养老金和无风险储蓄等。

不同结构层次居民的家庭资产配置决策受其所处的国家、政治、经济、文化环境的影响和制约，同时，不同决策（在同一期间和不同期间）之间也存在相互制衡和约束。家庭资产配置问题研究的核心就在于满足各种约束条件的前提下，制定居民生命周期的"消费—投资"、"消费"和"投资"决策，以最大限度地满足其资产配置目标。

二、家庭资产配置的研究思路和方法

国内外关于家庭资产配置问题的研究思路主要有两种：一是以居民资产配置

行为为研究对象，采用数理统计方法展开研究；二是以居民生命周期最优资产配置为研究对象，采用均值—方差（M－V）方法和动态随机优化进行分析。现将两种思路的研究方法简单介绍如下：

1. 居民资产配置行为实证研究

利用数理统计方法对居民资产配置行为进行分析和描述，该方法采用现实中居民资产配置样本数据，能够比较贴切地反映居民消费投资行为特征及存在的问题。但是，居民家庭资产配置行为的实证研究样本获取有一定的难度，对于样本数据质量有较高的要求，如涉及居民个人隐私的家庭资产数据、结构复杂的住房抵押贷款数据、人力资本投资数据以及样本数据在时间上的连续性等，大多数国家这方面的样本统计数据比较缺乏。目前，我国居民家庭资产调查方面的数据较少，比较权威的是国家统计局 2002 年进行的城市家庭财产调查，但在时间的连续性以及资产数据结构上很难支撑比较具体深入的居民家庭资产配置行为分析。

2. 最优居民资产配置行为分析

（1）均值—方差（M－V）方法

马柯维茨（1952）[1] 提出的投资组合均值—方差方法是金融投资理论研究的主要议题和决策实践的重要工具之一，构成了现代投资组合理论的核心基础，其基本思想是将资产的收益（率）看成是随机变量，用收益（率）的期望度量投资收益，用收益（率）的方差度量投资收益的风险，在期望收益给定的条件下最小化投资组合的风险，或者在风险给定的条件下最大化投资组合的期望收益。该方法可以根据显示情景设定约束条件，分析限制条件下居民的最优家庭资产配置行为。但是，一个典型的居民家庭资产配置决策面临的许多复杂经济环境及限制条件（如居民劳动收入及风险、住房及抵押贷款限制、教育、养老保险、居民消费心理偏好、风险偏好及其变化，以及资产配置决策的跨期平滑等问题），这些因素在均值—方差框架下很难得到体现，因此，分析过程中受到一定的限制，需要进一步拓展。

（2）动态优化模拟

居民动态资产配置决策研究的理论基础是 Ando 和 Modigliani（1963）[2] 提出的生命周期假说，该理论指出家庭会在生命周期内平滑其消费，以谋求整个生命

---

[1] Markowitz Harry, Portfolio Selection [J]. Journal of Finance, 1952, Vol. 7, pp. 77 – 91.

[2] Ando A. and F. Modigliani, The life-cycle hypothesis of saving: aggregate implications and test [J]. American Economic Review, 1963, Vol. 53, pp. 55 – 84.

周期效用最大化为目标来进行其消费投资决策。生命周期假说和动态优化技术在投资组合上的应用为研究居民消费投资行为开拓了一个崭新的领域，将研究内容扩展到效用理论、动态投资组合分析、行为金融学和金融优化。其核心问题有两个：第一，最优消费—投资路径的确定以生命周期总效用最大化为目标，即每期消费带来的效用与期末财富遗赠带来的效用之和最大；第二，居民家庭消费投资行为面临各种不确定性和限制，需要通过约束条件对现实情况及影响因素进行刻画，模型刻画得越准确，理论结果与实际情况越贴近。

由此可见，家庭资产配置实质上是一个多阶段动态优化决策问题，即居民如何在整个生命周期内做出一系列动态消费投资决策，从而达到整个生命周期内消费效用和最终财富遗赠的期望效用之和最大化，因此，采用动态优化方法进行研究能提高理论结论的准确性。

动态优化建模的思路为：第一，根据具体经济问题确定模型的目标函数，如考虑居民生命周期总效用最大化时，需确定符合居民特征的效用函数的具体形式，效用的来源（如消费和遗赠）、不同消费的偏好及投资偏好等；第二，界定模型的决策变量和状态变量，其中状态变量又可分为内生状态变量和外生状态变量，如家庭收入、租房决策、购房决策、消费决策、投资决策及面临的各类风险等；第三，建立控制变量、内生状态变量和外生状态变量之间的关系方程，即状态转移方程；第四，定义外生状态变量的估计方程；第五，根据研究的具体问题界定各决策变量的约束条件，如抵押贷款限制、违约风险限制及预算约束等。

一般动态优化模型的求解思路为：第一，根据贝尔曼方程，将效用目标函数转化为价值函数形式，并根据维度降低原则进行变量变换，尽量减少模型中变量（状态变量和控制变量）的个数。例如，在涉及总财富和流量财富（劳动收入和投资收益）的问题中，通常将各个变量转化为相应某一变量的比例形式；第二，叠代价值函数，求解政策方程，动态最优控制模型求解时一般是给定终期 T 的状态，而终期的控制方程可以用终期价值函数来表示，故可用终期的价值函数计算出前一期的政策方程→得到前一期的价值函数→$T-2$ 期政策函数→不断向后叠代；第三，根据具体的模型，采用牛顿搜索方法对模型进行数值求解，外生状态变量的不确定性可通过多次求解取平均值来解决，求解次数越多，所得结果离理论最优值越接近。但在搜索过程中应充分考虑到求解精度和效率之间的均衡。

三、家庭资产配置与公司理财的区别

公司理财是指出于股东财富最大化目标，将其财富在各类资产（包括负债）、各个部门和不同国家之间进行分配，并通过风险和收益的权衡对整个资产组合中各项资产的配置比例进行选择。公司理财领域的研究更多地关注于商业企业如何利用金融工具来提高股东的收益，尤其是解决股东、经营者及利益相关者之间的代理成本问题。与公司理财相比，家庭资产配置具有以下显著特征：

第一，居民资产配置行为属于有限长期决策，而公司理财从理论上讲属于无限期决策问题①，在建模和求解上，居民家庭资产配置行为相对复杂。居民的寿命为有限长期，并且其消费需求、消费和投资偏好等特征的阶段性变化会促使其在生命周期内多次调整其理财计划，因此，家庭资产配置研究的应该是有限长期、多阶段动态决策问题。也有少量学术研究假定居民期末可以将其遗留资产有效转移给后代，从而将分析居民无限长期资产配置决策行为，但这种假定基本出于优化求解方面的考虑，因为遗留资产的隔代传递可以通过设置期末财富遗赠效用方式解决，并且相隔数代的资产传递对于一般居民家庭消费—投资决策的影响甚微。

第二，居民的资产配置行为特征在生命周期的各阶段呈现出多样性和差异性（如年轻时的储蓄动机相对较弱，投资风险偏好较高，而中年阶段的储蓄偏好相对较强，老年居民的风险偏好较低等），这些特征的变化会导致其生命周期各阶段呈现出不同的决策目标和需求，并反过来影响其资产配置行为，这与公司理财的单一目标"公司价值最大化"有较大区别。

第三，居民家庭资产中存在一些重要而特殊的资产（如不可交易的人力资本②、具有消费投资双重功能的住房资产等），并且不同居民家庭资产之间存在较大的差异性，如收入水平、教育程度、职业状况和家庭特征等，这些都会对居民的资产配置行为产生重要影响。

第四，居民在进行家庭资产配置时面临较为复杂的经济环境及限制条件，如人力资本投资、教育、养老保险、不同的税收等级及住房抵押贷款约束等，而公司理财的限制条件相对而言比较简单。

四、家庭资产配置的研究意义

家庭资产配置（Household Asset Allocation）是指市场经济环境下家庭部门（Household Sector）的主要经济行为，即以社会基本单元家庭为单位，研究市场经济环境下，一个典型家庭在生命周期内各阶段如何在各类消费品（可存品与非

---

① 其原因在于居民的寿命是有限的，最终财富可以通过遗赠形式完成代际财富转移，而公司从理论上讲是永续存在的，因此，公司理财是无限期决策问题。

② 居民的人力资本一般定义为一个人未来劳动收入的现值之和。

可存品）和不同投资（不同风险和收益）上分配其资产。因此，家庭资产配置本质上是通过消费时间偏好、风险偏好、投资风险和收益的均衡来确定各项消费和投资的比例，即探讨家庭在整个生命周期中如何面对各种不确定性，通过各种金融产品的配置来规避相应的风险并实现合理的跨期消费安排，从而达到消费水平的平滑化和可持续性。

改革开放以来，随着我国经济的快速增长，国民收入水平逐年提高，居民的私人财富不断积累，个人金融资产总量成倍增长。统计显示，1978~2004年，我国城镇居民户均可支配收入从 343.3 元增加到 10 128.51 元，增长了 29.5 倍；城乡居民储蓄存款余额从 210.6 亿元增加到 119 555.39 亿元，增长了 567.69 倍；截至 2003 年 6 月末，我国居民储蓄存款已经达到 10.6 万亿元，是 1978 年 211 亿元的 475 倍；如果再加上个人所持有的股票、债券、保险及现金等，我国居民个人所拥有的金融资产总额已达到 13 万亿元，超过目前我国一年的 GDP 总量，虽然没有剔除通货膨胀的因素，但仍可以看到我国居民拥有的财富总量呈较快增长趋势，这为我国居民消费投资行为的研究提供了理论和现实上的可能性和必要性。

在宏观上，家庭资产配置问题的研究也有较强的理论和现实意义。其一，由于家庭的社会扩散效应日益增强，居民资产配置行为会对国家宏观经济指标（消费—储蓄等）、相关经济政策、产业发展及金融风险等产生重要影响，进而改变我国宏观经济变量及相关经济调控政策；其二，我国经济体制改革导致居民家庭资产配置特征出现了明显变化，20 世纪 90 年代中后期，我国社会主义市场经济体制初步建成，居民家庭资产配置决策的经济环境发生了重大变化，最为典型的如住房、教育、医疗及养老保险等，这些变化在很大程度上改变了居民家庭财产的结构，并对其资产配置行为产生了重要影响；其三，21 世纪初期，开始实施于 20 世纪 70 年代的计划生育政策使我国人口结构出现重大转型，随着第一代独生子女逐渐进入就业和婚育阶段，以及他们的父母即将或已经进入退休养老的人生阶段，典型的家庭血缘关联呈现出"2＋1"的倒三角结构，我国人口结构将进入长期存在家庭倒三角血缘关联结构的时期，这些变化通过血缘关联结构在家庭间形成财产关联结构，从而改变了家庭的资产构成并影响着居民的资产配置行为。

因此，分析居民家庭资产配置决策意义在于：第一，揭示居民个人资产配置行为的决策机制和内在机理，探讨生命周期最优的消费投资途径和家庭财富积累路径，从而增加居民总体福利水平，并对现实中出现的"资产配置之谜"、"股权溢价之谜"等现象做出理论上的解释；第二，家庭资产配置间的差异可能会形成大规模的消费反应行为，从而改变宏观经济变量或财政政策，通过优化模型对于相关因素的敏感性分析，可以预测中国过渡期宏观经济调控政策对微观居民资产配置行为的影响。

五、家庭资产配置问题研究现状

国内外关于家庭资产配置的研究主要包括两个方面：一是以现实中居民的消费投资行为为研究对象，采用统计分析、面板数据模型等方法对居民家庭资产的构成情况及分布特征进行分析；二是以居民生命周期最优消费投资决策为研究对象，采用优化建模及动态仿真方法探讨家庭跨期最优资产配置路径及内在机理。以下将从这两个方面对居民家庭资产配置问题当前的研究成果进行综述。

近30多年来，学术界关于居民消费投资行为的经验研究成果已经非常丰富，这些经验研究主要得出以下基本结论：

第一，居民的家庭资产配置行为因其所处的国家、经济环境、财产数量、收入水平及家庭特征①的不同而存在明显的差异。

Bertaut 和 Starr-McCluer（2002）② 指出不同国家居民的家庭资产组合具有显著的系统性差异，以房产为例，1998 年美国居民住房自有率为 66%，而 1993 年德国居民住房自有率仅为 46%。Blume 和 Friend（1975）③ 指出一个家庭越富有其可持有的风险资产数量就越多，这些风险资产主要包括家族生意、股票、私人退休账户的金融资产及可供出租的资产等，相对而言，不富裕家庭拥有风险资产的数量和比重均非常低，尤其是那些资产分布具有高度歪斜特征的国家（如美国和英国)④。吴卫星、齐天翔（2007）⑤ 指出中国居民风险投资的"财富效应"非常显著，财富的增加既提高了居民参与股票市场的概率（广度），也增加了居民股市投资的份额（深度）。

不同年龄段居民家庭资产组合具有明显差别，Guiso、Haliassos 和 Japelli（2002）⑥ 指出居民投资于风险资产的条件资产份额（Conditional Asset Share）与年

---

① 家庭主要特征包括家庭成员数量、年龄结构、主要成员职业及教育背景等。

② Bertaut, Carol C. and Hazel Starr-McCluer, Household Portfolios in the United States [C]. in Luigi Guiso, Michael Haliassos and Tullio Japelli, eds. Household Portfolios, MIT Press, Cambridge, MA, 2002.

③ Blume, Marshall E. and Irwin Friend, The Asset Structure of Individual Portfolios and Some Implication for Utility Functions [J]. Journal of Finance, 1975, 30: 2, pp. 585 – 603.

④ 资产分布的高歪斜特征反映统计区域内居民的贫富差距较大。

⑤ 吴卫星，齐天翔. 流动性、生命周期与投资组合相异性——中国投资者行为调查实证分析 [J]. 经济研究，2007（2）：97 – 110.

⑥ Guiso, Luigi, Michael Haliassos and Tullio Japelli, eds. Household Portfolios [C]. MIT Press, Cambridge MA. Halek, Martin and Joesph G., 2002.

龄的相关性比与财产总量的相关性更稳定，家庭风险性资产的持有比例通常在年龄上呈现出拱形结构，年轻家庭很少投资于风险资产，随着家庭成员年龄的增长，他们首先会考虑购买住房，然后才会投资于风险性金融资产，在年老的时候，一些家庭可能会出售其风险资产或住房将其转移到较安全的资产中，并在生命周期期末用完他们积累的财富。Blume 和 Zeldes（1994）[①] 指出家庭资产组合随着家庭成员年龄的变化会呈现明显不同，年轻居民家庭资产中的金融资产比重较大，随着家庭成员年龄的增长，其资产逐渐向养老金和社会保险等较安全的资产上转移，在更老年龄的家庭中其前期积累的财富老年时期会被逐渐消耗。周绍杰、张俊森、李宏彬（2009）[②] 采用组群分析方法对中国城镇居民家庭收入、消费和储蓄行为进行分析得出，近年来我国年轻居民家庭和年老居民家庭的收入增长幅度总体大于消费增长幅度，年轻居民家庭储蓄倾向相对较高，而年老居民养老金增长的作用明显。

第二，在大多数国家，虽然个人可以投资的途径比较多，但总体而言，如果排除住房这一因素外，居民明显倾向于将其资产投资与安全或仅有轻微风险的资产上，这些低风险资产一般包括：银行存款、人身保险和养老金账户，居民家庭的股市参与利率与股市投资深度非常有限。

Guo（2001）[③] 对不同阶层居民持有情况的研究表明，在 1998 年，最富有的 1% 的美国家庭当中，有 93% 的居民家庭拥有股票，最富有的 10% 的居民家庭当中，仅有 85% 的家庭拥有股票和基金。李涛（2006）[④] 用 2003 年 A 股市场的开户数作为中国投资者参与股票市场的指标，研究发现仅有 5.36% 的中国居民参与股市投资，并且这一指标有可能在很大程度上高估了现实情形；该文章还指出我国居民的股市参与水平在一定程度上影响了居民的财富状况与股权溢价水平，并对我国金融行业的发展及金融资源的配置效率产生较大影响。一般来说，由于参与股市具有一定的固定成本（如信息获取、时间精力投入等），因此，拥有更多财富的居民更容易进行股市投资；居民教育水平越高越能够了解股市投资相关信息，这在一定程度上降低了股市投资的固定成本以及股市投资的信息不对称性，促进了其股市投资行为；另外，居民股市参与程度随着年龄的增长而增长，并且男性投资者明显比女性投资者积极。

① Blume, M. E. and S. P. Zeldes, Household Stockownership Patterns and Aggregate Asset Pricing Theories [A]. Working Paper, University of Pennsylvania, 1994.

② 周绍杰，张俊森，李宏彬. 中国城市居民的家庭收入、消费和储蓄行为：一个基于组群的实证研究 [J]. 经济学季刊，8（4）：1197 – 1220.

③ Guo H., A Simple Model of Limited Stock Market Participation [R]. Regional Economist, Federal Reserve Bank of St. Louis, issue May, 2001, 37 – 47.

④ 李涛. 社会互动、信任和股市参与 [J]. 经济研究，2006（1）：34 – 45.

第三，大多数居民家庭倾向于选择比较简单的家庭资产组合账户，一般情况下不多于五种类型，且以住房和社会保险为主。

Guiso（2002）对美国、英国、意大利、德国、荷兰和日本等 6 个 OECD 国家居民家庭资产调查中得出，住房、国家和私人养老金在 OECD 国家居民家庭财产中占有很大的比例，如住房和养老金两项资产在美国 55 岁中产阶级家庭的资产配置组合中占了将近 80%。Bertaut 和 Starr-McCluer（2002）[1] 指出 1998 年美国居民家庭资产组合持有种类一般不超过三种，且政府福利（如老年养老金、医疗保险）占了其资产的很大部分。

家庭资产配置行为的实证研究结论与金融学投资组合模型的理论研究结果存在明显的矛盾，其中包括一直为经济学界所关注的"股权溢价之谜"和"资产配置之谜"。马柯维茨（1952）关于经济人投资组合最优选择理论的研究表明，理性经济人应将其财富的一定比例投资于所有的风险资产，所有经济人对风险资产投资组合的选择应该是相同的，他们投资组合的不同之处仅在于因为风险厌恶程度的不同而将其财富在"安全"资产和相同的风险资产组合之间进行不同比例的分配。Samuelson（1969）[2] 采用 CRRA 效用函数对投资者的资产配置行为进行建模分析，模型假定投资者只能投资于两种资产——无风险债券和风险性股票、无交易成本、没有投资约束、无劳动收入及能以相同利率借贷，该研究得出，投资者的投资决策独立于其生命周期。换句话说，投资者的当期投资决策也就是最后的投资行为，即任何时期投资者的投资决策都是一样的。

而现实中，投资者股市参与非常有限，即使参与股市投资，其投资组合也是千差万别，经济学家关于理论模型结论与居民资产配置现实的差距有两方面的解释：其一，由于家庭资产配置的复杂性、所处经济环境及个人经验等方面的限制，居民的消费投资决策并不一定能遵循最优路径；其二，传统资产选择理论模型作为金融资产配置的工具对现实问题进行了大量的简化，可能忽略了一些影响居民消费投资决策的关键因素，如住房、教育支出、社会保障、养老保险和税收等，这在很大程度上影响了模型的解释力度。

许多学者从不同方面对传统模型进行了拓展，Gomes 和 Michaelides（2003）[3]

---

① Bertaut C. C. and M. Haliassos, Precautionary Portfolio Behavior from a Life-Cycle Perspective [J]. Journal of Economic Dynamics and Control, 1997, 21, pp. 1511 –1542.

② Samuelson, Paul A. Lifetime Portfolio Selection by Dynamic Stochastic Programming [J]. Review of Economics and Statistics, 1969, 51：3, pp. 239 –246.

③ Gomes Francisco, and Alexander Michaelides, Portfolio choice with internal habit formation：a life cycle model with uninsurable labor income risk [J]. Review of Economic Dynamics, 2003 (6)：pp. 729 –766.

采用消费习性形成偏好对投资者消费投资心理进行修正，指出投资者会提前投资于高风险、高收益的股票，以加快其财富积累速度，预防劳动收入风险带来的影响，并使其消费在生命周期内更加平滑。Deaton（1991）[1] 在模型中引入了劳动收入和借款约束，提出居民个人收入与消费关系中无法解释的部分是投资者对于劳动收入风险及借款约束的合理反映，如果投资者没有充分的耐心，不能进行借贷，并且其劳动收入的冲击持久保持稳定，则他们会选择持有一定数量的股票来对冲其劳动收入上的风险。

Cocco 和 Maenhout（2002）[2] 建立了一个有限寿命动态消费投资模型，并从居民劳动收入及风险、借款约束等方面对以上模型进行拓展，研究发现劳动收入风险对居民股市投资具有明显的"挤出效应"。Campbell、Cocco、Gomes 和 Maenhout（2001）[3] 从居民的年龄、教育背景等人口特征因素方面对传统模型进行了拓展，得出不同年龄段和教育水平居民的消费投资特征具有明显区别，其风险资产在生命周期各阶段呈现明显的拱形特征。Viceira（2000）[4] 从非交易人力资本方面研究了居民的动态投资组合问题，指出人力资本是居民家庭财产的重要而特殊的组成部分，反映了居民对未来收入的预期，年轻居民家庭预期未来收入较高，其人力资本财富在家庭资产中占据重要地位，而年老居民预期人力资本较低，这一预期会对居民当期的消费及投资行为产生显著影响。

实证研究结果发现，家庭资产的流动性对居民的消费及投资组合选择具有重要影响，房产作为一种重要而特殊的非流动性资产在家庭资产配置中占据重要地位。最早在模型中引入住房因素的是 Grossman 和 Laroque（1990）[5]，本书建立了一个无限寿命、单一耐用消费品模型，从理论上分析了可调节成本存在情况下，住房与居民家庭金融资产选择之间的关系，并发现家庭投资于风险资产上的财富与其交易成本之间存在显著的反向关系，即随着风险资产交易成本的上升而下

① Deaton, Angus, Saving and Liquidity Constraints[J]. Econometrica, 1991, 59（5）: pp. 1221 – 1248.

② Cocco, João F., Francisco J. Gomes, and Pascal J. Maenhout, Consumption and portfolio choice over the life cycle [J]. Review of Financial Studies, 2002, 18, pp. 491 – 533.

③ Campbell, Joao Cocco, Francisco Gomes, and Pascal Maenhout, Investing retirement wealth: a life cycle model [A]. In John Campbell, and Martin Feldstein, eds.: Risk Aspects of Social Security Reform（University of Chicago Press, Chicago）, 2001.

④ Viceira, L. M, Optimal Portfolio Choice for Long-Horizon Investors with Non-tradable Labor Income [J]. Journal of Finance, forthcoming, 2000.

⑤ Grossman and Laroque, Asset Pricing and Optimal Portfolio Choice in the Presence of Illiquid Durable Consumption Goods [J]. Econometrica, 1990, 58（1）: pp. 25 – 51.

降。Bodie 和 Merton（1992）[1] 将住房视为一种居民可获得的风险资产分析了居民家庭资产组合配置问题，在对住房的刻画过程中强调了其与股票等金融风险资产的区别，如只有少数投资者可以购买和投资、进行买卖交易时会面临比较显著的交易成本、该资产的投资价值较大且不具备分散性、具备消费和投资双重功能以及存在一个与购房并行的租房市场等。

Flavin 和 Yamashita（2002）[2] 研究了不同住房/财富比约束条件下居民家庭单期最优投资组合决策问题，研究结果发现住房因素的引入改变了居民资产组合风险和收益的均衡状态，并在较大程度上影响了个人不同风险等级资产的持有量（如股票、债券等）；由于居民住房财富比具有明显的年龄特征，因此，该研究结论在较大程度上反映了居民生命周期资产配置行为特征。Cocco（2000）[3] 对一个典型住房所有者生命周期的最优资产配置问题进行了分析，假定购房是居民获得住房服务的唯一方式，该模型考虑了居民风险性劳动收入、住房抵押贷款特征、住房交易成本及进入股市的固定成本等特征，研究结论表明，住房因素的引入使居民的财富构成呈现不同的演变路径，年轻的和较为贫穷的家庭由于将大部分资产投资于住房（流动性约束较高），其能够用于股市投资的财富明显不足，从而降低了股票市场的参与程度[4]；另外，住房的交易成本提高了居民初期购房的价值水平，降低了其住房交易的频率，并使得家庭在股票上的持有份额降低。尽管模型没有考虑住房租赁市场的特征，这一模型得出的结论还是比较符合居民资产配置现实的。

Hu（2005）[5] 首次将租房市场引入到模型中，分析了租房者和购房者之间的资产组合差异问题，文章既研究了购房者在住房约束条件下的金融资产投资行为，也研究了当前租房者未来拥有住房的可能性及其对家庭金融资产投资选择的影响。本书的另一创新是引入了再融资成本，以往的研究假设可以零成本用房产增加的权益部分进行抵押再融资，这种假设低估了住房和抵押贷款的风险，在本书的模型中，家庭可以零成本减少抵押贷款（提前偿还部分或全部贷款），而增

---

① Bodie, Zvi, Robert C. Merton, and William Samuelson, Labor Supply Flexibility and Portfolio Choice in a Life-Cycle Model [J]. Journal of Economic Dynamics and Control, 1992 (16)：pp. 427 – 449.

② Marjorie Flavin and Takashi Yamshita, Owner-Occupied Housing and the Composition of the Household Portfolio [J]. The American Economic Review, 2002, pp. 345 – 362.

③ Cocco J., Hedging Housing Price Risk With Incomplete Markets [C]. Manuscript, London Business School, 2000.

④ 即住房上的投资对居民的股市投资产生了挤占效应，并且这种挤占效应在年轻居民和较贫穷居民家庭表现得更为显著。

⑤ Xiaoqing Hu. Portfolio choices for homeowners [J]. Journal of Urban Economics, 2005 (58)：pp. 114 – 136.

加抵押贷款额度则需支付一定的成本。

Yao 和 Zhang（2005a）[①] 在整合以上研究的基础上，对家庭最优动态消费投资决策进行了全面系统的分析，主要关注投资者如何选择住房服务（即租房还是买房），以及住房租购决策与投资决策之间的关系，他们将租房/买房决策引入到模型中，并使用生存函数对家庭不同期间的存活概率进行刻画。此外，模型还考虑了随机劳动收入、住房价格风险、抵押贷款需求、房屋交易成本以及搬迁概率等影响因素。本书另一创新在于定量评估了仅选择租房或仅选择购房情况下的效用损失，但由于模型结构复杂，所得结果的稳定性不强。

Yao 和 Zhang（2005b）[②] 是对 Yao 和 Zhang（2005a）的进一步改进，模型将股市投资成本分为初始进入成本与每期维持成本[③]两部分，研究表明，考虑了每期维持成本后，家庭股票持有水平会随着年龄的增加而下降。本书同时提出一个拥有比较稳定的净资产和收入的家庭如果总是选择租房满足其住房需求，将导致由于享受不了拥有住房的满足感以及获得住房投资商的收益，而承受较大程度的福利损失；租房者和住房拥有者的投资决策组合差异很大，当股票收益和住房收益相关时，住房拥有者出于对冲需求会降低其股票持有水平，而租房者会相应提高其股票投资水平，其主要原因在于住房所有者家庭持有住房多头头寸，而租房家庭持有的是住房空头头寸；加入外生的搬迁动机后购房者和租房者的触动边界都会提高，尤其是年轻的家庭，他们通常会面临最高的搬迁概率，但外生的搬迁动机不会直接影响租房者或购房者的投资决策行为。

国内相关研究主要关注于我国居民高储蓄现象的探讨，藏旭恒等（2001）[④]提出我国城镇居民金融资产选择的影响因素有资产收益预期、利率、风险、不确定性、流动性、时间偏好以及资本市场的发育与完善程度等；同时指出我国居民储蓄存款增长过快、政策难以分流的主要原因在于我国资本市场成熟度不高，无法吸引银行储蓄流入资本市场。施建淮、朱海婷（2004）[⑤] 提出处于经济转轨中，我国居民的金融资产选择在很大程度上受预防性储蓄动机影响，并明显倾向

---

① Rui Yao and Harold H. Zhang, Optimal Consumption and Portfolio Choices with Risky Housing and Borrowing Constraints［J］. The Review of Financial Studies, 2005a, Vol. 18, pp. 1198 – 1239.

② Rui Yao and Harold H. Zhang, Optimal Life-cycle Asset allocation with Housing as collateral［J］. Working Paper, 2005b.

③ 每期维护成本包括投资者为提高盈利，在持有股市头寸期间投入的时间、精力以及有偿信息费用等。

④ 藏旭恒等. 居民资产与消费选择行为分析［M］. 上海三联书店，上海人民出版社，2001.

⑤ 施建淮，朱海婷. 中国城市居民预防性储蓄及预防性动机强度：1999 ~ 2003［J］. 经济研究，2004（10）.

于安全性较好的银行储蓄存款形式。袁志刚、冯俊（2005）① 提出我国现阶段低风险资产的缺乏以及风险资产的广度和深度难以配比居民的投资选择，从而产生的"强制性"银行储蓄是现在居民储蓄偏高的重要原因。陈学彬、傅东升、葛成杰（2006）② 从跨期效用最大化角度对我国居民的消费投资行为进行了动态优化模拟研究，指出我国城镇居民最优风险资产配置在生命周期内呈现明显的拱形结构，即居民在其个人财富积累到一定水平并能够承担一定风险时才会开始投资于高风险资产，随着年龄的增加，其风险资产持有水平越来越低。赵晓英、曾令华（2007）③ 建立了附加劳动收入风险的最优投资组合规则模型，提出劳动收入增长率及风险、风险资产收益率及其波动、居民的相对风险厌恶系数是影响我国居民金融资产投资的重要因素，其中劳动收入风险的影响程度最大。

动态优化建模分析将居民作为一个动态优化决策系统，可以较好地处理不完全市场的各种摩擦以及居民消费偏好、时间偏好和风险偏好等心理特征，但以上模型对于居民家庭资产配置行为的解释力度均有较大欠缺，如模型得出的居民股市参与率与股票持有水平明显高于现实中居民投资组合的配置比例，以及居民生命周期各阶段投资组合特征不显著等。一些学者从教育支出、养老保险、税收筹划、住房消费投资等角度对模型进行拓展，使理论结论与居民资产配置的现实情况更加贴近。

六、家庭资产配置问题未来研究方向

对于这一问题的研究随着投资组合理论、数值分析技术及金融优化的发展而不断完善和提升，在此过程中，资产配置理论和实践不断结合，共同发展。综合这些因素，笔者认为未来一段时间内，有以下几个研究方向值得关注。

第一，预测宏观经济政策给居民家庭消费—投资行带来的影响。

通过对生命周期最优消费投资决策模型中我国经济转型期过渡性宏观经济政策调整变量进行敏感性分析，可以预测其对家庭资产配置行为的影响。例如，探讨提高住房首付比例是否会延迟家庭的购房决策、降低家庭的股票持有水平时，可以对模型中住房首付比例这一因素进行敏感性分析，通过不同首付比例下的最

---

① 袁志刚，冯俊. 居民储蓄与投资选择：金融资产发展的含义［J］. 数量经济与技术经济研究，2005（1）：34 - 39.

② 陈学彬，傅东升，葛成杰. 我国居民个人生命周期消费投资行为动态优化模拟研究［J］. 金融研究，2006（2）：21 - 35.

③ 赵晓英，曾令华. 我国城镇居民投资组合选择的动态模拟研究［J］. 金融研究，2007（4）：72 - 86.

优购房决策及股票持有水平的比较，对这一调控政策的微观效果进行预测性研究。并且，通过比较不同比例下的目标函数值（最大效用值），可以分析住房首付比例的提高对家庭福利水平的影响。同样，预测某一宏观经济政策的效果，可以在模型参数和其他因素相同的情况下，通过比较包含与不包含该项政策的最优目标函数值获得来分析和探讨。

第二，结合行为金融学对不同偏好结构以及不同收入层次居民的家庭资产配置行为进行分析。

众所周知，居民家庭的消费投资偏好结构多种多样，与国家、文化、教育和年龄等因素密切相关。相同的商品会给不同的家庭以及同一家庭的不同时期带来不同的效用，这将直接影响家庭的消费投资行为决策。对家庭偏好结构准确地分类和描述，可以提高理论预测精度，为家庭提供具有实践价值的建议。如分析不同收入水平居民的资产配置行为及其福利水平，可以为我国城镇居民住房保障政策的对象识别、保障水平及保障体系建设提供参考和依据。投资者心理偏差及收入层次是影响其经济行为不可忽视的因素，对这一问题的建模和分析，也是值得关注的方向之一。

第三，与其他关键因素结合探索家庭最优消费投资路径。

家庭消费投资决策是一个非常复杂的资产配置系统，从理论上讲，如果模型能够完全模拟一个典型家庭的偏好结构和各项约束，那么它就能够分析其消费投资行为中方方面面的问题，然而，这样会使模型过于庞大，求解的可能性及精度将非常小。但是，随着数值优化技术的发展，在同一模型中可能考虑若干个主要因素（如既考虑住房，又考虑教育、社保、养老等），这样可以使模型的分析结论与实际情况更加贴近。

本 章 小 结

1. 不管投资者的风险偏好程度如何，其最优投资组合均表现为无风险资产和相同的风险资产组合，风险偏好的不同只表现在无风险资产与同样的风险资产组合的配置比例上。

2. 由于资产组合的期望收益是资产组合中两资产期望收益的加权平均值，而在两者相关系数小于1时，投资组合的标准差小于各组成资产的标准差的加权平均值。因此，非完全相关资产组成的资产组合的风险—收益机会总是优于资产组合中各证券单独的风险—收益机会。

3. 在投资组合机会集中，理性投资者进行投资决策时需要考虑两个标准：一是相同风险水平下收益最大化；二是相同收益水平下风险最小化。因此，只有落在全局最小方差以上的边界才是有效，这一边界称为马柯维茨投资组合有效边界。

4. 一个典型的居民家庭资产配置决策面临的许多复杂经济环境及限制条件（如居民劳动收入及风险、住房及抵押贷款限制、教育、养老保险、居民消费心理偏好、风险偏好及其变化，以及资产配置决策的跨期平滑等问题），这些因素在均值—方差框架下很难得到体现，因此，分析过程中受到一定的限制，需要进一步拓展。

5. 家庭消费投资决策是一个非常复杂的资产配置系统，从理论上讲，如果模型能够完全模拟一个典型家庭的偏好结构和各项约束，那么它就能够分析其消费投资行为中方方面面的问题，然而，这样会使模型过于庞大，求解的可能性及精度将非常小。

复习思考题

1. 说明期望收益率和投资者要求的收益率之间有何区别。

2. 如果你是一个风险中性或者风险偏好型的投资者，关于投资风险和收益均衡对你的投资决策还有价值吗？

3. 简述投资组合的风险管理。

习 题

1. 若国库券年利率为4%，市场组合的期望收益率为16%。根据资本资产定价理论解释：

（1）市场风险溢酬为多少？

（2）β 值为0.6时，投资者要求的收益率为多少？

（3）如果投资者希望股票的期望收益率为13%，则其 β 值为多少？

2. 设有 A、B 两种股票，A 股票的期望收益率为10%，标准差为8%，B 股票收益率估计8%，标准差为6%。两种股票的相关系数为0.3。假设投资者同时投资 A、B 两种股票，投资比例分别为20%和80%。

（1）画出这两种股票投资组合可行集。

（2）在坐标图中标出该投资组合的点。

3. 王先生打算对两种股票 A 和 B 进行投资。他估计 A 股票的收益为16%，B 股票的收益率10%，A 股票收益的标准差为7%，B 股票收益率的标准差为5%，两者收益之间的相关系数为0.3。

（1）计算下列投资组合的期望收益和标准差：

投资组合	A 股票的比重（%）	B 股票的比重（%）
1	50	50
2	30	70
3	70	30

（2）绘出由 A 股票和 B 股票所能构成的投资组合集。

（3）假设王先生能以5%的利率借进贷出资金，作出这一条件下其投资机会的变化。当他可以借进贷出时，其普通股投资组合中 A 股票和 B 股票的投资比例为多少？

第五章

资本资产定价模型及
市场有效性

【本章要点】资本资产定价模型提供了一种对一定风险水平下股票合理回报的估计方法，使得投资者能够对不在市场交易的资产作出合理地估价。本章对资本资产定价模型的前提假设、推导过程和主要结论进行了阐述，并介绍了市场有效性与股价预测之间的关系。

【核心概念】风险—收益均衡　市场组合　贝塔系数　市场有效性　弱势有效市场　股价预测

第一节　资本资产定价模型概述

马柯维茨提出的投资组合理论从严密的逻辑理论角度告诉投资者该如何配置其资产，但该模型在估计风险分散化利益时要求投资者计算每一对资产收益之间的协方差，这一方面会带来大量的复杂计算，另一方面，现实中缺少准确预测两种资产收益协方差的方法，从而给资产配置带来较大误差，因此，投资组合理论并不实用。William Sharpe（1961，1964[①]）和John Lintner（1965）[②] 提出的资产定价模型（CAPM）解决了这一现实瓶颈，他们论证了只要计算每一种资产和一个市场指数之间的协方差便可得到和马柯维茨同样的结果，由于计算量大大减少并且切实可行，CAPM模型在现实中很快得到广泛地应用。CAPM模型对于资产风险及其期望收益之间的关系给出了简单而精确地估计，为人们对潜在项目投资收益、不在市场交易的资产的估值、新投资项目对公司价值的影响等重要现实金融问

---

① Sharpe W. , 1964, Capital Asset Prices：A Theory of Market Equilibrium under Conditions of Risk，Journal of Finance 19（3），pp. 425 – 442.

② Lintner J. , 1995, The Valuation of Risk Asset and the Selection of Risk Investment in Stock Portfolios and Capital Budgets，Review of Economics and Statistics 47（1），pp. 6 – 27.

题提供了理论基础和解决方案，因此，它成为现代金融学中的标志性成果之一。

一、模型的前提假设

资本资产定价模型的基本推理思路是首先将复杂的现实经济环境抽象简化，得到一个相对简单的非现实理想市场环境，在简化的市场环境下得出部分结论；然后根据现实情况加上复杂的条件对理想市场进行修正，这样一步一步推进，最后建立一个符合现实的、合理的并且易于理解的模型。CAPM 前提假设的核心是尽量使单个投资者同质化，这种投资者行为同质化会大大降低推导的难度且简化计算，而在现实中，这些投资者有着不同的初始财富和风险厌恶程度。CAPM 的前提假设主要有以下六点：

假设 1：市场上存在着大量投资者，每个投资者的财富相对于其他所有投资者的财富总和而言是微不足道的。因此，每个投资者都是价格的被动接受者，单个投资者的交易行为对证券价格不发生影响，这一假定与微观经济学中的完全竞争市场的假定一致。

假设 2：所有的投资者都在同一证券持有期内计划自己的投资行为和资产组合配置，未考虑证券持有期结束时发生的任何事件对其投资组合决策的影响，因此可以说投资者的投资决策是单期短视行为，通常也非整体上的最优行为。

假设 3：投资者的投资范围仅限于公开金融市场上交易的资产，如股票、债券、借入或贷出无风险的资产安排等，并可以以固定的无风险利率借入和贷出资本，这一假定排除了投资于非交易性资产［如教育（人力资本）］、私有企业、政府基金资产（如市政大楼）、国际机场等的影响。

假设 4：投资行为不存在证券交易费用（包括佣金和服务费用）及税赋等，而在实际生活中，投资人处于不同的税收级别（如利息收入、股息收入、资本利得）所承担的税赋不尽相同，这将在很大程度上直接影响到投资人的投资决策；此外，实际发生的交易费用因交易额度的大小和投资人的信誉度而有所不同。

假设 5：所有投资人均为理性经济人，均具有均值—方差效用函数形式，并能够采用马柯维茨的投资组合模型进行其投资决策。

假设 6：所有投资者对证券的评价和经济局势的看法都一致，具有同质预期，即投资者关于有价证券收益率的概率分布预期是一致的，因此，无论证券价格如何，所有投资者的投资机会集均相同。依据马柯维茨模型，给定一系列证券的价格和无风险利率，所有投资者的证券收益的期望收益率与协方差矩阵相等，从而产生了相同的有效率边界和唯一的最优风险资产组合。

二、持有市场资产组合

CAPM 模型的第一个结论是所有投资者都将按照市场组合 M 来构建自己的风险资产组合，这个市场组合 M 包括了市场上所有可获得的公开交易的风险资产，每种风险资产的配置比例为该风险资产的市值占风险资产总市值的比重。

具体推导如下：根据 CAPM 的基本假设，所有投资者都将采用马柯维茨均值方差框架进行投资组合分析（假设 5）、投资于相同的公开交易的风险资产和无风险资产（假设 3），并且每个投资者对于可获得证券具有同质预期，那么他们必定会有相同的风险资产有效边界（曲线 NMP）和投资组合有效边界，即无风险的短期国库券 r_f 引出的与有效率边界相切的射线的切点上[①]（具体见图 5 – 1）。因此，所有投资者的投资组合均包含两部分：一是无风险资产；二是风险资产有效边界和资本市场线的切点组合 M。不同风险偏好的投资者的区别无风险资产和切点组合之间的配置比例不同而已。

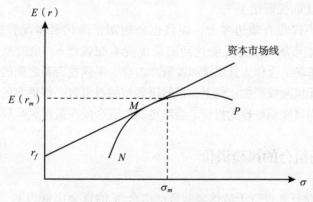

图 5 – 1　有效边界与市场组合

接下来，对切点组合 M 的构成进行分析。以风险资产仅包括股票为例，首先假定最优资产组合 M 中不包括某些公司的股票，譬如，不包括鞍钢股份的股票，因为，所有的投资者均持有 M，这就意味着所有的投资者均不持有鞍钢股份的股票，大家对鞍钢股份股票的需求为零，因此，该股票的股价将相应下跌，当

———————————

① 即资本市场线。

这一股价变得异乎寻常的低廉时，它对于投资者的吸引力就会超过任意其他一只股票的吸引力，最终鞍钢股份的股价会回升一个相对均衡的水平，在这一水平上，鞍钢股份完全可以被接受进入最优股票的资产组合之中。以上分析说明，市场上所有可获得的股票都必须包含在最优风险资产组合之中。

那么各种风险资产在切点组合 M 中的比重如何呢？由以上分析得出，不管投资者在最优风险资产上的投资额度是多少，所有的投资者均持有同样的风险资产组合，而所有投资者持有的风险资产总额汇总起来就是市场风险资产总量，因此，可以推断得出，最优风险资产组合 M 是一个包含了所有种类的风险资产，并且，每种风险资产所占的比例为其价值占风险资产总值中的比重，即为市场组合。例如，如果鞍钢股份的股票价值占总市值的比重为 1%，那么该股票在市场资产组合中的比例也是 1%，并且这一结果对任何投资者的风险资产组合中的每一只股票都适用。

以上分析表明，建立在所有可获得风险资产品种之上的市场资产组合能够体现出证券市场中所有的相关信息，这意味着投资者无须费尽心机地去做个别股价的分析和研究，仅仅持有市场资产组合就可以了[①]。市场资产组合最典型的代表就是市场指数，因此，模仿市场指数中各资产的比重配置自己的风险资产组合就能达到相对最优的投资结果[②]。

市场组合不仅在有效边界上，而且也是相切于最优资本配置线上的资产组合。因此，资本市场线也是可能达到的最优资本配置线[③]，也就是说，所有的投资者都将选择市场组合作为其最优风险资产组合，不同投资者之间的差异主要体现在风险资产和无风险资产的比例上，风险厌恶型的投资者会将更多的资产配置在无风险资产上，而风险偏好性的投资者会将更高的资金放在最优风险资产组合上。

三、市场组合的风险溢价

假设每个投资者投资于最优风险资产组合 M 的资金比例为 y，根据投资组合理论中风险资产与无风险资产最优配置结论得出：

$$y^* = \frac{E(r_M) - r_f}{0.01 \times A\sigma_M^2} \tag{5-1}$$

---

① 如果每个人都持有市场资产组合，而没有人去做证券市场分析，以上情形也就不复存在了。

② 这种投资策略被称为消极策略，消极策略在很多情况下被证明是有效的，共同基金原理的重要性在于它为投资者提供了一个消极投资的渠道，投资者可以将市场指数视为有效率风险资产组合的一个合理的首选近似组合。

③ 资本配置线是指从无风险利率出发通过市场组合 M 的射线。

根据 CAPM 模型的假设前提，无风险资产投资包括投资者之间的借入与贷出，并且任何借入头寸必须同时有债权人的贷出头寸作为抵偿，这意味着投资者之间的净借入与净贷出的总和必须为零，也就是说，从投资者总体来看，投资于无风险资产的总和为零，则投资于风险资产的总和为 1，即 $y=1$，将其代入公式（5-1）得到：

$$E(r_M) - r_f = \bar{A}\sigma_M^2 \times 0.01 \tag{5-2}$$

式中：σ_M^2——市场组合的方差，即为市场的系统风险；

$\bar{A}$——投资者平均风险厌恶水平；

$E(r_M)$——市场组合的期望收益；

r_f——无风险收益。

公式（5-2）就是 CAPM 模型的第二个结论：市场组合的风险溢价 $E(r_M) - r_f$ 与市场组合风险 σ_M^2 成反比，与投资者总体的平均风险厌恶程度 $\bar{A}$ 成正比。

四、单一证券的期望收益率

接下来分析单个证券资产风险与其期望收益率之间的关系，资本资产定价模型认为，单个证券合理的风险溢价取决于单个证券对投资者整个资产组合风险的贡献程度，且投资者需要根据其对整个资产组合风险的贡献程度来确定他们要求的风险溢价。由于所有投资者的投资结构一致，因此，其投资组合收益、方差与协方均相等。可以通过协方差矩阵进行分析。如表 5-1 所示，协方差矩阵的正对角线为证券同其自身的协方差[1]，其余部分为证券间收益率的协方差，如第 i 行和第 j 列的交点即为第 i 个证券和第 j 个证券间收益率的协方差。其中，W_1，W_2，…，W_A，…，W_n 表示各资产价值占市场资产组合总价值的比重。

表 5-1 资产组合的协方差矩阵

资产组合的权重	W_1	W_2	…	W_i	…	W_n
W_1	$\text{cov}(r_1, r_1)$	$\text{cov}(r_1, r_2)$	…	$\text{cov}(r_1, r_i)$	…	$\text{cov}(r_1, r_n)$
W_2	$\text{cov}(r_2, r_1)$	$\text{cov}(r_2, r_2)$	…	$\text{cov}(r_2, r_i)$	…	$\text{cov}(r_2, r_n)$
…	…	…	…	…	…	…
W_A	$\text{cov}(r_A, r_1)$	$\text{cov}(r_A, r_2)$	…	$\text{cov}(r_A, r_i)$	…	$\text{cov}(r_A, r_n)$
…	…	…	…	…	…	…
W_n	$\text{cov}(r_n, r_1)$	$\text{cov}(r_n, r_2)$	…	$\text{cov}(r_n, r_i)$	…	$\text{cov}(r_n, r_n)$

[1] 即该证券的方差。

高等学校会计学专业特色教材

A公司股票对资产组合风险的贡献程度可以表示为A公司股票所在行协方差项与股票权重乘积的总和，用公式表示为：

$$W_A\left[W_1\text{cov}(r_1,\ r_A)+W_2\text{cov}(r_2,\ r_A)+\cdots+W_A\text{cov}(r_A,\ r_A)\right.$$
$$\left.+\cdots+W_n\text{cov}(r_n,\ r_A)\right] \tag{5-3}$$

由于$r_M=\sum_{i=1}^{n}W_ir_i$，所以公式（5-3）又可以表示为：$W_A\text{cov}(r_A,\ r_M)$。同时，我们可以得出股票A对资产组合风险溢价的贡献为$W_A\left[E(r_M)-r_f\right]$。因此得出，股票A的收益——风险比率可以表示为：

$$\frac{E(r_{GM})-r_f}{\text{cov}(r_{GM},\ r_M)} \tag{5-4}$$

这一比例与证券市场组合的收益——风险比率应该相等，即表示为：

$$\frac{E(r_{GM})-r_f}{\text{cov}(r_{GM},\ r_M)}=\frac{E(r_M)-r_f}{\sigma_M^2} \tag{5-5}$$

将公式（5-5）变换得到：

$$E(r_A)-r_f=\frac{\text{cov}(r_A,\ r_M)}{\sigma_M^2}\left[E(r_M)-r_f\right] \tag{5-6}$$

其中，$\dfrac{\text{cov}(r_A,\ r_M)}{\sigma_M^2}$测度的是A公司股票对市场资产组合方差的贡献程度，这是市场资产组合方差的一个组成部分，这一比率被称作A公司的贝塔值。

通过以上推断可得出CAPM的基本形式，单个资产的风险溢价与市场组合的风险溢价成比例，与相关市场资产组合的贝塔系数也成比例，其风险溢价表示为：

$$E(r_i)-r_f=\frac{\text{cov}(r_i,\ r_M)}{\sigma_M^2}\left[E(r_M)-r_f\right]=\beta_i\left[E(r_M)-r_f\right] \tag{5-7}$$

其中，$\dfrac{\text{cov}(r_i,\ r_M)}{\sigma_M^2}=\beta_i$为股票$i$的贝塔系数，即股票$i$的风险相对于市场组合风险的波动倍数。

五、资产组合的期望收益率

如果任何单个资产满足期望收益——贝塔关系，则这些单个资产构成的任意组合也一定满足资本资产定价模型描述的期望收益——贝塔关系。假定资产组合

P 中有 n 种股票, $k = 1,2,\cdots,n$, 各种股票的权重为 W_k, 且各种资产均满足 CAPM 模型, 则可将每只股票用 CAPM 模型进行表述, 将每个资产的 CAPM 公式两边同乘以其在资产组合中的权重, 可以得到下列等式:

$$W_1 E(r_1) = w_1 r_f + w_1 \beta_1 [E(r_M) - r_f]$$

$$W_2 E(r_2) = w_2 r_f + w_2 \beta_2 [E(r_M) - r_f]$$

$$\cdots$$

$$W_n E(r_n) = w_n r_f + w_n \beta_n [E(r_M) - r_f]$$

将各组相加得到:

$$E(r_P) = r_f + \beta_P [E(r_M) - r_f] \tag{5-8}$$

其中, $E(r_P) = \sum\limits_k W_k E(r_k)$ 为资产组合的期望收益率, $\beta_p = \sum\limits_k W_k \beta_k$ 为资产组合的贝塔值, 即为各资产贝塔加权平均值。

六、证券市场与阿尔法值

证券资产的期望收益——贝塔关系曲线就是证券市场线 (Security Market Line, SML), 具体如图 5-2 所示, 横轴为贝塔值, 纵轴为风险资产的期望收益, 由于市场资产组合的贝塔值为 1, 故证券市场线的斜率为市场资产组合风险溢价。

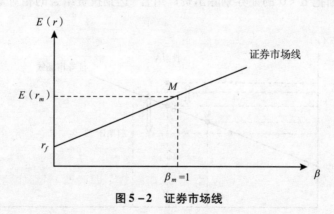

图 5-2 证券市场线

证券市场线与资本市场线的主要区别在于, 资本市场线刻画的是有效资产组合[1]的风险溢价, 其表现为资产组合标准差的函数, 因此, 横轴为资产的方差,

---

① 这里的有效资产组合是指由市场资产组合与无风险资产构成的资产组合, 在无风险资产和市场组合的有效边界上。

纵轴为资产组合的风险溢价；证券市场线刻画的单个资产或资产组合的风险与风险溢价之间的关系，测度资产风险的工具不再是资产的方差或标准差，而是资产对于资产组合方差的贡献度，即贝塔值。

证券市场线为专业机构评估投资业绩提供了一个参考基准，一项资产或资产组合风险的确定，以贝塔值测度其投资风险，证券市场线就能得出投资人为补偿风险所要求的期望收益及货币的时间价值。由于证券市场线是期望收益——贝塔关系的精确描述，因此，投资者可以认为被市场"公平定价"的资产一定在证券市场线上，也就是说，只有在证券市场线上的资产才被认为其期望收益和风险是相匹配的，因此，在均衡市场中，所有的证券均在证券市场线上。

在证券分析和投资业绩评估中，通常将某一股票真实收益与 CAPM 模型估计出的正常期望收益率之间的差距称为该股票的阿尔法值（Alpha），如图 5 - 3 所示，如果某只股票的价格被低估了，那么它就会有偏离证券市场线给定的正常收益的超额期望收益出现，如股票 A，则该股票将具有一个正的阿尔法值；反之，如果某只股票的价格被高估了，那么它就会有偏离证券市场线给定的正常收益的负的超额期望收益出现，如股票 B，则该股票将具有一个负的阿尔法值。有人认为证券分析和资产组合管理人员就是首先建立一个消极的市场指数资产组合，然后对其中各种证券的阿尔法值进行分析，通过不断地把 $\alpha > 0$ 的证券融进资产组合，同时不断把 $\alpha < 0$ 的证券剔除出资产组合[1]达到投资组合的相对最优状态。

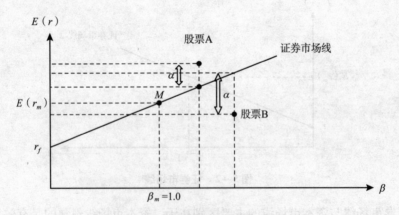

图 5 - 3   证券市场线与阿尔法值

---

① 这种策略被称为关于阿尔法非零抛补策略。

第二节　资本资产定价模型在现实中的扩展

一、限制性贷款条件下的 CAPM 模型

在现实情况中，投资者并不能以无风险利率进行借贷，许多金融机构对投资者的借入有诸多限制，并且借入利率要明显高于无风险利率[①]，此时的市场资产组合就不再是所有投资者共同的最优风险资产组合了。以下以可以持有但不允许卖空无风险资产的情况为例进行分析。如图 5 - 4 所示，在无风险资产到 T 点，由于不存在借入无风险资产情况，因此，有效边界没有发生变化；T 点以后，由于投资者不能持有无风险资产的负头寸，因此，其有效边界表现为风险资产组合的有效边界。

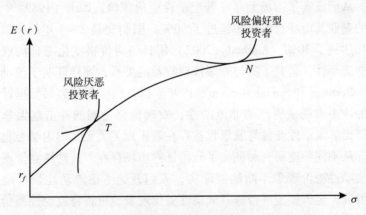

图 5 - 4　无风险资产卖空限制情况下的市场均衡

假定市场参与者中有两个投资者，一个相对来说厌恶风险，而另外一个风险忍受能力相对较强，那么，厌恶风险的投资者选择资本配置线上的资产组合 T 作

[①]　借入者需要为可能出现的违约风险支付溢价。

为其最优风险资产组合，也就是说，他的资产组合由风险资产组合 T[①]和无风险资产组成。风险忍受能力较强的投资者愿意在承担更多风险的前提下取得更高的风险溢价，他会选择图中的 N 点代表的资产组合，N 和 T 同处于有效率边界上，但 N 的风险与收益均高于 T 资产组合。

二、CAPM 模型与流动性

资产的流动性[②]对其价格的影响已广为人知，CAPM 模型的第四个假定要求所有的交易均是免费的，而在现实中，所有交易都会包括交易费用，因此，没有任何证券是可以完全流动的，投资者愿意选择那些流动性强并且交易费用低的资产，所以，这些资产的资产期望收益也偏高，这种现象被称为流动性溢价现象。

近 20 多年来，流动性与收益和资产定价的关系成为学术界研究的热门话题之一，众多实证研究表明，流动性缺乏将大大降低资产在市场上出售的价格水平。Amihud 和 Mendelson（1986）[③] 首次提出流动性溢价理论，他们从交易的微观成本角度出发，推导出预期收益与买卖价差的微观模型，并发现买卖差价与未来一年的月平均超额收益差的相关系数为正，即买卖价差越大，则股票月均超额收益越高，从而证实了市场上存在着流动性溢价现象。Pratt（1989）[④] 发现股权高度集中的企业其市场价值折扣超过了 30%，限制交易 2～3 年的股票，其出售价格的折扣达到了 30%。Amihud（2002）用日绝对价格变化与日均成交额的比率来代表非流动性，研究了其与股票预期收益的关系，同样证明了流动性溢价现象的存在。Brennan 和 Subrahmanyam（1996）以日内交易的高频数据计算交易指令对股价的冲击来衡量资产的非流动性，发现价格受到的冲击越大非流动性越大，同时得出非流动性变量与股票收益存在着正相关关系。国内学者也运用不同流动性指标从不同角度研究和证实了我国证券市场存在着流动性溢价现象。

随着流动性溢价现象不断地被证实，人们开始考虑流动性是不是系统性风险，传统的资产定价模型可否解释流动性溢价现象，可否将流动性溢价引入资产定价模型等问题。Pastor 和 Stambaugh（2003）在 Fama – French 三因素模型以及

---

① T 是由无风险借贷利率出发向风险资产有效边界的切点。

② 流动性是指资产转化为现金时所需的费用与便捷程度。

③ Amihud Y. and H. Mendelson，Asset pricing and the bid-ask spread［J］. Journal of Financial Economics，1986（17）：pp. 223 – 249.

④ Shannon P. Pratt，Valuing a Business：The Analysis of Closely Held Companies，2nd ed.（Homewood，Ill.：Dow Jones-Irwin，1989）.

高等学校会计学专业特色教材

考虑动量效应的四因素模型中加入整体流动性指标，研究表明，股票的平均收益对流动性具有很高的敏感性。Acharya 和 Pederson（2005）以 Amihud（2002）的非流动性指标来衡量流动性，提出包括流动性风险因素的均衡资产定价模型，并且发现其构造的流动性调整后的 CAPM 模型比传统的 CAPM 对数据有更强的解释力度。Liu（2006）[①] 用一段时间内（如 1 个月、6 个月、12 个月）日交易量为零的次数与调整后的换手率来合成新的流动性指标衡量流动性。研究发现，流动性是系统性风险，无法通过多样化投资予以分散，且流动性溢价无法被 CAPM 模型与 Fama - French 三因素模型所解释。他将流动性引入 CAPM 模型，并创建了流动性调整下的 CAPM 模型，发现其能很好地解释流动性溢价。

第三节　CAPM 模型与指数模型

　　CAPM 模型进行了过多的前提假设，指数模型的推出将假定简化了，它从一个新的重要视角对系统风险与公司特有风险进行了描述，并将证券收益的产生过程具体化，这种简化的假定大大减轻了计算负担，增强了模型的现实应用价值，指数模型也因此成为现代投资理论及其应用的核心概念之一。

一、单指数模型

　　单因素模型的前提假设是将证券影响因素分成两部分：一是影响整个证券市场的宏观经济影响因素，它对所有证券均会产生影响，如经济周期、战争等；二是公司自身特有的风险因素，只对本公司的证券价格产生影响，如公司的发展战略、新的发明、关键人员的离职等。这种假定同时就意味着证券之间的相关性除了一个共同的宏观经济影响因素之外没有其他来源，公司特有的风险因素只影响单一企业的证券价格，并不能以一个可测度的方式影响证券市场上其他股票。

　　基于以上假设，可将把证券的收益率描述为：

$$r_i = E(r_i) + m_i + e_i \qquad (5-9)$$

　　式中：$E(r_i)$ ——证券持有期期初的期望收益；

　　　　　m_i——证券持有期间非预期的宏观事件对证券收益的影响；

① Weimin Liu, A liquidity-augmented capital asset pricing model, Journal of Financial Economics, 2006, 82：pp. 631–671.

e_i——非预期的公司特有事件的影响。

由于 m_i 和 e_i 都是非预期事件的影响，因此，它们的期望值均为零。接下来可以对模型进行进一步细化，由于不同企业对宏观经济事件有不同的敏感度，可将宏观经济影响因素中的非预测成分界定为 F，证券 i 对于宏观经济事件的敏感度为 β_i，则公式（5−9）变化为：

$$r_i = E(r_i) + \beta_i F + e_i \qquad (5-10)$$

公式（5−10）被称为股票收益的单因素模型（single-factor model）。单因素模型考察了仅带有一个宏观因素的简单情况，要使模型能够真正用于实践，还需要找到一个具体的测度指标能够评价宏观经济的整体影响。一个比较理智的方法是采用证券指数收益率，如上证综合指数或深圳成指等作为一般宏观因素的有效代表，通过这种替代可以得到与因素模型类似的模型，因为它利用市场指数来代表一般的或者说系统的风险影响因素，因此，这一模型称为单指数模型（single-index model）。

在某种意义上，股票超额收益率水平更能反映宏观经济形势，例如，当短期国库券收益率仅为1%或2%，股票市场上9%的收益会被认为是利好消息，而当短期国库券收益率已超过10%，则相同的9%的股票收益就被认为是宏观经济萧条的标志，因此，实际使用过程中常将指数模型转化成持有期超额收益形式，用下式表达如下：

$$r_i - r_f = \alpha_i + \beta_i(r_M - r_f) + e_i \qquad (5-11)$$

其中，α_i 为风险中性时股票的期望收益率，不受任何风险因素的影响；$\beta_i(r_M - r_f)$ 为证券市场对股票价格的影响；e_i 为公司特有的非预期因素的影响，常用大写的字母 R 表示超过无风险收益的超额收益率，如下式所示：

$$R_i = \alpha_i + \beta_i R_M + e_i \qquad (5-12)$$

公式（5−12）表明，每种证券面临的风险来自两部分：一是市场的或系统的风险，源于它们对宏观经济因素的敏感度，反映在 R_M 上；二是公司特有的风险，反映在 e 上。因此，可以把每个证券收益率的方差分拆成共同的宏观经济风险和公司特有的风险两部分，公式表示如下：

$$\alpha_i^2 = \beta_i^2 \sigma_M^2 + \sigma^2(e_i) \qquad (5-13)$$

接下来分析两种股票之间的协方差，如果股票 i 和股票 j 都满足单指数模型，则：

$$\mathrm{cov}(R_i, R_j) = \mathrm{cov}(\alpha_i + \beta_i R_M + e_i, \ \alpha_j + \beta_j R_M + e_j) \qquad (5-14)$$

其中，α_i，α_j 是常数，它们与任何变量之间的相关系数均为零，对协方差没有影响；公司特有的风险因素（e_i，e_j）与宏观经济因素不相关，并且彼此之间也不相关，对协方差没有影响。所以，两种股票的协方差仅来源于它们共同依赖

的宏观经济影响因素。因此，

$$\text{cov}(R_i, R_j) = \text{cov}(\beta_i R_M, \beta_j R_M) = \beta_i \beta_j \sigma_M^2 \qquad (5-15)$$

可以很容易看出，简化后的指数模型对于计算两种证券资产之间的协方差给出了简单、有效的解决方案。对于巨大的证券市场，马柯维茨程序要求的估计数量在利用指数模型时被大大简化了，同时单指数模型为很难判断的两种证券资产之间的协方差提供了可行的方法。但是这种简化并不是没有成本的，它来自于指数模型的假定，把不确定性风险简单分成宏观风险与微观风险两部分，这一分类把真实世界的不确定性来源过分简单化了，并且错过了一些股票收益依赖的重要来源。如，行业影响因素，这些行业事件可能影响行业中的许多公司，但实质上却不影响整个宏观经济；并且，事件统计分析表明，相对于单指数而言，一些公司的公司特有成分是相关的，并不是模型假设的不相关情况。

二、多因素模型

指数模型将收益风险分解成系统风险和公司特有的非系统风险两部分，但是在单因素模型中，将系统风险限制在单一因素内，这显然与实际情形有较大差距。实际上，证券收益的系统风险受多种因素的影响，包括经济周期的不确定性、利率和通货膨胀、战争、行业因素等，这些因素对于系统风险给予更加清晰明确地解释，从而有可能展示不同的股票对不同的因素有着不同的敏感性，这也为改进单因素模型提供了思路和方法。

为了简单起见，首先以双因素模型为例进行阐述。假设证券的收益率受到两个最重要的宏观经济因素的影响——经济周期和利率，采用国内生产总值 GDP 来测度经济周期的不确定性，用 IR 来表示利率，并假定任何股票的收益都与这两个宏观风险因素以及它们自己公司的特有风险相关。因此，可以通过一个双因素模型来描述股票 i 的持有期收益率，具体表述如下：

$$r_i = E(r_i) + \beta_{iGDP}\text{GDP} + \beta_{iIR} + e_i \qquad (5-16)$$

公式（5-16）右边的两个宏观因素包含了经济中系统风险的影响因素，e_i 反映了公司特有风险的影响。同样，可以通过对系统风险的进一步细化推导出多因素模型，陈、罗尔和罗斯（1986）[1] 对这一问题进行了研究，提出了一组能够反映比较广泛的宏观经济影响的五因素模型，其影响因素包括：行业生产的变动

---

[1] N. Chen, R. Roll and S. Ross. Economic Force and the Stock Market [J], Journal of Business 59 (1986), pp. 383-403.

百分比、预期通货膨胀的变动百分比、非预期通货膨胀的变动百分比、长期公司债券对长期政府债券的超额收益和长期政府债券对短期国库券的超额收益等。

从以上分析可见，资本资产定价模型与指数模型的区别之一在于，CAPM 模型将证券期望收益与风险相联系，推导出期望收益—贝塔之间的关系。通常情况下，投资者可以观察到的只是实际的或已实现的持有期间收益率，而期望收益率是不可观测的，因此，资本资产定价模型在原则上无法检验，致使其实用性受到限制；指数模型是一种统计模型，通过已实现真实收益率的回归，可以比较方便地应用于实践。

其次，资本资产定价模型的核心假定是，市场资产组合是一个均值—方差有效的资产组合，由于资本资产定价模型考虑了所有可获得的在市场上公开交易的风险资产，为了验证 CAPM 市场资产组合的有效性，需要构造一个规模巨大的、按照市值权重配置的资产组合并检验其有效性，到目前为止，这一任务仍很难实行。而指数模型只需一个充分分散化可以代表宏观经济影响因素的资产组合即可，在实践中可以很方便地找到市场指数代替，当然，这种简化与市场实际情况有一定的距离。

第四节 市场有效性

一、股价预测与市场有效性

一直以来，资产价格预测都是金融领域的重要热点话题，20 世纪 50 年代，经济周期理论的提出使大家认为，在时间上追溯某些经济变量的发展可以阐明并预测经济在景气与不景气交替循环上的发展，而这一研究的具体表现就是通过相关经济变量的分析预测股票市场的价格，假定股价反映了公司的前景，那么经营业绩的峰谷交替行为将会在公司股价中显现出来。莫里斯·肯德尔（Maurice Kendall）[①] 在 1953 年对这个命题进行了研究，但他惊异地发现股价的发展似乎是随机的，不论过去的业绩如何，任何一天它们都有可能上升或下跌，找不出任何方法可以用过去的数据来预测未来股价的升跌，这一结论似乎暗示着股票市场没有任何逻辑规律可言，市场是不可预测的。不久，肯德尔推理得出，证券价格

① Maurice Kendall，"The Anlysis of Economic Time Series，Part I：Prices"，Journal of the Royal Statistical Society 96（1953）.

不可预测正反映出市场是有效率的。

　　不妨假设一下某位投资者发现了某种可预测股价的模型，这对投资者来说不啻是一座金矿，他可以利用这一模型的预测在股价将涨时买入或在将跌时抛出就可以获得无止境的利润。但稍加考虑就可以发现这种状况不会持续太久，例如，假设该模型测了 A 股票的价格在 3 天内将上涨 10%，那么所有的投资者通过模型预测了解这一信息之后，会立即把巨额现金投入到价格即将升高的 A 股票上，而持有 A 股的人绝不会抛售，直到售价上涨 10%，这样股票的价格将瞬间上涨 10%，对未来股价的预测将导致股价立刻变化。也就是说，对未来股价的预测将导致其立即反应，以致使所有的市场参与者都来不及在股价上升前行动，因此可以说，任何可用于预测股票表现的信息一定已经在股价中被反映出来，证券价格仅对新信息作出反应，同时，由于新信息是随机、不可预测的，所以，未来股票价格是不可预测的，这正是市场有效的表现。因此，将股价已反映所有已知信息的这种观点称作有效市场假定（Efficient Market Hypothesis，EMH）。

　　然而，大量实证研究和经验表明，假如投资者愿意在采集信息上花费时间和金钱，就能得到一些已被其他的投资者所忽略的东西，如果发现和分析信息很昂贵，投资者便会期望通过提高期望收益来弥补投资分析带来的成本。只要这样的行为能产生更多的投资收益，投资者就会有动机花时间和资源去发现和分析新信息。也就是说，现实市场并不是完全有效，还有许多信息可以被挖掘以提高收益。另外，不同市场的有效性的程度不同，一个分析密集度较高的市场，可能被挖掘出来的新信息就少，市场有效程度也较高；小股票的分析密集度偏低些，其价格也离有效价格要远些。因此，现实中的资本市场并不是有效与非有效之争，而是多大程度上有效地探讨。

　　根据有效市场假说，有效的资本市场一般具有以下特征：市场基础设施完备并在技术上先进，包括交易方式高度现代化，清算方式安全有效等；市场制度设计完善，市场的运作设计能保证各种类型的投资者都能迅速参与交易；证券能在不同投资者中迅速地交换；信息渠道通畅，市场透明度高，并且传递及时；市场外部监控机制完善，没有人能操纵市场价格；整体投资的知识、经验水平的提高有利于市场效率的提高。

二、市场有效性的三种形式

　　一般来说，根据已知信息的涵盖面不同，可以将有效市场分为三种形式：弱势有效形式、半强势有效形式和强势有效形式。

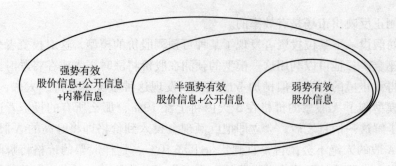

图 5 – 5　市场有效性的三种形式

　　弱势有效形式（weak-form）假定，当前股价已经反映了全部能从市场交易数据中得到的信息，这些信息包括过去的股价史、交易量及空头的利益等。过去的股价资料是公开的且几乎毫不费力就可以获得，因此，根据过去的股价资料分析股票价格趋势分析是徒劳的。在弱势有效市场中，投资者不可能通过对股票历史信息的分析而获得超额利润，股票价格已经根据这些信息作了相应地调整，投资者只能获得与所承担风险相对应的正常收益，股票价格变动与其历史行为方式是独立的，股价变动的历史时间序列数据呈现出随机游动形态，技术分析（technical analysis）将失去作用。

　　半强势有效形式（semistrong-form）假定，股票现在的价格不仅反映了历史信息，而且反映了所有与公司证券有关的全部公开信息，即除了过去的价格信息外，公司生产线的基本数据、管理质量、资产负债表组成、持有的专利、利润预测以及会计实务等信息也被反映在股价中。由于任何一个投资者都有办法从公开适用的渠道中得到这些信息，投资者就会预期到这些信息已经体现在股价上了。如果有关股票的公开信息对其价格的变动仍有影响，则说明证券价格形成过程中，投资者对公开发表的资料尚未做出及时充分的挖掘和利用，这样的市场尚未达到半强势有效。在半强势有效市场中，对一家公司的资产负债表、损益表、股息变动、股票拆细、政府公告及其他任何可公开获得的信息进行分析均不可能获得超额利润，基本面分析（fundamental analysis）将失去作用。

　　强势有效形式（strong-form）假定股价反映了全部与公司有关的信息，甚至包括仅为内幕人员所知的信息。这个假定相当极端，很少人会对这样一个命题进行争论，即公司管理层早在关键信息被公布之前就据此在市场进行买卖以获取利润。现实情况中，证券与交易委员会所从事的大部分活动是为了阻止内幕人员利用职权谋利。如，证券交易法限制公司管理层、董事、主要的股东等人员的市场交易行为，要求他们向证券与交易委员会报告其交易情况。这些内幕知情者、其家属以及其他相关人员若根据公司内部消息进行交易的行为将被视为违法行为。

三、有效市场理论的意义

一直以来，有效市场假说是金融经济领域中最具争议和最重要的研究课题之一，它对金融经济领域产生了重大而深远的影响。首先，有效市场假说揭示了证券市场的特征，改变了人们对证券市场的认识。在此之前，人们总是认为股票价格是有规律可循的，未来价格完全可以通过过去的价格信息进行预测，而有效性假说提出，股票价格遵循随机游走规律，是无规律可循的；以前人们认为股票市场是混乱、无规律的，并没有试图通过经济理论来研究股市或对股市进行建模分析，而有效性假说以信息为纽带，把信息和股票价格有机地联系起来，通过研究股票价格对相关信息的反应效率，对证券市场进行分析，揭示了证券市场的本来面目，并提出了事件研究等数理统计方法。

其次，有效市场假说促进了金融理论的发展。有效性假说与金融经济学中的资本资产定价模型（CAPM）有着紧密的依赖性，在验证有效性时需要均衡模型，而均衡模型的正确前提又在于市场是有效率的。没有有效市场大量的实证检验作后盾，以均衡为基础的 CAPM 的推理过程以及期权定价理论很难被迅速、全面地接受。同时，CAPM 的发展促进了有效性理论的研究，提供了有效性实证研究所需的预期收益率。

最后，有效市场假说为刻画新兴证券市场的发展状况提供参照，利用相对成熟的资本市场的有关数据，可检验有效市场假说命题是否成立，同时，为实证研究所揭示的有效性、非有效性特征为研究新兴证券市场的发展状况提供了参照，通过比较新兴市场与发达市场的实证结果，可找出两种市场在投资理性、市场规范、交易规则上的差异，为规范新兴证券市场的发展提供参考。

本 章 小 结

1. 所有投资者都将按照市场组合 M 来构建自己的风险资产组合，这个市场组合 M 包括了市场上所有可获得的公开交易的风险资产，每种风险资产的配置比例为该风险资产的市值占风险资产总市值的比重。

2. CAPM 模型假定的理想状态具有如下特征：（1）股票市场容量足够大，并且其中所有的投资者为价格接受者；（2）不存在税收与教育费用；（3）所有风险资产均可以公开交易；（4）投资者可以以无风险利率借入和贷出。

高等学校会计学专业特色教材

3. 市场组合不仅在有效边界上，而且也是相切于最优资本配置线上的资产组合。

4. 风险资产与无风险资产配置决策中，每个投资者投资于风险资产组合 M 的最优比例 y 为：

$$y^* = \frac{E(r_M) - r_f}{0.01 \times A\sigma_M^2}$$

5. 证券市场线与资本市场线的主要区别在于：资本市场线刻画的是有效资产组合的风险溢价，其表现为资产组合标准差的函数，因此，横轴为资产的方差，纵轴为资产组合的风险溢价；证券市场线刻画的单个资产或资产组合的风险与风险溢价之间的关系，测度资产风险的工具不再是资产的方差或标准差，而是资产对于资产组合方差的贡献度，即贝塔值。

6. 根据已知信息的涵盖面不同，可以将有效市场分为三种形式：弱势有效形式、半强势有效形式和强势有效形式。其中，弱势有效市场是指当前股价已经反映了全部能从市场交易数据中得到的信息，这些信息包括过去的股价史、交易量及空头的利益等；半强势有效市场是指股票现在的价格不仅反映了历史信息，而且反映了所有与公司证券有关的全部公开信息；强势有效形式假定股价反映了全部与公司有关的信息，甚至包括仅为内幕人员所知的信息。

复习思考题

1. 如果一个市场上只有少数投资者进行证券分析，其余大多数人采用消极投资策略，持有一个市场组合 M，那么证券的资本市场线对于未进行证券分析的投资者而言仍然是有效的资本配置线吗？

2. 如果零贝塔资产组合的平均收益率大于短期国库券的利率，试分析此时能否认为资本资产定价模型无效。

3. 简述强势有效市场、半强势有效市场和弱势有效市场之间的区别。

习　题

1. 某只股票的市场价格为 60 元，期望收益率为 12%，无风险利率为 6%，市场风险溢价为 8%，假定该股票会永远支付一固定股利，如果该只股票与市场资产组合的协方差加倍，问该股票的市场价格为多少？

2. 以下关于证券市场线描述正确的是（　　）。

A. 证券期望收益率与其系统风险的关系

B. 市场资产组合是风险证券的最佳资产组合

C. 证券收益与指数收益之间的关系

D. 由市场资产组合与无风险资产组合构成的资产组合

3. 零贝塔证券的期望收益率为（　　　）。

A. 市场收益率　　　B. 零收益率　　　C. 负收益率　　　D. 无风险收益率

4. CAPM 模型认为资产组合收益率可以由哪个因素进行解释（　　　）。

A. 经济因素　　　　B. 特有风险　　　C. 系统风险　　　D. 分散化

5. 假定无风险利率为 6%，市场收益率是 16%，一股票今天的价格为 48 元，预计在年末将支付每股 4 元的股利，该股票的贝塔值为 1.2，试预测该股票在年末的售价。

6. 投资者购入一企业，其预期的永久现金流为 100 元，但因有风险而不确定。如果投资者认为企业的贝塔值是 0.6，当贝塔值实际为 1 时，投资者愿意支付的金额比该企业实际价值高多少？

7. 两个投资顾问比较业绩。一个投资顾问的平均收益率为 16%，而另一个为 12%。但是前者的贝塔值为 1.2，后者的贝塔值为 0.8。

要求：

（1）试判断哪个投资顾问更善于预测个股（不考虑市场的总体趋势）。

（2）如果国库券利率为 5%，这一期间市场收益率为 13%，哪个投资者选股能力更强？

（3）如果国库券利率为 3%，这一时期的市场收益率是 15% 吗？

高等学校会计学专业特色教材

第六章

期权及其风险管理

【本章要点】金融衍生工具发展的时间并不长①，但目前已经成为现代金融市场中种类最多、交易异常活跃的金融产品，因为衍生工具的价格依赖于其他基础证券，并且设计了比较高的杠杆比例，所以它们是强有力的投机和风险管理工具。随着近年来为客户量身定做期权交易的膨胀，场外市场的交易量也增长迅速，作为修正投资者资产组合特性的有效方法，期权已经成为资产组合管理者最常用的基本工具之一。本章对期权进行介绍，并对风险管理问题进行探讨。

【核心概念】标的资产　期权执行价格　欧式期权和美式期权　时间价值和内在价值　二项式定价　B-S期权定价模型

第一节　期权的基础知识

一、期权的概念

期权是指期权卖方在收到一定的期权购买费用（期权费）后，承诺给期权的买方在特定的期限内以特定的价格（执行价格）从期权卖方购买（看涨期权）或卖给期权买方（看跌期权）一定数量相关标的资产的权利。期权只有权利没有义务，因此，对于期权的买方来说，在付出期权费后，期权合约赋予他的只有权利，而没有任何义务，他可以在期权合约规定的时间内行使其购买或出售标的资产的权利，也可以不行使这个权利。对期权的出售者来说，他只有履行合约的义务，而没有任何权利，当期权买者按合约规定行使其买进或卖出标的资产的权利时，期权卖方必须履行义务，依约相应地卖出或买进该标的资产。

---

① 标准化的期权合约交易起始于 1973 年芝加哥期权交易所的看涨期权。

从定义中可以看出，期权的要素主要有期权到期日、期权的执行日、标的资产、期权费和期权的约定价格，期权的到期日即期权合同中规定的期权最后有效日期，到期日结束，期权约束的权利和义务关系自然解除；期权的执行日期是指期权执行的时间，期权的执行日有可能是到期日，也有可能在到期日之前，根据期权的种类有所不同；标的资产是指期权合同规定的双方买入或卖出的资产；执行价格（strike price or exercise price）即期权合同规定的购入或售出某种标的资产的价格；期权费（premium）也称为权利金，它表示如果执行期权有利可图，买方为获得执行的权利而付出的代价。表6-1为郑州商品交易所优质强筋小麦期权合约样本。

表 6 - 1 优质强筋小麦期权合约（样本）

交易单位	一手2吨的优质强筋小麦期货合约
报价单位	元（人民币）/吨
最小变动价位	0.5元/吨
每日价格最大波动限制	与优质强筋小麦期货合约相同
执行价格	在优质强筋小麦期权交易开始时，以执行价格间距规定标准的整倍数列出以下执行价格：最接近相关优质强筋小麦期货合约前一天结算价的执行价格（位于两个执行价格之间的，取其中较大的一个），以及高于此执行价格的3个连续的执行价格和低于此执行价格的3个连续的执行价格
执行价格间距	当执行价格低于1 000元/吨（含1 000元/吨）以下时，执行价格间距是10元/吨；当执行价格位于1 000元/吨至2 000元/吨（含2 000元/吨）之间时，执行价格间距是20元/吨；当执行价格高于2 000元/吨时，执行价格间距是30元/吨
合约月份	除最近期货交割月以外的其他期货月份
交易时间	与优质强筋小麦期货合约相同
期权执行	期权买方在合约规定的有效期限内的任何交易日内均可以行使权利
最后交易日	合约月份前一个月第5个交易日
合约到期日	同最后交易日
交易手续费	0.2元/手（含风险准备金）
交易代码	看涨期权（WSC）；看跌期权（WSP）
上市交易所	郑州商品交易所

资料来源：郑州商品交易所期权部。

二、期权的种类

按照不同的标准，期权合约有不同的分类，主要有以下几种：

1. 买入期权和卖出期权

买入期权又称为看涨期权（Call Option），是指期权出售者给予期权持有者在将来确定的到期日或之前以确定的价格购买某种标的资产的权利。例如，鞍钢公司股票 2 月份的看涨期权就赋予其持有者在到期日或之前的任何时间以 16 元/股的价格购买 100 股鞍钢股份股票的权利。由于期权只是权利而没有义务，因此，期权持有者不一定要行使期权，他仅在要购买资产的市值超过执行价格时才会执行期权合约。当市值确实超过执行价格时，期权持有者要么卖掉该期权，要么执行该期权，并从中获得收益。而反之，当市值低于执行价格时则放弃期权。如果期权在到期日之前没有执行，就会自然失效，其价值变为 0。期权卖方出售期权时，收到期权价格以抵偿日后当执行价格可能低于资产市价时他仍需履约带来的损失。如果在期权失效之前，执行价格一直高于资产市价，期权就不会被执行，那么期权卖方就净获一笔等于期权价格的利润。

以下将对看涨期权的盈亏进行分析，假设一看涨期权的执行价格为 E，期权费为 C_0，到期日标的资产的价格为 S_T，则购买者和出售者的盈亏可用图 6 – 1 表示。

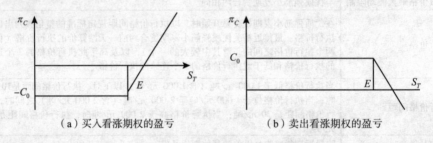

（a）买入看涨期权的盈亏　　　　（b）卖出看涨期权的盈亏

图 6 – 1　看涨期权盈亏分析

例题 6 – 1

看涨期权盈亏分析

假定某投资者持有 2008 年 2 月份到期的执行价格为 25 元的鞍钢股票看涨期权，期权费为 2 元，则该期权赋予期权持有者以 25 元/股的价格在 2 月 20 日之前买入鞍钢股票的权利。假若鞍钢股票现在的价格是 26 元，如果期权持有者现在立刻执行该看跌期权买入鞍钢股票，则其净收入为 26 – 25 = 1（元），显然，已支付 2 元期权价格的投资者是不会立刻执行该期权的。如果到期时鞍钢股票市价为 29 元，则该看跌期权将有利可图。执行该期权的净收入为：净收入 = 股票市价 – 执行价格 = 29 – 25 = 4（元）。

卖出期权又称看跌期权（Put Option），是指期权出售者赋予期权所有者在到期日或之前以确定的执行价格出售某种资产的权利，一般来说，只有在执行价格高于标的资产市场价格时看跌期权才会被执行，即标的资产的执行价格高于市场价格时，投资者以低价（市场价格）买入，以高价（执行价格）卖出，从而获得收益[①]。如果在期权失效之前，标的资产的执行价格均低于其市场价格，期权持有者执行期权不能获得收益，期权就不会执行，看跌期权的出售者净获一笔期权费。期权的持有者拥有该项期权规定的权利，他可以实施该权利，也可以放弃该权利，而期权的出卖者则只负有期权合约规定的义务。

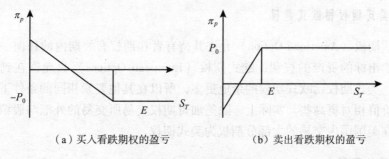

（a）买入看跌期权的盈亏　　　　（b）卖出看跌期权的盈亏

图6-2　看跌期权盈亏分析

例题6-2

看跌期权的盈亏分析

　　假定有一看跌期权，2008年3月到期的执行价格为25元的鞍钢股票期权，期权费为2元，它赋予期权持有者以25元/股的价格在3月21日之前出售鞍钢股票的权利。若到期日之前，股票价格高于执行价格25元，投资者一定不会以25元的价格执行期权；如果市场价格跌为23元，则投资者执行期权获得的盈利为：25－23－2＝0（元）；当股票市场价格继续往下跌，投资者执行期权获得的收益不仅能弥补之前支付的期权费用，还可产生收益。

2. 实值期权、虚值期权和两平期权

　　从期权持有者执行期权能否获得收益角度可将期权分为实值期权、虚值期权

---

　　① 实际操作中，投资者不需要持有标的资产（股票）来执行看跌期权，只需要到期时按照执行价格和市场价格的价差结算即可。

和两平期权。当期权持有者执行期权能产生利润时，称为实值期权；当执行期权无利可图时，称为虚值期权；当期权执行价格等于标的资产市场价格，执行期权不亏不盈时称为两平期权。由此可见，当执行价格低于资产市场价格时，看涨期权处于实值状态，因为以执行价格购买资产有利可图；当执行价格高于资产价值时它处于虚值状态，这时没有人会执行该期权，以执行价格购买市场价值低于执行价格的资产。看跌期权的情况则正好相反，当执行价格高于资产价值时其为实值状态，因为以执行价格卖出低值资产对持有者来说是有利可图的。

3. 美式期权和欧式期权

美式期权（American Option）允许其持有者在期权有效期内的任何一天行使买入或卖出标的资产的权利，欧式期权（European Options）只允许在到期日当天执行。美式期权比欧式期权的余地更多，所以在其他要素相同的条件下，美式期权的价值相对更高些。实际上，除芝加哥期权交易所交易的外汇与股票指数期权外，在美国国内交易的大部分期权为美式期权。

4. 其他期权

指数期权是以股票市场指数作为标的物的看涨期权或看跌期权，如标准普尔500指数、纽约证券交易所指数等。指数期权不仅有几个包括范围很大的指数，还有一些特殊行业指数甚至商品价格指数。对不同合约或不同交易所，指数构造也不同，例如标准普尔100指数是指标准普尔公司编制的100种股票的市值加权平均值，权重与各股票的市值成正比。道－琼斯工业指数是30种股票的价格加权平均值，而市场价值线指数是1 700种股票价格的等权重平均值。指数期权不需要卖方在到期日交割"指数"，也不需要买方购买指数，而是采用现金结算方式，在到期时计算期权增值额[①]，卖方将此额支付给买方即可。

期货期权的持有者有以执行价格买入或卖出特定期货合约的权利。交割过程稍微有点复杂，期货期权合约条款的设计是以期货价格为标的物。在到期日，期权买方会收到目前期货价格与执行价格之间的差额。例如，如果期货价格为35元，而看涨期权的执行价格为33元，则买方会收到2元的收益。

利率期权，国际上利率期权的种类比较丰富，如美国交易所与芝加哥期权交易所交易美国中长期国债的期权、短期国库券、大额存单、政府国民抵押协会转手证券以及各种期限的财政债券的收益率也可作为标的资产。还有利率期货期

---

① 期权增值额即期权执行价格与指数价值的差额。

权，其标的物包括中长期国债期货、地方政府债券期货、伦敦银行同业拆借利率期货、欧洲美元期货与欧洲马柯期货等。

第二节　期权的定价

一、内在价值和时间价值

期权价格是通过期权的买卖双方在交易所内以公开喊价的方式竞争形成的，主要包括内在价值与时间价值两部分。

1. 期权的内在价值

期权的内在价值是指期权的溢价部分，即市场价格与执行价格对比可以获利的差额。对于买入期权而言，其内在价值等于市场价格减去执行价格；对于卖出期权，内在价值等于执行价格减去市场价格。平价期权和的虚值期权内在价值为零，因为期权的买方不会执行期权合约。当看涨期权的执行价格低于标的资产现货价格时，该看涨期权的内在价值为正值；当看跌期权的执行价格高于标的资产现货价格时，该看跌期权的内在价值为正值；当看涨期权的执行价格高于相关的现货价格时，该看涨期权的内在价值为负值；当看跌期权的执行价格低于相关的现货价格时，该看跌期权的内在价值为负值；当看涨期权的执行价格与相关商品的现货价格相等或相近时，该期权不存在内在价值；当看跌期权的执行价格与相关商品的现货价格相等或相近时，该期权不存在内在价值。

2. 期权的时间价值

期权的时间价值是指期权的买方希望随着时间的延长，标的资产现货价格的变动有可能使期权增值，从而愿意为购买这一期权所付出的费用，同时它也反映出期权的卖方所愿意接受的期权售价。一个期权通常是以高于内在价值的价格出售的，高于内在价值的这一部分期权费就是时间价值。时间价值的大小取决于期权剩余有效期的长短，期权的剩余有效期越长，其时间价值也就越大。因为对买方而言，期权有效期越长，获利的机会就越大。对卖方而言，期权有效期越长，被要求履约的风险越大，期权的售价也就越高。时间价值也随到期的时间临近而减少，至到期日期权的时间价值为零。

二、影响期权价格的因素

影响期权价值的主要因素包括：股票价格、执行价格、股票价格的波动性、到期期限、利率及股票红利率。以看涨期权为例进行分析，随着股价波动性的增加看涨期权价值也相应增加，标的资产风险较高的期权，其平均收益也较高，这一额外价值源于期权持有者本身所承受的损失是有限的，而获得的收益被成倍放大，或者说是看涨期权的波动性价值。显然，对期权持有者而言，股票价格表现不好时，跌多跌少没有什么不同。但是，如果股价上扬，在到期时看涨期权就会变成实值期权，股价越高，期权的收益就越大，所以，好的股价带来的收益是无限的，差的股价带来的收益也不会低于零。这种不对收益称性意味着随着标的股票价格波动性的增加，执行期权的期望收益成倍增加而损失却不低于零，从而增加了期权的价值。

到期期限越长，看涨期权的价值越大，期限越长发生不可预测的未来事件的机会就越多，从而导致股票价格增长的范围也就越大。这与波动性增加的效果相似，而且，随着期限的延长，执行价格的现值下降，这也增加了看涨期权持有者的期权价值。

表 6-2   **期权价值的影响因素**

变量增加	看涨期权价值变化	看跌期权价值变化
股票价格	增加	降低
执行价格	降低	增加
波动性	增加	增加
到期时间	增加	增加
利率	增加	降低
红利支付	降低	增加

三、期权的二项式定价

二项式定价以一个简单的框架显示了期权定价的逻辑，其基本假定包括：第一，期权在到期时，其标的资产的价格只有两种可能性：涨到一个给定的较高水平，或者降到给定的较低水平。当然，现实中标的资产的价格可能有许多值，但只要把时间分得足够小，则在到期之前可以有任意多的最终价格。第二，证券价格遵循几何布朗运动。

二项式定价的核心思想主要包括两个方面：无套利机会和风险中性假设。其中，无套利机会是指市场上不存在无风险套利情况；风险中性假设是指期权定价不依赖于投资者对待风险的态度，也不涉及标的资产价格涨跌的概率，也就是说，标的资产价格涨跌的概率已经反映在现行的价格之中。

假定某种股票未来的价格有两种趋势，上升为 uS_0 或者下降为 dS_0，我们可以把股票价格发展的轨迹表示为一个二叉树形式，如表 6 - 4（a）所示，基于该股票相应的期权的价值同样可以表示为二叉树形式，如表 6 - 4（b）所示。

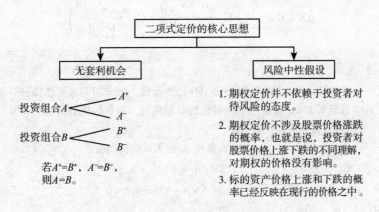

图 6 - 3　二项式定价的核心思想

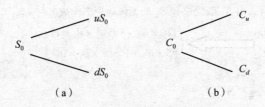

图 6 - 4　单期二项式定价二叉树图

接下来，我们使用两个工具来复制一个看涨期权：股票和无风险资产，使得这个投资组合的价格模仿该期权的价值轨迹。假设我们想要找到一个投资组合，由 A 股股票和 B 元的无风险资产构成，假定股票有一个连续股利收益率，在时刻 t 买进，则在时刻 $t + h$ 你将拥有 $e^{\delta h}$ 股，如果一期的长度是 h，每期的利息因子是 e^{rh}。令和 C_d 分别表示当股票上升和下降时期权的价值，则时刻 h 复制的投资组合的价值是：

高等学校会计学专业特色教材

$$ASe^{\delta h} + e^{rh}B \tag{6-1}$$

此时，股票价格为 S_h，在价格 $S_h = us$ 和 $S_h = ds$ 处，复制的投资组合将满足：

$$(A \times ds \times e^{\delta h}) + (B \times e^{rh}) = C_d$$
$$(A \times us \times e^{\delta h}) + (B \times e^{rh}) = C_u \tag{6-2}$$

求解以上方程，得出 A 和 B 的解为：

$$A = e^{-\delta h} \frac{C_u - C_d}{S\ (u-d)} \qquad B = e^{-rh} \frac{uC_d - dC_u}{u-d} \tag{6-3}$$

期权的成本是 $S + B$，将 A 和 B 的表达式代入，得到期权的价值为：

$$\Delta S + B = e^{-rh} \left(C_u \frac{e^{(r-\delta)h} - d}{u-d} + C_d \frac{u - e^{(r-\delta)h}}{u-d} \right) \tag{6-4}$$

例题 6-3

假定有一半年期、股票现在的价格为 100 元的股票，每一期期末股票价格有两种可能性，增长 10% 或降低 5%，现有一年后到期的看涨期权，期权的执行价格为 110 元，无风险利率为 5%。问：该看涨期权的价格？

分析：构造一投资组合，由 N_1 股股票和 B_1 的无风险资产构成。

$$\begin{cases} N_1 S_{uu} + RB_1 = C_{uu} \\ N_1 S_{ud} - RB_1 = C_{ud} \end{cases} \Longrightarrow \begin{cases} 121 \times N_1 + 105\% \times B_1 = 11 \\ 104.5 \times N - 105\% \times B = 0 \end{cases}$$

$N_1 = 0.67$, $B_1 = -66.34$

$C_u = 0.6 \times 100 - 51.43 = 8.57$

构造一投资组合，由 N_2 股股票和 B_2 的无风险资产构成。

$$\begin{cases} N_2 S_u + RB_2 = C_u \\ N_2 S_d + RB_2 = C_d \end{cases} \Longrightarrow \begin{cases} 110 \times N_2 + 105\% \times B_2 = 11 \\ 95 \times N_2 + 105\% \times B_2 = 0 \end{cases}$$

$N_2 = 0.49$, $B_2 = -44.33$

$C_0 = 0.49 \times 100 - 44.33 = 4.67$

四、布莱克—斯科尔斯期权定价模型

1973 年，美国芝加哥大学教授 Fischer Black & Myron Scholes 提出了著名的 B–S 定价模型，用于确定欧式股票期权价格，在学术界和实务界引起了强烈反响；同年，Robert C. Merton 独立地提出了一个更为一般化的模型。期科尔斯和默顿由此获得了 1997 年的诺贝尔经济学奖。B–S 模型极大地推动了金融衍生工具的交易和发展。该公式涉及复杂的数学推导，但对财务管理和金融工程等学科具有广泛的影响，是近代理财学科不可缺少的内容。现在，布莱克—斯科尔斯定价公式已被期权市场参与者广泛接受。

1. 模型的前提假设

布莱克—斯科尔斯期权定价模型有以下基本假设：

假设1：在期权寿命期内，期权标的股票不发放股利，也不作其他分配。

假设2：股票或期权的买卖无交易成本。

假设3：无风险利率已知，并且在期权寿命期内保持不变。

假设4：任何证券购买者都能以无风险利率进行借贷。

假设5：允许卖空，并且卖空者将立即得到所卖空股票今天价格的资金。

假设6：所有标的股票的价格连续发生并符合随机游走过程。

假设7：期权为欧式期权，只能在到期日执行。

2. 欧式看涨期权定价

布莱克—斯科尔斯欧式期权定价模型如下：

$$C_0 = S_0 N(d_1) - X e^{-rT} N(d_2) \qquad (6-5)$$

式中：$d_1 = \dfrac{\ln(S_0/X) + (r + \sigma^2/2)T}{\sigma\sqrt{T}}, \quad d_2 = d_1 - \sigma\sqrt{T}$

C_0——看涨期权当前的价格；

S_0——当前的股票价格；

$N(d)$——标准正态分布小于 d 的概率；

X——执行价格。

布莱克—斯科尔斯期权定价公式已经经受了无数次的实践检验，在绝大多数情况下，研究的结果都表明通过该公式计算的期权价格与实际的价格相当接近，但该公式也存在一些缺陷，如，看涨期权通常会在市场看涨时被低估，而在市场看跌时又被高估等。Whaley[1] 检验了一些更为复杂的，可以适用于提前执行的情况，研究发现这些公式运用于提前执行时优于布莱克—斯科尔斯期权定价公式，布莱克—斯科尔斯期权定价公式在对有很高红利支付的股票的期权定价时效果非常不好。Rubin Stein 指出，近年来，由于市场动荡等原因布莱克—斯科尔斯期权

---

[1]　Robert E. Whaley，"Valuation of American Call Options on Dividend-Paying Stocks：Empirical Tests，"Journal of Financial Economics 10，1982.

定价公式的运用效果越来越不令人满意，并且提出了扩展期权定价公式适用范围的方法。

3. 派发股利的期权定价

股利的现值作为股票价格的一部分，归属于股东，期权持有者不能享有，期权估价时要从股价中扣除期权到期日之前派发的全部股利现值，因此，模型是建立在调整后的股价而不是实际价格的基础上。具体公式如下：

$$C_0 = S_0 e^{-\delta t} N(d_1) - X e^{-r_c t} N(d_2) \qquad (6-6)$$

式中：$d_1 = \dfrac{\ln(S_0/X) + (r_c - \delta + \sigma^2/2)t}{\sigma\sqrt{t}}, \qquad d_2 = d_1 - \sigma\sqrt{t}$

δ——连续支付的标的股票的年股利收益率。

第三节　中航油期权风险管理案例分析

一、中航油境外石油衍生品交易案例背景[①]

2004 年 11 月 30 日，在新加坡上市的航空燃料供应商中国航油（新加坡）股份有限公司（以下简称中航油）因场外石油衍生品交易出现巨亏，向新加坡高等法院申请破产保护。根据《国有企业境外期货套期保值业务管理办法》，中国证监会先后批准了中石化、中石油、中化集团以及中国航空油料集团公司等 7 家石油进口量较大的公司，可在境外期货市场从事套期保值业务，并规定其期货持仓量不得超出企业正常的交收能力，不得超过进出口配额、许可证规定的数量，期货持仓时间应与现货保值所需的计价期相匹配等。

中国航空油料集团公司境外期货套期保值业务的具体操作主要由注册在新加坡的中航油新加坡公司负责实施。中航油此次所从事的主要是场外石油衍生品交易，并不是交易所内的石油期货交易。场外衍生品交易与交易所内的石油期货交易相比，是一对一的私下交易，交易的过程密不透风，风险要比交易所场内交易大得多。国际上场外衍生品交易，作为一家注册在境外的中资企业，此次中航油在国外从事境外衍生品交易，相关主管部门监管的难度很大。

----

① 资料来源：新浪财经网。

"中航油"事件的始末如下：

（1）2003 年下半年：中航油公司开始涉足石油期权交易，并在最初 200 万桶石油期权交易中获利。

（2）2004 年第一季度：油价攀升导致公司潜亏 580 万美元，公司决定延期交割合同，期望油价能回跌，同时为了弥补亏损，期权交易量也随之增加。

（3）2004 年第二季度：随着油价持续升高，公司的账面亏损额增加到 3 000 万美元左右，为了掩盖巨额亏损，公司因而决定再延后到 2005 年和 2006 年才交割，期权交易量再次增加。

（4）2004 年 10 月：油价再创新高，公司此时的交易盘口达 5 200 万桶石油，账面亏损再度大增。

（5）2004 年 10 月 10 日：面对严重资金周转问题的中航油，首次向母公司呈报交易和账面亏损，为了补加交易商追加的保证金，公司已耗尽近 2 600 万美元的营运资本、1.2 亿美元银团贷款和 6 800 万美元应收账款资金，账面亏损高达 1.8 亿美元，并另外已支付 8 000 万美元的额外保证金。

（6）2004 年 10 月 20 日：母公司提前配售 15% 的股票，将所得的 1.08 亿美元资金贷款给中航油。

（7）2004 年 10 月 26 日和 28 日：公司因无法补加一些合同的保证金而遭逼仓，蒙受 1.32 亿美元实际亏损。

（8）2004 年 11 月 8 日到 25 日：公司的衍生商品合同继续遭逼仓，截至 25 日的实际亏损达 3.81 亿美元。

（9）2004 年 12 月 1 日：在亏损 5.5 亿美元后，中航油宣布向法庭申请破产保护令。

中航油之"亏"主要亏在卖出了大量看涨期权。看涨期权赋予期权合约的买方，以约定的价格在规定的时间内买入合约中标明的资产，比如石油；当买方要求执行这一权利时，期权的卖方有义务以约定的价格卖出合约中标明的资产。简单地说，如中航油通过一对一的方式，向 A 公司以 1 美元的价格出售 1 000 个石油看涨期权，这样就可以获得 1 000 美元的现金；假设期权行使价格是 40 美元，期权买方的 A 公司就可以在期权到期，即以每桶 40 美元的价格购买石油，但如果当时市场油价是 50 美元，中航油就得蒙受 1 万美元的损失即每桶 10 美元油价的损失。

对中航油在市场上卖出大量看涨期权，专家提出两点质疑：第一，中航油为什么要卖出石油看涨期权？理论上，看涨期权卖方的亏损风险是无限的，一般作为期权卖方需要很强的风险管理能力与相当强大的资金实力，或者手中正好具有充足的对应资产可以履约。显然，中航油都不具备这些条件，而且，以中航油所承担的职责，它也不应该卖空。

第二，在业界，看涨期权的卖方几乎都要另外做一笔反向交易，以对冲风险。而事实上中航油并没有做反向对冲，这一严重事件，暴露出中航油乃至中航油集团在内控机制上存在严重缺陷。

根据中航油内部规定，损失 20 万美元以上的交易，都要提交给公司的风险管理委员会评估；而累计损失超过 35 万美元的交易，必须得到总裁的同意才能继续；而任何将导致 50 万美元以上损失的交易，将自动平仓。以 10 位交易员来算，损失的最大上限也只是 500 万美元。再说，中航油内部有一个由专职风险管理主任等人员组成的风险控制队伍。很明显，当中航油在市场上"流血"不止时，公司内部的风险控制机制完全没有启动。

二、案例分析

从以上案例可以看出，金融衍生工具交易风险能够在短期内对一个庞大的机构造成致命的冲击，一个因成功进行海外收购曾被称为"买来个石油帝国"的企业，因从事期权投机交易造成 5.54 亿美元的巨额亏损而倒闭，这不能不引起我们的深思和反省。

第一，管理层风险意识淡薄，企业内部没有建立起有效的风险防火墙机制，在遇到巨大金融投资风险时各部门麻痹大意，没有及时采取相应措施，进行对冲交易来规避风险，而是在石油价格居高不下的情况下继续扩大交易量，使风险敞口无限量扩大直至被逼仓。因此，公司财务部门在可能面临巨大金融投资风险时应当发挥其作用，在亏损突破止损限额后应直接向董事会报告，并停止为亏损头寸追加保证金，在风险已经显露时及时筑起一道防火墙，规避市场风险。

第二，建立合理有效的企业内部治理结构，加强对企业高层决策权的有效监控，保障风险控制机制的有效实施。此次金融风险的产生有很大一部分原因在于陈久霖手中的权力过大，可以绕过交易员私自操盘，发生损失也不及时向上级报告，长期进行违规投机操作。这种集权形式也反映了公司内部监管存在重大缺陷。中航油新加坡公司原有内部风险管理委员会，其风险控制的基本结构是：实施交易员—风险控制委员会—审计部—CEO—董事会，层层上报，交叉控制，每名交易员亏损 20 万美元时，要向风险控制委员会汇报，亏损 37.5 万美元时，要向 CEO 汇报，亏损达 50 万美元时，必须平仓，止损抽身退出。而这一风险监控机制在出现问题时并没有启动，公司风险管理体制形同虚设，对陈久霖的权力缺乏有效制约。

第三，外部监管机制失效，在中航油亏损巨大，不得不向集团开口之前，其从事期权交易的巨额亏损从未公开向投资者披露过，上市公司的信息披露义务已可有可无，这种粉饰手段使得外部监管层面的风险控制体系也成为一种摆设。1998年国务院曾颁布的《国有企业境外期货套期保值业务管理办法》中规定，相关企业不但需要申请套期保值的资金额度以及头寸，每月还必须向证监会以及外管局详细汇报期货交易的头寸、方向以及资金情况。显然，中航油并没有这样做，中国证监会作为金融期货业的业务监管部门对国企的境外期货交易负有监管责任，而这种监控在现有条件下难度较大。

由于衍生工具本身的复杂和创新性使得任何单方面的风险控制措施都不能有效地降低交易风险，所以针对不同金融工具事先做好风险监控，建立一个全面有效的内控机制，加大加强政府外部监督监管措施，对于金融衍生交易市场正常运作、防范个体风险向系统风险传播具有十分重要的意义。

本 章 小 结

1. 对于期权的买方来说，在付出期权费后，期权合约赋予他的只有权利，而没有任何义务，他可以在期权合约规定的时间内行使其购买或出售标的资产的权利，也可以不行使这个权利。对期权的出售者来说，他只有履行合约的义务，而没有任何权利，当期权买者按合约规定行使其买进或卖出标的资产的权利时，期权卖方必须履行义务，依约相应地卖出或买进该标的资产。

2. 当执行价格低于资产市场价格时，看涨期权处于实值状态，因为以执行价格购买资产有利可图；当执行价格高于资产价值时它处于虚值状态，这时没有人会执行该期权，以执行价格购买市场价值低于执行价格的资产。看跌期权的情况则正好相反，当执行价格高于资产价值时其为实值状态，因为以执行价格卖出低值资产对持有者来说有利可图。

3. 到期期限越长，看涨期权的价值也越大，期限越长发生不可预测的未来事件的机会也就越多，从而导致股票价格增长的范围越大。这与波动性增加的效果相似，而且，随着期限的延长，执行价格的现值下降，这也增加了看涨期权持有者的期权价值。

复习思考题

1. 试分析看涨期权、看跌期权在何时为实值期权，何时为虚值期权。
2. 对看涨期权和看跌期权的盈亏进行分析。
3. 简述期权的内在价值和时间价值。
4. 试述期权价格的影响因素。

习　题

1. A 公司普通股最近一个月来交易价格变动很小，投资者确信 3 个月后其价格将远远突破这一价格范围，但投资者并不知道它是上涨还是下跌。若该股票现价为每股 100 元，执行为 100 元的 3 个月看涨期权售价为 10 元，试根据投资者对该股票价格未来走势的预期，分析应该如何构建期权投资战略？价格需变动多大，投资者最初的投资才能获利？

2. 某公司普通股数月来一直按 50 元/股左右的价格交易，投资者认为 3 个月内它仍会保持在这一价位。执行价为 50 元的 3 个月看跌期权售价 4 元。

计算：

(1) 如果无风险利率为 10%，执行价 50 元的 3 个月该股票看涨期权售价是多少（无红利支付）？

(2) 投资者如何根据股价变化的预期用看涨期权与看跌期权构建一个简单的期权策略？实现这一投资策略需要花费多少？投资者在股价朝什么方向变动多大时开始有损失？

(3) 投资者怎样使用看涨期权、看跌期权和无风险贷款构建资产组合，以在到期时获得与股票相同的收益？构建这一组合现在的净成本是多少？

第七章

期货价格发现和套期
保值功能研究

【本章要点】期货市场是在现货市场基础上发展起来的，并反作用于现货市场，通过其独特的经济功能来调节和引导现货市场的运行。本章对期货市场的经济功能进行了介绍，并利用 G－S 模型、风险减少程度指标、HBS 指标和 Lindal'mean－Lindal'S. D 模型对我国期货市场价格发现和套期保值功能进行评价。

【核心概念】期货合约　期货市场　现货市场　套期保值　价格发现

第一节　期货的基础知识

一、期货的概念

期货就是未来某个日期的某种货物，这里专指期货交易所依法制定的可以在期货交易所内上市买卖的某种商品的期货合约。期货交易是指交易双方在期货交易所内集中买卖某种特定商品的标准化合约，即期货合约的交易。期货合约对商品质量、规格、交货的时间、地点等都做了统一的规定，唯一的变量是商品的价格。买卖者缴纳一定的保证金后，按一定的规则就可以通过商品期货交易所公开地竞价买卖。

期货合约要求在确定的交割日或到期日按确定的价格交割商品。合约严格规定了商品的规格，以农产品为例，交易所规定了允许的等级、商品的交割地点与交割方式。农产品的交割是通过经批准的仓库所开出的收据来实现的。对金融期货来说，交割可以通过电子转账来完成。而对于指数期货与指数期权，需要用现金结算来完成（虽然从技术上讲，期货交易需要实际交割，但实际上很少发生实物交割情况，大多以差价结算方式进行。合约双方经常在合约到期前平仓，以现金核算盈亏）。一般情况下，大多数合约都在到期前以对冲方式了结，只有极少数要进行实货交割。

交易单位	10吨/手
报价单位	元（人民币）/吨
最小变动价位	1元/吨
每日价格最大波动限制	不超过上一交易日结算价±3%
交割月份	1、3、5、7、9、11
交易时间	上午9：00～11：30　下午1：30～3：00
最后交易日	合约交割月份的倒数第7个交易日
交割日期	合约交割月份的第1个交易日至最后交易日
交割品级	标准交割品：二等硬冬白小麦符合GB1351-1999替代品及升贴水见《郑州商品交易所交割细则》替代品：一、三等硬冬白小麦符合GB1351-1999
交割地点	交易所指定交割仓库
交易保证金	合约价值的5%
交易手续费	2元/手（含风险准备金）
交割方式	实物交割
交易代码	WT
上市交易所	郑州商品交易所

图7-1　期货标准合约

资料来源：郑州商品交易所。

二、期货市场的发展历程

期货市场最早萌芽于欧洲。早在古希腊古罗马时期就已出现中央交易场所、易货交易和货币制度，形成了按既定时间和场所进行交易的活动。13世纪初期，比利时、荷兰、英国等地在普遍采用的即期交货的现货合同基础上，开始出现根据样品的质量而签订远期交货合约的做法。14世纪后，地域性的各种集市和交易活动逐渐被大城市有组织的"专业化交易中心市场"所代替，这种专业化交易中心市场最终发展为固定的交易所。中世纪集市交易采取了自我管理、仲裁原则及正规交易等方式，这种方式对现代期货交易所具有突出贡献。19世纪后，期货市场伴随期货交易的蓬勃发展，开始进入兴旺时期。

1848年，美国第一家中心交易场所——芝加哥期货交易所又称芝加哥谷物交易所（BOT）的创立，标志着现代期货市场的产生。交易所成立初期，采用远期合约的交易方式。但其未能对商品质量和交货期限规定统一的标准，违约现象时有发生。为使交易不断趋于正规化，芝加哥期货交易所于1856年推出了一种被称作期货合约的标准化协议，以取代原先沿用的远期合约。这种标准化期货合同的出现，被看作是期货市场形成的主要标志之一。

期货市场形成的另一主要标志是保证金制度的出现。保证金是期货交易双方为确保履行合同义务而做出的一种财力保证。1856年，芝加哥期货交易所首次采用这种制度，以消除和减少交易双方因不按期履约而带来不便和风险。同时，随着交易量和交易品种的不断增加，同种合同可能被多次转买转卖，买卖双方一手交钱一手交货的现货结算方式，越来越不能适应期货市场发展的需求。因此，便产生了一种特殊的核算制度——保证金制度，这种制度导致了期货市场结算所的设立及发展。随着这些措施的实行，大部分现在众所周知的期货交易基本原则已经初具雏形，为后来期货市场的快速发展打下了良好的基础。

新的交易所在19世纪末和20世纪初不断涌现，大大推动了期货交易的发展。当时上市交易的商品除谷物外，还包括棉花、黄油、咖啡和可可，随着以工业为主体的经济体制的确立，期货合约的种类逐渐从传统的农产品期货合约扩大至贵金属、制成品、加工品和非耐用储存商品合约以及金融期货合约。

三、期货市场的构成

广义上的期货市场包括期货交易所、结算所或结算公司、经纪公司以及期货交易员。狭义上的期货市场是指期货交易所。期货交易所是买卖期货合约的场所，是期货市场的核心，比较成熟的期货市场在一定程度上相当于一种完全竞争的市场，是经济学中最理想的市场形式之一，所以期货市场被认为是一种较高级的市场组织形式，是市场经济发展到一定阶段的产物。

我国期货市场主要由中国证监会、期货交易所、期货经纪公司、期货兼营机构和各类投资者（客户）五部分构成，具体如下：

1. 中国证监会

中国证监会是国家的行政管理机构，负责制定宏观管理政策，监控市场风险，审批期货交易所、期货经纪公司、期货兼营机构、期货交易所的交易规则和上市品种，任命期货交易所总裁和副总裁。

2. 期货交易所

期货交易所是期货市场的主体，是会员制的、非营利性的事业法人。期货交易所按照期货交易所章程和交易规则依法组织交易。期货交易所作为买方的卖方和卖方的买方承担履行相应的责任，维护期货公平交易，监控市场风险，提供交易设施和技术手段；公布市场行情、仓单信息等相关信息；研究开发新合约、新技术等，从而保证期货交易公开、公平、公正地进行。

3. 期货经纪公司

期货经纪公司是经中国证监会批准并在国家工商行政管理总局注册的独立法人。期货经纪公司至少应成为一家期货交易所的会员。按照中国证监会的规定，期货经纪公司不能从事自营交易，只能为客户进行代理交易，是收取佣金的中介机构，接受客户的买卖委托指令，通过交易所完成交易。

4. 期货兼营机构

期货兼营机构是经中国证监会批准的从事期货交易的独立法人。期货兼营机构只能进行自营交易而不能从事代理交易。

5. 各类投资者（客户）

参与期货交易的各类投资者包括套期保值者和投机商，套期保值者是从事商品生产、储运、加工以及金融投资活动的主体。他们利用期货与现货价格之间的相关性对其持有的现货头寸进行套期保值，从而规避原材料、产品等价格波动对其生产经营的影响。投机商是以自己在期货市场的频繁交易，低买高卖赚取差价利润的主体。他们是期货市场的润滑剂和风险承担者，没有投机商的参与就无法达到套期保值的目的。在现实市场中，投机商与套期保值者并不是截然可分的。

四、期货与现货之间的关系

1. 期货市场与现货市场的关系

从世界各国期货市场的发展历程看，期货市场的产生和发展要以现货市场的发展为基础，现货市场的健康运行是期货市场运行与发展的前提条件和物质保障；同时，期货市场的出现又能调节和引导现货市场的发展，现货商品市场存在的种种缺陷能够严重影响期货市场的正常发展，期货市场产生的各种问题也能够影响到现货市场，两个市场相互促进、密不可分，其相互关系如下：

（1）就交易方式而言，期货交易是从现货商品交易发展而来

由于商品现货交易规模不断扩大，从而显示出其交易方式的有限性以及这种

有限性带来风险，这种风险共同引发了商品交换过程中时间和空间的矛盾。随着这种矛盾的不断尖锐与激化，导致了远期合约交易方式的产生。

由于市场范围不断拓展，商品交易在不同地区和不同时间经常出现价格变动很大的现象，远期合约交易的双方经常因为价格的变动而违约，从而又反过来进一步加剧了商品经济社会的基本矛盾——私人劳动与社会劳动之间的矛盾。这一矛盾最终通过商品交易合约的标准化进行缓解，通过建立专门交易商品合约、有组织、专业的市场得以完成的，这种有组织的市场就是以交易所为核心的期货市场。

（2）就物质基础而言，期货市场的运行与发展建立在现货市场基础之上

现货价格是期货价格变动的基础，而期货价格则在基本反映现货市场价格变动趋势的前提下，通过对现货市场供求的调整作用而不断地使现货价格逐步趋于均衡。在期货市场的运行过程中，实物交割也是连接期货市场与现货市场的纽带。交割本身既是期货市场的组成部分，也是现货市场的组成部分，现货交割使期货价格最终能够复归于现货市场价格，从而使现货市场真正成为期货市场运行与发展的物质基础。

现货市场与期货市场之间存在着某种内在数量比例关系。这种数量比例关系往往决定着整个市场关系的良好状态。期货市场的价格总量实际上包含着现货价格，二者之间的差额构成了期现货交易中的基差，这种基差随着交割期的临近而不断缩小。在商品期货交易过程中，基差的变动具有明显的规律性：如果基差超出了一定的限制，那么，期货市场就会由于过分脱离现货市场基础而沦为纯粹的投机市场。在期货市场内部，现货的套期保值业务量也要与投机业务量保持一定的比例，如果突破这种比例，也会严重影响期货市场价格发现与套期保值作用的发挥。

2. 期货市场对现货市场的引导和调节

期货市场是以现货市场为基础发展起来的，但是一旦期货市场在现货市场内在要求的推动下得以形成和发展起来，它就会反作用于现货市场，并通过其独特的经济功能来调节和引导现货市场的运行，期货市场对现货市场的引导和调节主要体现在以下几个方面：

（1）套期保值锁定成本

现货市场上所形成的价格，不论是依靠政府直接干预所形成的计划生产价格，还是在完全自由市场竞争情况下形成的市场自由价格，都是一种信号机制，指导着现货供部门的生产经营。在现货市场上，生产经营活动往往滞后于市场供

求关系的变化，导致社会经济运行过程出现大幅波动和震荡。这种波动和震荡的直接后果是导致生产厂家的生产经营成本事前无法确定，从而增加了生产过程的不确定性，加剧了企业生产经营风险。解决这一问题的出路在于，发展期货市场，通过期货市场当事人之间公开竞价、公平交易，在买进同一种现货商品的同时，卖出相同数量的期货，进行充分的市场选择和合理的套期保值，便可达到回避价格波动的风险、锁住预期经营成本的目的。也正是由于期货市场具有这样一种经济功能，才形成了期货市场调节和引导现货市场的功能和机制。

（2）未来价格预期

在现货市场上，商品价格的形成过程以及价格本身的传播信号具有分散性、不确定性和滞后性。这些对于企业来说，都是其生产经营过程中的一种内在风险，直接影响着企业的经营成效。在期货市场上，直接进场代表交易人士进行交易的是具有期货交易所会员资格的期货经纪公司的出市代表。在期货交易场所内，出市代表直接接受其公司场外经纪人与客户所发出的期货买卖指令，在场内按照时间优先、自由竞价、自动撮合的原理和公开、公正、公平的原则进行交易，所以，期货交易所实际上就成了众多买者和卖者的集合地。期货交易所的买者和卖者把自己关于现货市场未来商品供求关系及其变动趋势的判断送至场内进行交易，由此期货市场也就成了众多影响现货市场商品供给和需求因素的集合地，从而形成了一种能够比较准确地反映商品供求关系及其变动趋势的期货价格。越是接近实物交割期，这种价格的预测性、公开性、连续性和真实性就越明显。期货市场正是通过这种价格发现机制来综合、加工、处理、认定和传播两种性质的市场信息，发挥其对现货市场的引导作用。

（3）交易规则

期货市场是一种有组织的市场，它有着一切交易人士所必须认真遵守的交易规则。例如，期货市场交易规则中规定，当一种期货商品的价格在一个很短的时间内上涨或跌落至某一种价位时，为了避免因期货价格的大幅度波动而导致现货市场供求关系过度震荡，交易人士就得暂时停止交易。这些交易规则实际上是把本来要在现货市场上进行的交易提前移到了期货市场上，从而减缓了现货市场运行的冲突和矛盾，降低了现货市场的交易成本，起到了调节和引导现货市场的作用。

3. 现货市场对期货市场的影响

我国是一个现货市场极不发达的国家，其流通渠道很不畅通、中间环节繁杂、合约履约率低、广大生产经营企业在现货市场中除要承担价格风险外，还在很大程度上面临合同单方违约、资金拖欠、质量纠纷及货物运输不到位等非价格因素的风险。期货市场的出现使整个市场体系结构中增加了回避价格风险的保险市场，但其功能发挥的效果，还要受到现货市场及整个市场体系状况的影响和制约，主要体现在以下几个方面：

（1）现货市场的不完善限制了期货市场的流动性

在过度经济体制下，特别是在期货市场根据市场改革需要形成之后，现货市场与期货市场之间就产生了相当错综复杂的矛盾关系：一方面，原有的价格制度和风险配置方式在相当大的程度上让位给市场制度，具有独立利益、承担市场风险的厂商主体，构成了期货市场制度的需求力量，为这一新型市场组织形态的确立和发展创造了合理性；另一方面，双轨并存的特点和制度转换的不均衡性，又决定了对应期货品种的现货商品、金融工具和现货金融商品在价格形成过程中总要受到不同程度的行政干预，由此造成的现货市场价格扭曲必然要影响到期货市场的价格发现功能和分散风险功能，使得期货市场参与者受到限制，期货市场的流动性降低。

（2）现货市场的发展程度制约着期货市场功能的发挥水平

现货市场的规模大小、成熟程度、资讯条件、基础设施和统一性都会对其功能造成一定影响。目前我国现货市场发展水平较低、国内市场的统一性程度不高、不同区域同一现货商品的价格相差较大。期货市场形成的指导价格很可能会由于市场分隔、辐射范围有限、综合的信息不够充分等原因而缺乏相应的权威性。

（3）现货市场的资讯条件和基础设施状况同样制约着期货市场的发展

期货市场的价格发现和分散风险功能完全是建立在市场经济基础之上的。充分发挥这些功能，要求市场上的现货和资金具备很高的流动性，要求具备较为完善的通信设备、自动报价系统、市场交易场所以及货物储运设施。但由于技术上和体制上的原因，在现货和资金的流动受到阻滞的情况下，发育不良的现货市场就必然会给实盘的仓储、运输和交割带来诸多不便和限制。这些情况无疑会加大期货市场的运行风险，从而不利于期货市场功能的发挥。

（4）现货市场结构的状况限制了期货市场的功能边界

现货市场结构的不完善性为期货市场的实际功能和现实运行效果限定了一个难以逾越的边界。在现货市场结构相对完善、交易风险和收益风险能够得到较好吸收的情况下，期货市场的经济功能就会显著地呈现和发挥出来；在相反的情况下，期货市场分散风险的功能就会因市场结构的严重缺陷、交易风险和收益风险的增加而受到限制。

第二节 期货价格发现功能研究

一、期货价格发现功能

从功能看，早期期货市场主要有以下功能：为交易者提供一个安全的、准确的、迅速交易的场所，保证远期合约的顺利进行；稳定产销关系，避免供求不均；减缓价格波动；建立新的市场秩序，防止黑市买卖、欺诈等行为的发生；促进交通、仓储和通信行业的发展。与早期期货市场相比，现代期货市场主要具备价格发现和套期保值两大功能。

价格发现功能是期货市场的基本经济功能之一，它是指期货价格可以给相应商品的现货价格提供指示，从而引导现货价格的走势。更精确地说，是指运行良好的期货市场能够建立一个竞争性的参考价格，并且可以从这个价格中派生出相应的现货价格。

期货市场之所以能够获得这样一个价格，与期货市场的运行机制密不可分。经济学理论认为，市场价格是在某一部门平均成本加上平均利润的基础上，由各种经济力量相互作用而产生的供求均衡价格，它与商品自身的价值、生产该商品单个企业的生产力水平有一定的偏离，体现的是一种平均生产力条件下的均衡价格。在市场经济条件下，产品价格主要是由供求关系决定的，同时，价格对供求又有反作用，它们相互影响、相互作用。

在目前状况下，现货交易多为分散交易，生产经营者不易及时收集到所需要的价格信息，即使收集到现货市场反馈的信息，这些信息也是零散和片面的，其准确性和真实程度较低，对于未来供求关系变动的预测能力也比较差，预测的价格也往往具有滞后性。而期货市场就有所不同，期货交易所聚集了众多的买家和卖家，包括生产者、销售者、加工者、进出口商及投机者，他们把自己掌握的商品供求关系及其变动趋势的信息集中到交易所内，把众多的影响价格的供求因素集中反映到期货市场内，这样形成的期货价格，能够比较准确地反映真实的供求状况及其价格变动趋势。同时，由于期货交易体现的是未来商品的供求关系，所以，其反映的价格在滞后性这一点上也有所改善。期货交易者在期货市场上进行公开、公正、高效、竞争的期货交易，形成具有真实性、预期性、连续性和权威性价格，此价格能够比较真实地反映出未来商品价格变动的趋势。相关商品生产者、销售者、加工者、进出口商等，就可以根据期货市场竞争得出的价格改善经营、降低成本、提高效益。目前期货市场当天收市的结算价格已经成为当今国际现货贸易市场上重要的参考价格。

随着全球经济一体化进程的加快，国际竞争日益激烈，国际贸易风险也随之加大。我国加入 WTO 后，进出口贸易快速增长，必然导致了国际国内产品价格的相关性增强。目前我国自己的定价中心还不够强大，对国际商品价格的影响力十分有限，一些大宗商品价格主要以国外市场价格为参考依据，如国际石油价格主要由纽约和伦敦决定，国际棉花价格则主要以美国价格作为参考等。而且由于国际政治、经济、法律和技术环境复杂多变，又使得外贸经营活动常常充满着风险和不确定因素，因此，生产经营企业面临较大的价格风险，建立健康有序运行的期货市场，充分发挥期货市场价格发现功能正是化解这一风险的重要手段之一。

二、期货价格发现功能评价模型

Garbade 和 Silber 于 1983 年开发了一个既简单又新颖实用的价格动态模型，用来检验期货市场两大经济功能——价格发现和套期保值实现的程度。此后，一些经济学家使用该模型对不同的期货市场进行研究，下面简单介绍一下 Garbade – Silber 模型的推理及使用。

1. G – S 模型介绍

该模型首先在假定套利具有无限弹性的情况下来描述均衡价格关系，然后再将其推广到有限套利弹性情况下来分析。

（1）无限套利弹性下的均衡价格

假设市场为"完美市场"，即市场满足以下条件：没有税金没有交易成本；在购买方面没有限制；现货多头头寸下，除了资金成本外，没有其他成本（如，仓储费用，货物损坏费用）；在现货市场上，对于商品的空头头寸没有限制；利率的期间结构比较平稳，保持在 r 水平；现货市场商品价格遵循 Gaussian 扩散过程。当市场为"完美市场"时，套利具有无限弹性。

若

$$F_k = C_k + r \cdot \tau_k \qquad\qquad (7-1)$$

式中：F_k——期货合约中规定的第 k 期期货价格的自然对数；

C_k——可储存商品在第 k 期的现货市场价格的自然对数；

$r \cdot \tau_k$——期间内的便利收益。

高等学校会计学专业特色教材

如果市场满足以上条件，我们便认为现货市场和期货市场处于部分均衡状态。这一等式说明期货价格等于现货价格加上一笔额外的费用，这一额外费用主要是由于期货合约中规定的延迟交付所产生的。这并非说未来现货价格的预期对期货价格没有影响，而是说这种预期在影响期货价格的同时也影响到现货价格。

公式（7-1）之所以能够成立，是因为我们假定市场为"完美市场"，具有无限套利弹性。即如果等式不成立，市场将会产生套利行为，直至等式成立为止。例如，若 $F_k < C_k + r \cdot \tau_k$，那么市场参与者可以通过在现货商品上作空头，在期货上做多头来获得无风险收益。相反，如果 $F_k > C_k + r \cdot \tau_k$，则市场参与者可以通过在现货市场上做多头，在期货市场上做空头来获得无风险收益。这些操作最终将导致 $F_k = C_k + r \cdot \tau_k$ 成立。

（2）有限套利弹性下的均衡价格

在实际操作中，公式（7-1）中假定的条件并不存在，需要进行修正。例如，在期货市场中交易大多数品种对应的现货商品有交易成本和储存成本等。这表明公式（7-1）中描述的现货和期货之间的关系与实际情况有明显的偏离。以下将对这种偏离情况进行重点分析。

首先，我们利用公式（7-1）得出一个期货价格 F_k。假设 F'_k 为第 k 期现货均衡价格，即 F'_k 为"完全市场"条件下的现货均衡价格，则 $F'_k = F_k - r \cdot \tau_k$。我们关注的是 C_k 和 F'_k 之间的动态过程，或者说现货价格和扣除资金成本外的期货价格之间的动态关系。

为了描述现货价格和期货价格之间的相互关系，首先必须明确市场交易者的相关行为。假设有 N_c 个交易者只在现货市场上进行交易，有 N_f 个交易者只在期货市场进行交易，在两个市场上进行套利交易的人数不定。则第 k 期，第 i 个只在现货市场交易的交易者的需求为：

$$E_{i,k} - A \cdot (C_k - r_{i,k}) \quad A > 0, \ i = 1, \ \cdots, \ N_c \quad (7-2)$$

式中：$E_{i,k}$——第 i 个交易者在第 k 期的仅前期拥有的现货资本；

$r_{i,k}$——第 i 个交易者愿意持有 $E_{i,k}$ 现货资本的预定价格；

C_k——现货市场价格；

A——需求弹性，假定需求弹性对于所有的交易者都相同。

从公式（7-2）中可以看出，交易者的预定价格越高，对现货的需求量也就越大。当预定价格高于当前现货价格时，投资者将增加持有的现货头寸，当预定价格低于当前现货价格，投资者将减少持有的现货头寸。

在第 k 期，套期图利者在现货市场上总的需求为：

$$H \cdot (F'_k - C_k), \ H > 0 \quad (7-3)$$

式中：H——套利者现货市场需求弹性；

F'_k——"完美市场"条件下，第 k 期的均衡价格。

从公式（7–3）中可以看出，当完美市场条件下的均衡价格高于现货市场价格时，套利者购买现货头寸，进行现货多头套利；当完美市场条件下的均衡价格低于现货市场价格时，套利者减少现货头寸，进行现货空头套利；当完美市场条件下的均衡价格与现货市场价格相等时，没有套利机会。

在完全竞争的市场条件下，由于交易者除资金成本外没有其他成本，因此，当 $C_k \neq F'_k$ 时，套利者现货市场需求弹性将趋于无穷大。但是，实际操作中 H 是有限的，因为在现货市场中买入，在期货市场中卖出，或者在现货市场中卖出，在期货市场中买入都不是无风险的。所以，H 的值不可能无限大。为了对有限套利弹性情况进行分析，首先应求出现货市场和期货市场的结算价格 C_k 和 F'_k，从公式（7–2）和公式（7–3）中，可以根据供求平衡求出现货市场的结算价格，具体如下：

$$\sum_{i=1}^{N_c} E_{i,k} = \sum_{i=1}^{N_c} \left[E_{i,k} - A(C_k - r_{i,k}) \right] + H \cdot (F'_k - C_k) \qquad (7–4)$$

采用同样的方法对期货市场进行分析，可以得出期货市场的结算价格为 F'_k，并且 F'_k 可以通过供求平衡等式求出：

$$\sum_{j=1}^{N_f} E_{j,k} = \sum_{j=1}^{N_f} \left[E_{j,k} - A(F'_k - r_{J,k}) \right] - H \cdot (F'_k - C_k) \qquad (7–5)$$

通过式（7–4）和式（7–5），可以解出 C_k 和 F'_k：

$$C_k = \frac{\left[1 + H/(N_f \cdot A) \right] \cdot r_k^c + \left[H/(N_c \cdot A) \right] \cdot r_k^f}{1 + H/(N_f \cdot A) + H/(N_c \cdot A)} \qquad (7–6)$$

$$F'_k = \frac{\left[H/(N_f \cdot A) \right] \cdot r_k^c + \left[1 + H/(N_c \cdot A) \right] \cdot r_k^f}{1 + H/(N_f \cdot A) + H/(N_c \cdot A)} \qquad (7–7)$$

其中，$r_k^c = N_c^{-1} \sum_{i=1}^{N_c} r_{i,k}$ 为现货市场交易者预定的平均价格，$r_k^f = N_f^{-1} \sum_{j=1}^{N_f} r_{j,k}$ 为期货市场交易者预定的平均价格。

从式（7–6）和式（7–7）中可以看出，在没有套利（即 $H = 0$）的情况下，$C_k = r_k^c$，$F'_k = r_k^f$，即每个市场都按照各自参与者的平均预定价格进行结算。

在无限套利弹性（$H \to \infty$）的情况下，$C_k = F'_k = \dfrac{N_c \cdot r_k^c + N_f \cdot r_k^f}{N_c + N_f}$，两个市场将按照共同的平均预定价格进行结算。当 $H \to \infty$ 时，C_k 和 F'_k 相等表明无限套利弹性情况下等式（7–6）和等式（7–1）趋于一致。

165

价格变化量 $r_{i,k} - C_{k-1}$ 反映了第 $k-1$ 到第 k 期到来的新信息，这些新信息将导致第 i 个交易者为持有总量为 $E_{i,k}$ 的现货头寸而愿意支付的价格发生变化。价格变化中包含了所有交易者共同的部分 V_k（服从均值为 0，方差为 Tv^2 的正态分布），和第 i 个交易者特有的部分 Wi, k（服从均值为 0，方差为 Tw^2 的正态分布）。其中，T 为每次市场结算的时间间隔。对于每一个交易者而言，他们对于新信息的共同反应和特有反应相互独立，不同的参与者之间，对于新信息的特有反应也相互独立。

期货市场上也可以得到类似的结果：

$$r_{j,k} = F'_{k-1} + v_k + w_{j,k} \quad j = 1, \cdots, N_c \quad\quad (7-8)$$

等式（7-4）和等式（7-5）中共同部分是一致的。用等式（7-4）和等式（7-5）可以代替期间 K 内期货市场和现货市场的平均预定价格，即：

$$r_k^c = C_{k-1} + v_k + w_k^c \quad\quad (7-9)$$

$$r_k^f = F'_{k-1} + v_k + w_k^f \qu\quad (7-10)$$

其中，$v_k \sim N(0, Tv^2)$，$w_{i,k} \sim N(0, Tw^2)$，$w_k^f \sim N(0, Tw^2/N_f)$

将等式（7-9）和等式（7-10）中的 r_k^c 和 r_k^f 代入等式（7-6）和（7-7）可以得到一个价格动态模型：

$$\begin{bmatrix} C_k \\ F_k \end{bmatrix} = \begin{bmatrix} 1-\gamma_s, & \gamma_s \\ \gamma_f, & 1-\gamma_f \end{bmatrix} \begin{bmatrix} C_{k-1} \\ F'_{k-1} \end{bmatrix} + \begin{bmatrix} u_k^c \\ u_k^f \end{bmatrix} \quad\quad (7-11)$$

其中，$\gamma_s = \dfrac{H/(N_c \cdot A)}{1 + H/(N_c \cdot A) + H/(N_f \cdot A)}$

$$\gamma_f = \dfrac{H/(N_f \cdot A)}{1 + H/(N_c \cdot A) + H/(N_f \cdot A)}$$

$$\mathrm{var}[u_k] = Tv^2 + Tw^2[(1-\gamma_s)/N_c + \gamma_s^2/N_f]$$

$$\mathrm{var}[u_k^f] = Tv^2 + Tw^2[\gamma_f^2/N_c + (1-\gamma_f)^2/N_f]$$

$$\mathrm{cov}[u_k, u_k^f] = Tv^2 + Tw^2[\gamma_f(1-\gamma_s)/N_c + \gamma_s(1-\gamma_f)/N_f]$$

式（7-11）即为 G-S 模型，它是一个基于套利供求弹性 H 的双变数随机过程，可以用来评价商品期货市场经济功能发挥的程度。

2. G-S 模型应用

下面将具体分析如何利用 G-S 模型评价期货市场经济功能发挥程度。

（1）H = 0

如果市场上不存在套利行为（例如，交付的现货商品不容易储存等），期货价格和现货价格将遵循分步随机过程，即，套利弹性 $H=0$ 时，$\gamma_s = \gamma_f = 0$。由于 G–S 模型中两个市场是通过套利联系起来的，所以在没有套利情况下，两个市场没有汇合趋势。也就是说，在 $H=0$ 的情况下，期货市场仅仅是现货市场的一个附庸而已，一个市场的价格对另一个市场的价格没有任何启示作用。此情况下，期货市场不具备价格发现和风险转移功能。

（2）$H \to \infty$

当 $H \to \infty$ 时，$\gamma_s = \dfrac{N_f}{N_c + N_f}$，$\gamma_f = \dfrac{N_c}{N_c + N_f}$，G–S 模型可以变为：

$$\begin{bmatrix} C_k \\ F'_k \end{bmatrix} = \begin{bmatrix} 1-\theta, & \theta \\ 1-\theta, & \theta \end{bmatrix} \begin{bmatrix} C_{k-1} \\ F'_{k-1} \end{bmatrix} + \begin{bmatrix} u_k^c \\ u_k^f \end{bmatrix} \qquad (7-12)$$

其中，

$$\theta = \frac{N_f}{N_c + N_f}$$

$$\mathrm{var}(u_k^c) = \mathrm{var}(u_k^f) = \mathrm{cov}(u_k^c, u_k^f) = Tv^2 + Tw^2/(N_c + N_f)$$

在这种情况下，C_k 和 F'_k 遵循一个普通的随机过程，期货合约可以完全替代现货市场头寸，价格在两个市场上被同步发现，两个市场实际没有本质的区别。

（3）$0 < H < \infty$

当 $0 < H < \infty$ 时，两个市场的价格将遵循交叉随机过程。套利供求弹性 H 的值越高，现货价格变化与期货价格变化之间的相关性越强，两个市场价格分离情况将迅速消除。实际操作中情况多为 $0 < H < \infty$。

当 $0 < H < \infty$ 时，如果 $0 \leqslant \gamma_f < \gamma_s$，则期货价格向现货价格运动的速度比现货价格向期货价格运动的速度要快，期货市场在价格发现功能中具有支配地位；如果 $0 \leqslant \gamma_s < \gamma_f$，则现货价格向期货价格运动的速度比期货价格向现货价格运动的速度要快，现货市场在价格发现功能中占支配地位。

我们使用参数 $\theta = \dfrac{\gamma_s}{\gamma_s + \gamma_f}$ 来度量期货市场价格发现功能实现的程度。如果 $\gamma_f = 0$，那么 $\theta = 1$，这意味着期货市场承担了 100% 的价格发现功能，现货市场完全附属于期货市场；如果 $\gamma_s = 0$，那么 $\theta = 0$，这意味着价格发现功能完全由现货市场来承担，期货市场完全附属于现货市场；如果 $\gamma_s > \gamma_f$，则意味着期货市场在价格发现功能中的作用要大于现货市场；反之，如果 $\gamma_s < \gamma_f$，则意味着现货市场在价格发现功能中的作用要大于期货市场。

3. G–S 模型应用案例

一些经济学家利用 G–S 模型对不同商品期货市场价格发现功能进行分析，

其中包括，Garbade 和 Sillber 应用该模型分析了 7 种不同的商品期货市场（小麦、玉米、燕麦、橘子汁、铜、黄金和银）的价格发现功能，他们发现当期货市场在价格发现功能中占据主导地位时，现货市场在这项功能中同样具有重要地位，分析结果具体如表 7－1 所示。

表 7－1　　　　　　　　　　　　　G－S 模型的实证研究

Author(s)	品种	数据	θ
Garbade and Silber（1983）	小麦	daily	0. 85
	玉米	daily	0. 76
	燕麦	daily	0. 54
	橘子汁	daily	0. 75
	铜	daily	0. 54
	黄金	daily	0. 86
	银	daily	0. 67
Oellermann et al.（1989）	活牛	daily	0. 88
Schroeder and Goodwin（1991）	活猪	daily	0. 64
Quan（1992）	原油	monthly	0. 003
Schwarz and Szakmary（1994）	原油	daily	0. 74
	燃料油	daily	0. 85
	无铅汽油	daily	0. 88

从表 7－1 中可见，Quan 在 1992 年应用 G－S 模型对原油期货市场进行分析发现其检测值 θ 几乎为 0，因此表明原油期货市场在价格发现功能中没有任何作用。他争论，人们之所以认为期货市场在价格发现功能中占据重要地位，是因为两个市场价格聚合的速度非常之快。

Schwarz 和 Szakmary 在 1994 年对 Quan 提出的观点进行来质疑，他们提出，如果期货市场在价格发现功能中不能取道任何作用，那么期货市场是不可能有现在这样的发展速度，他们同时提出，为什么仅仅原油期货市场不能够向其他期货市场一样履行价格发现功能。最后他们发现，Quan 使用的数据是每月数据，期现货市场之间的滞后关系不能够保持 1 个月之久，由于市场反应迅速，这种滞后关系仅在较短的时间里出现。

第三节 期货套期保值功能研究

一、套期保值功能

套期保值是指交易者为了防范在现货市场上的价格风险，在期货市场上，通过做一笔与现货市场数量相等、方向相反的交易来冲销现货市场上存在的交易标的物价格的变化，从而达到转移风险目的的一种交易方式。

套期保值分为卖出保值和买入保值。卖出保值是指生产经营者通过预先在期货市场上卖出与将来打算在现货市场上卖出的数量相当的期货，从而避免未来现货价格下降给自己带来经济损失的一种套期保值方式。卖出保值主要是针对保值者在期货市场上持有的空头头寸而言，卖出保值主要适用于产品销售厂商、有原料存货的加工商、制造商、已有货源尚未寻到买主的中间商等，主要原因是规避未来商品价格下降给他们带来损失。买入保值是指生产经营者预先在期货市场上买入期货，以便将来在现货市场上买入产品时不致因产品价格上涨给自己造成经济损失的一种套期保值方式。

这种用期货市场的盈利对冲现货市场上的亏损的做法，实际上是将远期价格固定在一定水平上。进行此类操作的具体形态有：成品销售时，担心以后外购原材料价格上涨；进口商品有适宜的进口价格却无外汇购入等。对于生产厂商来讲，还有一个好处，就是比较容易获得银行贷款，经过保值的商品，其自偿性和安全性增加，可以视为风险很低的抵押品，比较受银行的欢迎。因此，套期保值的作用主要有以下几点：

（1）转移价格风险

对于交易者而言，价格风险的转移是期货市场套期保值最重要的功能，交易者通过在期货市场进行套期保值，将价格风险转移给期货市场的投资者，从而保护自己在现货市场上的基本经营利润。套期保值者的主要目的不是盈利，而是将现货商品的价格锁定在一定水平，从而避免或减少生产经营风险。虽然，在大多数时候期货市场的盈亏并不能完全抵消现货价格的波动，但是按照期货市场套期保值的基本方法，在期现货价格走势一致的情况下，可以将现货市场大部分价格风险转移掉。

（2）降低价格波动幅度

期货市场降低价格波动幅度的作用正是通过开展充分的套期保值交易实现

的，现货市场交易者进行套期保值时，会对自己的经营利润进行一个基本的估计，所以套期保值者在期货市场上的报价包含对市场的理性分析，所以其报价不仅有利于价格发现，而且有助于降低价格波动的幅度。

国内外有关研究成果表明，在商品价格由市场调节的情况下，期货市场的存在可以减少现货价格的波动。美国 Grays 分析了洋葱市场的价格波动与期货交易的关系，发现在期货交易最活跃的时期（1949~1958 年）也是季节价格波动最小的时期，在这一时期前后，由于没有期货交易，价格波动水平明显提高；Tomek 通过对 1841~1921 年小麦交易数据进行分析（这些数据跨越了小麦期货开始前后），发现开始进行期货交易后，小麦现货价格波动幅度明显减小；美国著名学者沃金在《期货交易的价格效应》中将实际洋葱交易数据分为三组：1931~1941 年，不存在期货交易时期；1946~1949 年，存在小量套期保值的期货交易时期；1950~1958 年，存在大量期货交易时期。通过对这三期的数据进行统计分析发现：大量的套期保值交易在整体上明显减缓了洋葱价格波动，在相当大程度上减缓了仓储季节最后一个月洋葱价格的波动。换句话说，大量套期保值者可以根据商品季节供求情况调整库存结构，在洋葱大量上市季节进行仓储，有效避免商品价格的过多跌落；在洋葱淡季时，减少仓储，从而减缓了淡季供求矛盾，降低了价格波动矛盾。

（3）使生产经营活动稳定、灵活

生产企业最终的目的是获利，但是现货市场价格的波动往往使其生产利润很难得到保证，企业在期货市场上进行套期保值可以锁定生产经营成本，有利于保证基本利润的实现，达到稳定企业收入的目的；另外，企业在期货市场进行套期保值后，可以根据市场信息灵活安排生产、运输和储存等活动，可以根据实际情况安排产品的购买和销售，使生产经营具有更大的灵活性。

（4）灵活的资金管理

期货市场具有较强的杠杆作用，交易者可以用少量的保证金进入市场，操纵大量的资产。生产经营者在期货市场上可以用少量的资金对购买和销售等经济活动进行预先控制，这样既可以保证生产和经营的顺利进行，又可以合理安排购买和销售的时间，减少库存，加快资金的周转。

（5）提高经营者的信用

期货是一种信用工具，交易者在期货市场上存有的保证金和期货交易中的逐日结算制度就是其信用的凭证。生产经营者在期货市场上套期保值，也就是在一定程度上，对其经营活动作用进行了一定的保险，从而使经营者的信用大幅提高。

二、套期保值效率评价模型

套期保值作为投资组合风险管理的重要手段之一，在学术界引起了广泛关注，普遍认为，其主要目的是减少价格波动给资产价值带来的负面影响。目前，对套保效率的评价基本上没有脱离马柯维茨均值—方差理论框架，在这一框架下，开发了一系列套保效率评价技术，其中，具有代表性的主要有以下三种。

1. 风险减少程度模型

风险减少程度评价模型将套保效率表示为套保前后投资组合收益方差减少的程度，即套保期现货组合头寸收益方差的减少量，与现货头寸收益方差之比。Enderington（1979）[1] 提出可以用现货价格最小二乘法回归系数与拟合优度来估计风险最小化套保比率和套保效率。该评价模型比较简便，但在使用过程中存在一定的现值。Herbst et al.（1989）[2] 指出风险减少程度不适合复杂套保模型。Donald Lien（2005）[3] 提出风险减少评价在某种程度上已经暗含了 OLS 模型的最优性。该模型具体公式如下：

$$HE = \frac{\mathrm{var}(\Delta S_t) - \mathrm{var}(\Delta R_{p,t})}{\mathrm{var}(\Delta S_t)} \tag{7-13}$$

式中：ΔS_t——现货收益；

$\Delta R_{p,t}$——套保后期现货投资组合的收益。

2. HBS 模型

HBS 模型以包含风险和收益两个方面的指标 HBS 来评价套保效率，将套保效率表示为套保后期现货投资组合的夏普比率与未套保现货的夏普比率之差，认为单位风险超额回报的变化可以评价套保行为的得与失。Chang 和 Shanker（1986）[4]，Satyanarayan（1998）[5] 提出 HBS 模型在评价风险较低的套保行为时失

---

[1] Enderington. The hedging performance of the new futures markets [J]. Finance, 1979, 34 (1): pp. 157 – 170.

[2] Herbat, Kar, Caples. Hedging effectiveness and minimum risk hedge ratios in the presence of autocorrelation: foreign currency furtures [J]. Future Markets, 1989, 9 (3): pp. 185 – 197.

[3] Donald. The use and abuse of hedging effectiveness measure [J]. International Review of Financial analysis, 2005, 14 (2): pp. 277 – 282.

[4] Chang and Sharker. Hedging effectiveness of currency options and currency future [J]. The Journal of Futures Markets, 1986, 22 (3): pp. 373 – 376.

[5] Satyanarayan. A note on a risk-return measure of hedging effectiveness [J]. Futures Markets, 1998, 18 (7): pp. 867 – 870.

效，并且使用的限制条件过于严格，如要求现货收益必须大于无风险利率等。具体模型如下：

$$HBS = \frac{i + \theta_h \sigma_i - r_i}{\sigma_i} = \frac{r_h - i}{\sigma_h} - \frac{r_s - i}{\sigma_s} = \theta_h - \theta_s \qquad (7-14)$$

其中，$\theta_h = \frac{r_h - i}{\sigma_h}$，$\theta_s = \frac{r_s - i}{\sigma_s}$，$r_s$ 为现货的收益；r_h 为套保组合的收益；σ_s 为现货收益标准差；σ_h 为套保组合收益标准差；i 为无风险利率；θ_h 为期现货投资组合的夏普比率，表示期现货组合单位风险超额回报；θ_s 为现货的夏普比率，表示现货单位风险超额回报。

3. Lindal'mean－Lindal'S. D 模型

Lindal（1991）[①] 提出用 M_L 和 σ_L 两个指标对套保效率进行评价，其中，M_L 为套保组合收益与无风险利率之差的均值，σ_L 为套保组合收益与无风险利率之差的方差。该模型采用均值和方差两个独立指标对套保行为进行评价，两者等级排序不同时较难做出判断。

Lindal' mean：
$$M_L = \frac{1}{n} \sum_{j=1}^{n} (r_h - i) \qquad (7-15)$$

Lindal' S. D：
$$\sigma_L = \sqrt{\frac{1}{n} \sum_{j=1}^{n} [(r_h - i) - E(r_h - i)]^2} \qquad (7-16)$$

其中，r_h 为套保后投资组合的回报；i 为无风险利率；n 为样本量；M_L 为组合收益与无风险利率之差的均值；σ_L 为组合收益与无风险利率之差的方差。

三、套期保值效率评价实证研究

1. 数据选取与处理

本节选取 2001 年 1 月 2 日至 2005 年 12 月 30 日沪铜期现货价格日数据为样本，样本量共 1 148 个，其中，沪铜期货价格为近交割日收盘价，来源于 Wind 资讯，沪铜现货价格来源于上海有色金属市场。

根据样本数据设定 4 个套保期间，期间长度为 1 年，约 240 个工作日，套保比率在同一套保期间内保持不变直至下一套保期间。套保比率估计期间分别设定

---

① Lindal. Risk-return hedging effectiveness measures for stock index future [J]. Futures Markets, 1991, 11 (4)：pp. 399－409.

为套保前的 60 个工作日、120 个工作日和 240 个工作日，具体设置如表 7 - 2 所示。

表 7 - 2　　　　　　　　　　　套保比率估计期间和套保期间的设置

测试期间		套保比率估计期间		套保期间	
长度	期间	起始日期	截止日期	起始日期	截止日期
60	1	2001. 10. 8	2001. 12. 27	2002. 1. 7	2002. 12. 31
	2	2002. 10. 8	2002. 12. 27	2003. 1. 2	2003. 12. 31
	3	2003. 10. 8	2003. 12. 30	2004. 1. 5	2004. 12. 31
	4	2004. 10. 8	2004. 12. 30	2005. 1. 4	2005. 12. 30
120	1	2001. 7. 2	2001. 12. 27	2002. 1. 7	2002. 12. 31
	2	2002. 7. 1	2002. 12. 30	2003. 1. 2	2003. 12. 31
	3	2003. 7. 1	2003. 12. 30	2004. 1. 5	2004. 12. 31
	4	2004. 7. 1	2004. 12. 30	2005. 1. 4	2005. 12. 30
240	1	2001. 1. 2	2001. 12. 27	2002. 1. 7	2002. 12. 31
	2	2002. 1. 8	2002. 12. 30	2003. 1. 2	2003. 12. 31
	3	2003. 1. 3	2003. 12. 30	2004. 1. 5	2004. 12. 31
	4	2004. 1. 6	2004. 12. 30	2005. 1. 4	2005. 12. 30

2. 实证步骤

（1）套保比率估计

采用 ADF 检验分析沪铜期货价格和现货价格的平稳性得出，沪铜期货价格 t 统计量为 1.515681。现货价格 t 统计量为 1.542182，在 5% 的置信水平下的临界值为 - 2.86，表明在 5% 的显著性水平下，两个时间序列是非平稳的，两者之间存在协整关系。根据 Granger 和 Engle 的协整理论，如果两个时间序列是协整的，可以采用误差修正模型 ECM 估计最优套保比率，具体表达如下：

$$\Delta S_t = a + h\Delta f_t + \sum_{i=1}^{n} r_i \Delta S_{t-i} + \sum_{j=1}^{n} Q_j \Delta f_{t-j} + \omega Z_{t-1} + \varepsilon_t \qquad (7-17)$$

其中，h 为所要估计的最优套保比率；a 为截距；ΔS_t、Δf_t 为 t 时刻现货和期货的收益率；ΔS_{t-i}、Δf_{t-i} 为 $t-i$ 时刻现货和期货的收益率；Z_{t-i} 为误差修正项；m、n 分别为现货和期货收益率的最佳滞后项。

（2）套保效率评价

用风险减少程度、夏普比率和 Lindal'Mean - Lindal'S. D 模型对得出的套保比率进行效率评价，在实际操作中，套保者不可能等到套保结束后才决定套保比率，因此，套保效率评价均采用样本外数据，评价结果如表 7 – 3 所示。

表 7 – 3　　　　　　　　不同套保比率评价估计期间三种套保效率评价模型的比较

测试期间		套保比率	现货收益率均值	现货收益方差	套保组合收益率均值	套保组合方差	风险减少程度度量%	HBS度量	Lindal 度量	
长度	期间								Mean	S. D
60	1	0.905	0.00004	0.0000006	0.00001	0.0000009	66.53	-0.085	-0.000047	0.00043
	2	0.722	0.00016	0.000008	0.00004	0.0000003	64.11	-0.151	-0.0002	0.00053
	3	0.751	0.00012	0.000001	0.00003	0.0000009	52.29	-0.068	-0.00024	0.00093
	4	0.479	0.00012	0.000001	0.00051	0.0000056	45.3	-0.072	-0.000007	0.00074
120	1	0.817	0.00004	0.000006	0.00001	0.0000017	68.93	-0.082	-0.000044	0.00042
	2	0.788	0.00016	0.000008	0.000027	0.000003	63.38	-0.172	-0.00031	0.00053
	3	0.748	0.00011	0.000018	0.000034	0.0000009	53.45	-0.069	-0.00023	0.00093
	4	0.522	0.00012	0.000001	0.000044	0.000005	45.86	-0.08	-0.000013	0.00073
240	1	0.781	0.00004	0.000006	0.00001	0.000017	69.37	-0.08	-0.000043	0.00041
	2	0.767	0.00016	0.000008	0.00003	0.000028	63.74	-0.165	-0.000028	0.00053
	3	0.741	0.00011	0.000018	0.000035	0.000008	52.58	-0.07	-0.000022	0.00092
	4	0.684	0.00012	0.000001	0.000024	0.000054	45.6	-0.107	-0.000034	0.00075

注：无风险利率采用中国银行同业拆借利率 2002～2005 年的均值，其年利率为 2.092073% 。

（3）效率等级排序

对相同套保期间、不同套保比率的套保效率评价结果进行等级排序，其中，效率最高的排序为 1、效率居中的排序为 2、效率最低的排序为 3，排序结果如表 7 – 4 所示。

表 7 – 4　　　　　　　　不同套保比率评估期间三种套保效率评价结果排序

测试期间	风险减少程度			HBS			Lindal's mean			Lindal's S. D.		
	60	120	240	60	120	240	60	120	240	60	120	240
1	3	2	1	3	2	1	3	2	1	3	2	1
2	1	3	2	1	3	2	1	3	2	1	3	2
3	2	3	2	1	1	2	2	2	3	2	2	2
4	3	1	2	2	3	2	1	2	2	1	1	3
平均等级	2.5	2	1.5	1.5	2.25	2.25	2	2.25	1.75	2.25	2	1.75
总体等级	3	2	1	1	3	2	2	3	1	3	2	1

3. 实证结果分析

从以上结果可知：

（1）套保比率估计期间越长，套保比率的波动性越小。如估计期间为 60 个工作日时，取值宽度为 0.426（0.905 – 0.479），方差为 0.031；估计期间为 120 个工作日时，取值宽度为 0.295，方差为 0.018；估计期间为 240 个工作日时，取值宽度为 0.117，方差为 0.0027。这表明，确定套保比率时信息使用越充分，套保比率的选取越稳定，套保的交易成本和监控成本也相应越低。

（2）三种套保效率评价模型的结果各不相同。其中，风险减少程度和 Lindal's S. D 均仅从方差进行度量，两者结果比较类似，套保比率估计期间越长，套保效率越高；HBS 模型的评价结果与风险减少程度正相反，套保比率估计期间为 60 个工作日时，HBS 模型评价的效率反而最高，其原因主要在于套保后投资组合方差减少的同时，其收益也大幅下降；Lindal's mean 评价结果表明，套保比率估计期间为 240 个工作日的套保组合收益最高，估计期为 120 个工作日的套保组合收益最低。

（3）本例中 HBS 均为负值，其原因在于套保后投资组合方差减少的同时收益大幅度下降，以及投资组合收益率低于无风险利率。作为理性投资者，HBS 为负值时应放弃套期保值，但其结论与其他模型评价结果和期货市场上投资者行为并不一致。

（4）Lindal 模型中均值和方差为两个独立指标，两者等级排序相同时比较容易做出判断，但实际情况往往并非如此，从本例中可以看到，均值和方差的排序往往并不一致，这使投资者的判断具有一定程度的不确定性，从而影响套保策略的制定。

国内学术界普遍用风险减少程度模型对套保效率进行评价。实证研究表明，套期保值在减少价格波动的同时，导致投资组合收益率大幅降低，甚至低于无风险利率，因此，仅从风险减少角度判断套保活动对投资者的价值，容易忽略套保行为的隐性成本，导致套保决策出现偏差。本书的研究结果同时表明，不同效率评价模型考虑的角度不同会得出不同的结论，目前较常用的 3 种套保模型——风险减少程度、夏普比率和 Lindal's mean – Lindal's S. D 在理论和实际应用中存在一定的限制和偏差。可以考虑从以下两方面进行完善和改进，一是将 Lindal's mean 和 S. D 联系起来，构建成合理的单一评价指标；二是通过效用函数将收益、方差以及投资者偏好等方面联系起来建立评价标准，从而对投资者套保行为做出更全面、合理地评价。

本 章 小 结

1. 期货市场的产生和发展要以现货市场的发展为基础，现货市场的健康运行是期货市场运行与发展的前提条件和物质保障；同时，期货市场的出现又能调节和引导现货市场的发展，现货商品市场存在的种种缺陷能够严重影响期货市场的正常发展，期货市场产生的各种问题也能够影响到现货市场，两个市场相互促进、密不可分。

2. 一些经济学家利用 G－S 模型对不同商品期货市场价格发现功能进行分析时发现，当期货市场在价格发现功能中占据主导地位时，现货市场在这项功能中同样具有重要地位。

3. 风险减少程度评价模型将套保效率表示为套保前后投资组合收益方差减少的程度，即套保期现货组合头寸收益方差的减少量，与现货头寸收益方差之比。HBS 模型以包含风险和收益两个方面的指标 HBS 来评价套保效率，将套保效率表示为套保后期现货投资组合的夏普比率与未套保现货的夏普比率之差，认为单位风险超额回报的变化可以评价套保行为的得与失。

4. Lindal's-mean 和 Lindal's S. D 模型提出用 M_L 和 σ_L 两个指标对套保效率进行评价，其中，M_L 为套保组合收益与无风险利率之差的均值，σ_L 为套保组合收益与无风险利率之差的方差。该模型采用均值和方差两个独立指标对套保行为进行评价，两者等级排序不同时较难做出判断。

复习思考题

1. 简述期货市场的发展历程。
2. 简述期货市场的价格发现和套期保值功能原理。
3. 简要分析期货交易的风险及其监控机制。

习　题

根据以下资料对巴林银行倒闭的原因及其期货交易过程中的风险监控进行分析。

案例

巴林银行的倒闭

1995 年 2 月，具有 230 多年历史、在世界 1 000 家大银行中按核心资本排名第 489 位的英国巴林银行宣布倒闭，这一消息在国际金融界引起了强烈震动。

巴林银行的倒闭是由于该行在新加坡的期货公司交易形成巨额亏损引发的。1992 年新加坡巴林银行期货公司开始进行金融期货交易不久，前台首席交易员（而且是后台结算主管）里森即开立了"88888"账户。开户表格上注明此账户是"新加坡巴林期货公司的误差账户"，只能用于冲销错账，但这个账户却被用来进行交易，甚至成了里森赔钱的"隐藏所"。里森通过指使后台结算操作人员在每天交易结束后和第二天交易开始前，在"88888"账户与巴林银行的其他交易账户之间做假账进行调整。通过假账调整，里森反映在总行其他交易账户上的交易始终是盈利的，而把亏损掩盖在"88888"账户上。

巴林银行倒闭是由于其子公司——巴林期货新加坡公司，因持有大量未经保值的期货和选择权头寸而导致巨额亏损，经调查发现，巴林期货新加坡公司 1995 年交易的期货合约是日经 225 指数期货，日本政府债券期货和欧洲日元期货，实际上所有的亏损都是前两种合约引起的。

1. 来自日经 225 指数期货的亏损

自 1994 年下半年起，里森认为日经指数将上涨，逐渐买入日经 225 指数期货，不料 1995 年 1 月 17 日关西大地震后，日本股市反复下跌，里森的投资损失惨重。里森当时认为股票市场对神户地震反应过激，股价将会回升，为弥补亏损，里森一再加大投资，在 1 月 16 日～26 日再次大规模建多仓，以期翻本。其策略是继续买入日经 225 期货，其日经 225 期货头寸从 1995 年 1 月 1 日的 1 080 张 9 503 合约多头增加到 2 月 26 日的 61 039 张多头（其中 9 503 合约多头 55 399 张，9 506 合约 5 640 张）。据估计其 9 503 合约多头平均买入价为 18 130 点，经过 2 月 23 日，日经指数急剧下挫，9 503 合约收盘价跌至 17 473 点以下，导致无法弥补损失，累计亏损达到了 480 亿日元。

2. 来自日本政府债券的空头期货合约的亏损

里森认为日本股票市场股价将会回升，而日本政府债券价格将会下跌，因此在 1995 年 1 月 16 日～24 日大规模建日经 225 指数期货多仓同时，又卖出大量日本政府债券期货。里森在"88888"账户中未套期保值合约数从 1 月 16 日 2 050 手多头合约转为 1 月 24 日的 26 079 手空头合约，但 1 月 17 日关西大地震后，在日经 225 指数出现大跌同时，日本政府债券价格出现了普遍上升，使里森日本政府债券的空头期货合约也出现了较大亏损，在 1 月 1 日到 2 月 27 日期间就亏损 1.9 亿英镑。

3. 来自股指期权的亏损

里森在进行以上期货交易时，还同时进行日经 225 期货期权交易，大量卖出鞍马式选择权。鞍马式期权获利的机会是建立在日经 225 指数小幅波动上，因此日经 225 指数出现大跌，里森作为鞍马式选择权的卖方出现了严重亏损，到 2 月 27 日，期权头寸的累计账面亏损已经达到 184 亿日元。

截至 1995 年 3 月 2 日，巴林银行亏损额达 9.16 亿英镑，约合 14 亿美元。3 月 5 日，国际荷兰集团与巴林银行达成协议，接管其全部资产与负债，更名为"巴林银行有限公司"；3 月 9 日，此方案获英格兰银行及法院批准。至此，巴林银行 230 年的历史终于画上了句号。

资料来源：新浪财经。

第八章

企业集团投资管理模式研究

【本章要点】 投资作为大型企业集团进行资本运营的基本手段，对于优化资源配置、分散经营风险具有举足轻重的作用，企业集团母子公司投资管理模式也成为财务管理中的重要问题。本章对母子公司投资管理的基本理论、三种管理模式的适用情景及优劣势进行了分析和探讨。

【核心概念】 企业集团　投资管理模式　股份控股型　行政控制型　直线控制型

第一节　母子公司投资管理基本理论

一、企业集团的基本理论

1. 集团公司的产生及特征

从西方国家来看，集团公司是在商品经济高度发达、股份制经济日趋普遍的条件下逐步产生和发展起来的，它是独立企业超大型化发展受到限制的结果。19世纪末，随着资本主义发展进入垄断阶段，先后出现了卡特尔、辛迪加、托拉斯和康采恩等组织形式。社会化大生产必然要改变独立企业自身形态和企业之间的相互关系，使得单体企业走向大型化和股份化；同时将企业之间的外部分工协作转化为大型企业集团内部的分工协作关系，即用企业内部的组织管理成本替代市场交易成本。企业不仅可以通过发行股票迅速扩大本企业的资本和生产规模，还可以通过参股控股等形式，购并、控制其他企业，形成母公司和子公司的关系。

集团公司是一种以母子公司关系为基础的垂直型组织体制，其主要特征有：第一，集团公司本身具有独立的法人地位，从生产关系角度来看，集团公司是现代企业制度的产物，本身采取法人产权制度形式，将原始投资者的所有权与公司法人产权相分离，因此，公司是具有独立、有限民事责任的法人主体。第二，集团公司一般由一个母公司与若干个子公司组成，母公司包含了若干子公司与关联企业，子公司是指母公司绝对控股的下属企业，关联企业是母公司拥有的参股企业，以及具有各种固定合作关系的企业。第三，集团公司的母子公司之间主要以股权、产权为联结纽带，从内部组织关系来看，一方面，母公司、子公司或关联企业均具备自身独立的法人地位；另一方面，母公司以股权产权为纽带垂直向下控制下属企业①。第四，集团公司是由原始母公司不断扩张裂变而成的，从生产力角度分析，随着商品经济进入垄断竞争历史阶段，原始母公司必然通过各种方式急剧扩张自身的运营资本和市场规模，这种扩张方式主要有两种：一是不断增加投资、设立分支企业的内部扩张裂变；二是通过资本证券市场不断购并、控制其他竞争对手或相关企业的外部扩张裂变。

2. 母子公司的关系

（1）出资人与被出资企业的关系

母公司依据所持有的股权对子公司行使出资人权利，并承担相应的责任。按照《公司法》规定，母公司对其子公司的主要权利有：依据出资对其子公司行使重大经营决策权、对子公司的大额借贷和资金使用对外提供信用担保、对子公司重要资产转让以及对外投资等事项进行决策、依法对其子公司享有选择经营管理者的权利等。

（2）法律主体之间的平等关系

从法律主体上看，母公司和子公司都是依法设立的公司制企业法人，各自享有独立的法人财产权，独立行使民事权利，承担民事责任；母公司不是子公司的行政管理机构，母公司与子公司之间不是上下级行政隶属关系，母公司不能违反法律和章程规定，直接干预子公司的日常生产经营活动；母公司与子公司之间的经营活动，既要有利于发挥集团整体优势，也要坚持平等竞争、效率优先的原则，母公司与子公司可以在章程之外订立协议，具体明确相互之间的权利和义务，协议对母子公司双方均具有约束力；子公司的经济合同和财务报表都必须与母公司分开进行，投资和经营所需资金自筹；在财产与债务责任上，母公司和子公司各以自己的注册资本为限对债务承担责任，互不连带。

（3）集团公司与主要成员企业之间的关系

从集团公司的组织体系看，母子公司属于集团公司与主要成员企业之间的关

---

① 包括拥有全部产权关系的全资子公司、拥有一半股权以上的控股型子公司，以及持有一定比例的参股关联企业。

系。集团公司是一种以母公司为核心、子公司为主要成员的组织体系，母公司是一个集生产经营和资本营运、实施集团发展战略、协调成员企业等多种功能于一体的公司制企业，其主要作用是依照法律程序和集团章程，组织制定和实施集团的长远规划和发展战略；开展投融资、企业购并、资产重组等资本经营活动；决定集团内部的重大事项；推进集团成员企业的组织结构及产品结构的调整；协调集团成员企业之间的关系；编制集团的合并会计报表；统一管理集团的名称、商标、商誉等无形资产；建立集团的市场营销网络和信息网络等。作为集团主要成员的子公司，应当服从集团的整体发展战略；自觉接受母公司作为出资人的监管；确保集团整体目标的顺利实现。

二、企业集团投资管理的目标

按照是否拥有对投资所形成资产的经营管理权分为直接投资和间接投资，直接投资又可分为内部新增固定资产投资和对外控股投资；间接投资又可分为对外参股投资和保值增值投资，具体如图8-1所示。

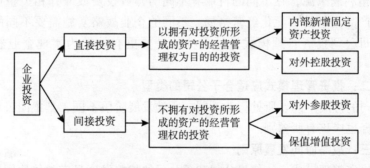

图8-1 投资的基本类别

集团公司的投资管理内容可分为两类：一是直接投资，对于直接投资管理的内容是全方位的，包括投资分析、决策、运作和业绩评价，并且其投资决策权的行使在决策层和管理指挥层之间还应做明确分工。二是间接投资，其管理侧重于投资决策和运作，包括控制投资方向、控制投资规模、审定重大投资项目，较小的投资项目可由子公司按照投资决策程序自行决定。

根据市场经济价值规律原理，母公司对子公司进行投资管理时以实现资本收益最大化为目标，通过对投资项目进行可行性研究与分析、项目决策程序、项目跟踪与监督等管理手段，使投资能够在一定的收益水平下风险最小化，或者在一定的风险下收益最大化，从而提高公司的总体价值，维护股东和公司的利益，也使子公司的资产真正起到保值增值目的。

三、投资管理模式的原则

投资管理是母子公司财务管理中的重要内容，关系到母子公司战略的达成和经营状况，一般来说，需要遵循以下基本原则。

原则一：有效服务于母公司的经营战略

一般来说，母公司的经营战略主要有四种：一是集中型战略，指母公司将所有财力、物力和人力集中在一项产品上，集团内各子公司的所有活动都集中围绕单一产品来展开；二是横向一体化战略，指母公司在同一产品领域中生产多种不同类型的产品，将各产品的生产经营同时横向铺开，以占领各产品的市场份额；三是纵向一体化战略，指母公司通过投资或兼并供货企业、配件生产企业及销售商等手段，形成从原料、配件生产、初级产品生产、总装和销售等纵向完整的生产销售体系；四是多元化发展战略，指母公司为开拓产品及服务领域，开拓利润来源，在不同的行业、不同的领域投资或兼并相关企业形成多领域、多产品类型的多元化经营格局。不同的企业战略实施需要不同的投资管理模式，母公司投资管理模式设计目标就是要更有效地为实现企业经营战略服务。

原则二：投资管理模式应适合子公司的类型

子公司的性质不同、所处行业不同、所处发展阶段不同，其集团公司投资管理模式选择也应该有所差别。

原则三：战略协同发展原则

集团投资管理模式应该使母公司和子公司的战略发展具有整体协同性，子公司的投资方向和投资项目必须符合集团公司战略发展和投资政策的要求。

原则四：增强核心竞争力原则

子公司的投资方向和投资项目必须以增强集团公司整体核心竞争力为目标。

原则五：资本收益率最大化原则

不管是短期投资还是长期投资，子公司的投资方向和投资项目必须满足项目资本收益率最大化要求。

原则六：风险最小化原则

子公司在进行项目决策时，必须进行认真、严谨的项目可行性研究，做好充分的内外部市场调查，以规避投资风险，做到投资风险最小化。

第二节　股份控制型投资管理模式

母子公司投资管理模式按照管控途径可分为股份控制型、行政控制型和直线控制型三种。这三种模式分别适合于不同类型、不同经营战略的母子公司。本节将对股份控制型投资管理模式进行分析。

一、投资管理流程

股份控制型投资管理模式流程分为项目立项、项目监控和项目考核三个步骤，具体如图 8 − 2 所示。

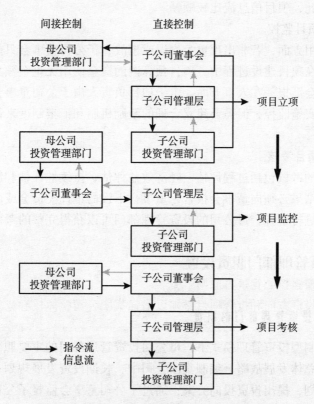

图 8 − 2　股份控制型投资管控模式的管理流程

步骤1：立项管理

在股份控制型投资管控模式下的立项管理中，对于子公司管理层设置一定的管理权限，在投资权限以内的项目立项由子公司或子公司的投资管理部门自行负责，但需要定期向子公司董事会上报备案；对于超过子公司投资权限以外的项目立项需交子公司董事会批准。因此，投资金额较少的项目，将由子公司的管理层自行审批立项，并不通过子公司董事会，子公司董事会与母公司投资管理部门只对立项结果进行备案，并不参与立项的审批管理，获得的投资信息相对滞后，并且对于项目过程中的监控较少。

对可能给公司经营状况带来重大影响的项目投资，其立项过程将由子公司董事会控制，大型项目的负责人也由子公司董事会委派。在这种情况下，子公司董事会可以获得投资项目立项所需要的全部信息，并且母公司投资管理部门与子公司董事会人员将保持经常性联系，子公司项目组负责人将定期向母公司投资管理部门汇报，因此，项目信息流比较顺畅。

步骤2：项目监控

在资金使用方面，若非出现重大失误或事故，子公司董事会只能获得项目定期进展报告，在项目建设过程中，项目预算内的资金使用无论金额大小，基本上不需要向董事会汇报；在人事方面，由于项目负责人由子公司董事会委派，能较好地进行项目实施监控，但需要建立合理的激励机制和汇报制度来保障项目实施的安全性。

步骤3：项目考核

大型项目的考核包括过程评估、经济效益评估、持续性评估和影响评估等方面，项目考核结果必须向董事会报告，董事会下设的审计委员会或由外部审计人员必须对项目进行审计，母公司的投资管理部门可以获得完整的考核情况。

二、投资管理部门职责设置

1. 母公司投资管理部门的职责

在股份控制型投资管理模式下，母公司投资管理部门的主要职责有：研究和制定集团公司总体发展战略，编制集团公司中、长期投资发展规划；编制集团公司总体投资计划，提出投资投向方案；通过子公司董事会监督子公司投资项目的立项，判断其是否符合集团战略发展目标；通过子公司董事会监督子公司的投资项目在建设过程中是否符合操作规范；通过子公司董事会监督子公司投资项目的结果考核等。

2. 子公司董事会

在股份控制型投资管理模式下，子公司董事会的主要职责有：对子公司管理部门、子公司项目投资管理层进行监督，制定子公司投资发展战略；对涉及投资规模巨大，对企业经营状况有重大影响的投资项目立项，组织可行性论证并进行审批；监督已审批重大项目的建设进程，听取子公司管理层或投资管理部门对项目进程的定期汇报，纠正投资项目过程中的偏差；对重大投资项目的完成情况进行考核。

3. 子公司管理层

在股份控制型投资管理模式下，子公司管理层的主要职责有：对公司下属各部门进行日常指导和监督；确定投资管理部门投资立项审批权限，控制子公司投资方向以符合子公司发展战略；对投资项目立项进行审批，将重大项目的立项上报子公司董事会；派出专人或项目监控小组对项目实施过程进行监控，并向董事会定期汇报重大项目的进展情况；对项目完成情况进行考核并向董事会汇报。

4. 子公司投资管理部门

在股份控制型投资管理模式下，子公司投资管理部门的主要职责有：负责研究、制定子公司发展战略，编制子公司中、长期发展规划；对投资项目的可行性进行初步研究；组织专业人员或联合其他部门进行项目建设和日常管理；定期向子公司管理层汇报项目进展情况；对项目完成情况进行初步考核，并配合子公司管理层对项目进行考核工作。

三、优劣势分析

1. 优势

股份控制型投资管理模式的优势主要有：第一，母子公司之间的资产关系明确、产权清晰，子公司是完全独立、自主经营、自负盈亏的经济实体，母公司只对子公司的经营状况承担有限责任，这有效地控制了母公司的投资风险；第二，母公司投资管理部门只需通过子公司董事会对子公司的投资立项和最后考核进行监控，对项目过程中的监控很少，这减少了管理成本，并使其能够集中精力专于集团公司资本经营和投资项目管控。

2. 劣势

股份控制型投资管理模式的劣势主要有：第一，由于母公司投资管理部门是通过子公司董事会来监控子公司的投资项目，这是一种间接控制，且董事会并不进行日常管理工作，从而使得控制距离过长，使得投资管理信息反馈并不顺畅，易造成子公司失控；第二，子公司管理层及其投资管理部门在项目建设过程中获得了大部分控制权，容易产生事实上的内部人控制、逆向选择和道德风险；第三，子公司的投资项目相对独立，很难获得母公司在技术、人事和资金上的支持；第四，子公司投资项目立足于本公司的发展，容易与母公司的目标发生偏离，造成集团公司内部组织目标不一致，从而限制了集团公司之间的协同效应。

基于以上分析，针对股份控制型投资管理模式提出以下建议：

第一，设置独立董事制度。通过独立董事外部监控，更好地监控子公司的投资项目是否符合股东长远利益，并对投资项目的财务、人事等工作进行更好的控制，从而保证母公司的利益不受侵害。

第二，完善公司董事的激励机制，董事报酬是激励董事勤勉为公司贡献的重要因素，将董事的报酬与公司绩效挂钩，使董事与股东的利益达成一致，可激励董事们更加努力地履行自己的职责，当子公司投资项目影响到董事会成员的收入时，董事会成员会采取相应措施，制止这种情况发生。

第三，必要时推行管理层持股计划，为了解决管理层的道德风险和代理成本等问题，可以奖励子公司管理层一定数额的母公司和子公司股份，将管理层自身利益与集团公司的长期利益紧密结合起来。

第四，派出项目监控小组，对重要投资项目进行跟踪监控。为加强项目进行过程中的监控，母公司的投资管理部门可以派遣项目监控小组进驻子公司，以便及时获得项目的信息，加强母子公司关于投资项目信息沟通的透明度和监控力度。

第三节　行政控制型投资管理模式

在行政控制型投资管理模式下，母公司对子公司有绝对控制权，对子公司投资管理部门进行直接控制，这种管理模式适合于采用横向一体化战略或纵向一体化战略的母子公司。

一、投资管理流程

行政控制型投资管理模式流程分为项目立项、项目监控和项目考核三个步骤。具体如图 8 – 3 所示。

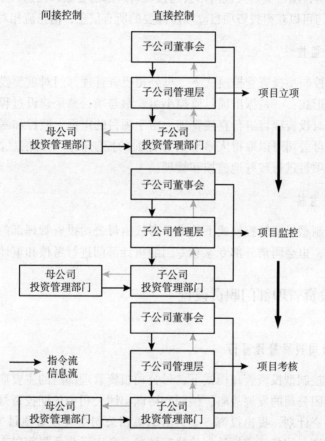

图 8 – 3　行政控制型投资管控模式的管理流程

1. 项目立项

在行政控制型投资管控模式下，子公司具有一定的投资权限，在投资权限以内的项目立项由子公司或子公司投资管理部门自行负责，但需要定期向子公司董事会和母公司投资管理部门上报备案。对于超过其权限的投资项目则需由母公司投资管理部门批准。由于投资金额较少的投资项目由子公司管理层自行审批立项，并不通过母公司投资管理部门，这种情况下，母公司投资管理部门获得的只是立项结果，未能参与立项审批和管理，且较少参与项目实施过程中的监控和考核，因此，其获得的项目信息相对落后。

对于投资金额较大、可能给公司经营状况带来重大影响的项目，由母公司投资管理部门控制，项目负责人也由母公司投资管理部门委派，在这种情况下，母公司投资管理部门可以获得投资项目立项所需要的所有信息，信息流相对比较顺畅。

2. 项目监控

在行政控制型投资管控模式下，母公司投资管理部门对重要投资项目的监控主要有两种形式：一是派出项目监控小组，参与项目整个建设过程；二是派出项目负责人，对投资项目进行直接管理。由于项目的审批、监控和考核权力都在母公司，所以母公司可以取得人事和财务方面的控制权，项目信息沟通相对透明，可以对整个项目进行较好地监控和管理。

3. 项目考核

行政控制型投资管控模式下的项目考核由母公司投资管理部门牵头进行，在必要情况下，也会聘请外部专家和专门的审计部门进行考核和审计。

二、投资管理部门职责设置

1. 母公司投资管理部门

在行政控制型投资管理模式下，母公司投资管理部门的主要职责有：负责研究和制定集团公司的发展战略，编制和协调集团公司中长期投资规划；负责编制集团公司投资计划，提出投资方案，组织集团公司重大投资项目（或投资方案）的可行性论证，监督已审批计划的执行情况；负责子公司限额以上投资项目的审批；负责投资项目的跟踪管理，协同财务、人事等部门进行投资项目管理；监督子公司投资项目的实施，负责投资项目的考核。

2. 子公司董事会

在行政控制型投资管理模式下，子公司董事会的主要职责有：对公司管理层和投资管理部门进行监督；协同母公司投资管理部门对涉及重大金额、对公司经营状况有重大影响的投资项目立项进行审批；听取公司管理层或投资管理部门对项目进程的定期汇报，监督项目实施进程；协同母公司投资管理部门对涉及重大金额、对公司经营状况有重大影响的投资项目进行考核。

3. 子公司管理层

在行政控制型投资管理模式下，子公司管理层的主要职责有：对公司下属各部门（包括投资管理部门）进行日常指导和监督；与母公司投资管理部门共同确定投资管理部门立项审批权限，确定多大金额范围内的投资项目需由管理层或母公司投资管理部门审批，多大金额范围内的投资项目可由子公司投资管理部门自行确定；协同母公司投资管理部门对重大投资项目立项进行审批；派出专人或项目监控小组对项目进行监控，并向董事会定期汇报重大项目的进展情况；协同母公司投资管理部门对涉及重大金额、对公司经营状况有重大影响的投资项目进行考核。

4. 子公司投资管理部门

在行政控制型投资管理模式下，子公司投资管理部门的主要职责有：对投资项目的可行性进行研究，对本部门权限之内的投资项目进行审批，对权限之外的项目向公司管理层和母公司投资管理部门汇报；组织人员或联合其他部门对项目进行日常管理；定期向公司管理层和母公司投资管理部门汇报项目进展情况；对项目的完成情况进行初步考核，并配合公司管理层、母公司投资管理部门和董事会对项目进行考核。

三、优劣势分析

1. 优势

行政控制型投资管理模式的优势主要有：第一，投资管理控制距离短、层次少，母公司投资管理部门对子公司投资管理部门可直接管理和控制，母公司的经营决策在子公司能够得到最迅速有效地实施；第二，总公司投资管理部门能够得到关于投资项目的全部信息，信息流比较顺畅，对于各种问题的反馈和处理比较迅速；第三，分公司的投资项目可以直接得到总公司的支持，总公司可比较方便地在各子公司之间进行资源调配，协调各分公司之间的关系，充分发挥集团规模效应，有利于集团战略目标的实现。

189

2. 劣势

行政控制型投资管理模式的劣势主要有：第一，投资项目立项、监控和考核都由总公司投资管理部门负责，权力相对集中，容易使分公司经营管理者的积极性受挫，如果激励措施设置不恰当会削弱整个集团的经营实力；第二，投资管理部门重叠设置，在具体工作中容易产生扯皮现象，增加投资管理的代理成本；第三，母子公司分别是独立法人，经营一体化导致产权不清晰，关联交易增加。

基于以上分析，针对行政控制型投资管理模式提出以下建议：

第一，行政控制型投资管理模式应用的关键是合理划分母公司与子分公司的投资管理权限，把握好集权和分权之间的度。在实际工作中，对于集权和分权的把握往往容易出现三类情况：一是分权过度，对于项目过程中的监控力度不强，项目后评估体系不健全，项目负责人缺位，导致母公司对子公司的投资管理失控，子公司投资管理出现严重的内部人控制，子公司的投资与母公司的发展战略不符等现象；二是集权过度，过于干涉子公司的经营，从而扰乱了子公司的日常生产经营，导致子公司缺乏积极性和主动性，事事依赖母公司，事事由母公司解决，母子公司之间的代理成本增加；三是集权和分权错位，该集权的地方过于分权，该分权的地方过于集权，降低了投资管理的效率。

第二，采用行政控制型投资管理模式的企业在实际工作中应该结合企业的具体情况，合理划分母公司与子公司之间的投资管理权限，明确母公司在决策、监管和评估上的集权管理并不意味着对子公司投资活动的限制，而是为了更加有效地发挥子公司在投资管理中的作用，使子公司的投资符合集团公司长远的战略目标，最终促进集团公司的不断发展和壮大。

第三，行政控制型投资管理模式在操作过程中应遵循以下基本原则：一是合法性原则，母公司作为子公司的控股股东，享有股东拥有的资产收益权、重要经营决策权等法定权利。从法律意义上讲这些权利完全归属于母公司，子公司无权干预，因此也不存在集权或分权的问题，子公司作为独立法人，只享有包括母公司投资在内的法人财产权；二是权责利一致原则，权力与责任是相对的，权力越大责任也越大，权力越小责任也越小，在确定母子公司分权与集权问题时，要防止和消除有权无责和有责无权的弊端；三是保障母公司权利原则，在处理母子公司集权与分权关系时，要注意保护股东的合法权益；四是调动母子公司积极性原则，母公司作为投资决策中心，应制定出长期发展规划，在弱化对子公司具体生产经营管理的同时，要加强对子公司经营方针和投资决策等方面的宏观指导，防止子公司的投资目标偏离母公司的发展规划，与此同时，必须给予子公司充分的自主权，实行自主经营、独立核算、自负盈亏，保护其法人财产权不受侵犯，以真正调动和发挥子公司的积极性和创造性，保证母公司发展规划和经营战略的顺利实施。

第四节　直线控制型投资管理模式

在直线控制型投资管理模式下，子公司无权决定投资事宜且不设投资管理部门，投资项目管理完全由母公司决定，即母公司对子公司的投资活动实行直线式控制。这种管理模式适合于母子公司定位为操作型以及实施集中战略的集团公司。

一、投资管理流程

直线控制型投资管理模式流程分为项目立项、项目监控和项目考核三个步骤。具体如图8-4所示。

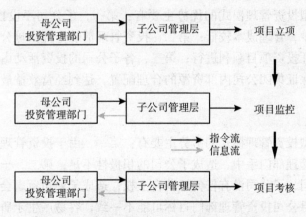

图8-4　直线控制型投资管控模式的管理流程

在直线控制型投资管控模式下，企业投资项目的立项、监控和项目考核完全在总公司投资管理部门的指导下进行。

二、投资管理部门职责设置

1. 母公司投资管理部门

在直线控制型投资管理模式下，母公司投资管理部门的主要职责有：负责研究和制定集团公司发展战略，编制和协调集团公司中长期发展投资规划；负责编制集团公司投资计划，提出投资方案，组织集团公司投资项目可行性论证，监督已审批计划的执行情况；负责投资的跟踪管理，协同财务和人事等部门进行投资项目管理；对子公司的投资项目结果进行考核。

2. 子公司管理层

在直线控制型投资管理模式下，子公司管理层的主要职责有：负责母公司投资管理部门批准投资项目的实施；积极配合母公司投资管理部门对项目进行监控；积极配合母公司投资管理部门对项目进行考核。

三、优劣势分析

1. 优势

直线控制型投资管理模式的优势主要有：第一，子公司不设投资管理部门，投资管理层次少，管理成本较低；第二，投资管理活动全部由母公司负责，控制严密，可以保证投资项目顺利进行；第三，各子公司的投资活动由母公司统一集中管理，可以保证集团公司内部资源的合理配置，达到经营效益最大化。

2. 劣势

直线控制型投资管理模式的劣势主要有：第一，由于投资管理权力全部集中在母公司投资管理部门手中，造成子公司的积极性不足；第二，子公司投资管控权集中在母公司，子公司没有任何经营自主权，造成子公司董事会形同虚设；第三，子公司与母公司投资管理部门目标可能不一致，容易产生矛盾，影响投资项目的进行；第四，随着集团公司经营规模不断扩大，单独由母公司投资管理部门来监控投资活动会增加协调成本。

基于以上分析，针对直线控制型投资管理模式提出以下建议：第一，投资管理模式的选择不一定与其他经营活动管理模式相同，对于有些集团公司，子公司在生产和销售等经营活动上有自主权，应该分别设有相关部门来进行管理和控制；第二，投资是大型企业集团进行资本运营的基本手段，它对于优化企业资源配置，防范和化解企业经营风险具有举足轻重的作用，投资管理是母子公司管理中的重要内容，管理不当可能会对集团公司的整体经营造成严重后果，因此，采用多元化经营战略的集团公司对子公司的投资活动应加强监控力度，防范投资项目风险。

本 章 小 结

1. 集团公司一般由一个母公司与若干个子公司组成，母公司包含了若干子公司与关联企业，子公司是指母公司绝对控股的下属企业，关联企业是母公司拥有的参股企业，以及具有各种固定合作关系的企业。

2. 投资管理是母子公司财务管理中的重要内容，关系到母子公司战略的达成和经营状况，一般来说，需要遵循以下基本原则：有效服务于母公司的经营战略原则；投资管理模式应适合子公司的类型；战略协同发展原则；增强核心竞争力原则；资本收益率最大化原则；风险最小化原则。

3. 完善公司董事的激励机制，董事报酬是激励董事勤勉为公司贡献的重要因素，将董事的报酬与公司绩效挂钩，使董事与股东的利益达成一致，可激励董事们更加努力地履行自己的职责，当子公司投资项目影响到董事会成员的收入时，董事会成员会采取相应措施，制止这种情况发生。

4. 行政控制型投资管理模式在操作过程中应遵循以下基本原则：合法性原则、权责利一致原则、保障母公司权利原则、调动母子公司积极性原则。

5. 投资是大型企业集团进行资本运营的基本手段，它对于优化企业资源配置，防范和化解企业经营风险具有举足轻重的作用，投资管理是母子公司管理中的重要内容，管理不当可能会对集团公司的整体经营造成严重后果，因此，采用多元化经营战略的集团公司对子公司的投资活动应加强监控力度，防范投资项目风险。

复习思考题

1. 简述集团公司的性质和基本特征。
2. 简述集团公司投资管理的基本原则。
3. 简述集团母子公司投资管理的三种基本模式，以及各种模式的优劣势分析。

第九章

并 购 概 述

【本章要点】 企业之间的并购行为已经成为发达市场经济中存量资源优化配置的快捷方式和有效机制，本章对企业并购的基本概念、西方国家五次企业并购浪潮、我国企业并购发展历程及并购理论等问题进行了阐述。

【核心概念】 收购兼并　并购动因　并购浪潮　资源优化配置　目标企业定价　并购支付方式

第一节　并购的基本概念

一、企业并购的概念

成熟市场的并购（M&A）包括兼并和收购，是指与企业产权相关的交易行为。兼并（Merger）通常有广义和狭义之分。狭义的兼并指一家企业通过产权交易获得另一家企业的产权，从而使这些企业丧失法人资格，并取得对它们生产经营控制权的经济行为，基本相当于公司法中规定的吸收合并；而广义的兼并可以理解为兼并重组（Restructuring），是以资本增值为主要目的的一种企业资源重新配置方式，通过对不同企业之间或者同一企业内部的各种资源（如生产资料、人力资源和资金等）之间的调整和重构，以实现实业资本、金融资本、产权资本和无形资本的重新整合，力求提高资本效率，以达到利润或者股东投资回报率最大化的目的。所谓收购（Acquisition）则是指对企业的资产或股份的一种购买行为，被收购方的法人地位得以存续，收购方以其收购的比例或份额享有相应的权利，并承担相应的义务。随着全球化经济的发展，实业界和金融界的创新活动层出不穷，企业收购和广义兼并的界限越来越模糊，因此经常把兼并和收购合称为并购。以下将从法律意义、会计角度和实际操作等三个层次对企业并购的含义和范围进行分析和探讨。

1. 从法律意义上看并购

许多权威著作对兼并进行了界定，兼并在法律上是指两个或两个以上的企业组织组合为一个企业组织，一个企业继续存在，其他企业丧失其独立身份。唯有剩下的企业保留其原有名称和章程，并取得其他企业的资产[①]；兼并指两家或更多的独立企业或公司合并组成一家企业，通常由一家占优势的公司吸收一家或更多的公司[②]；兼并是指两家或更多的不同的独立的企业合并为一家，这种合并采用的方式通常是一家公司用现金、股份或负债方式来直接购买另一家公司的资产[③]。

在经济学上，兼并和收购的含义基本类似，通常可以理解为一家企业以一定的代价和成本（如现金、股权等）来取得另外一家或几家独立企业的经营控制权和全部或部分资产所有权的行为，均为增强企业实力的外部扩张策略或途径。

从法学角度来看，兼并和收购归属于不同的两种行为。《大美百科全书》（Encyclopaedia Americana）中指出，兼并在法律上是指两个或两个以上的企业组织组合为一个企业组织，一个企业继续存在，其他企业丧失其独立法人身份，只有剩下的企业保留其原有名称和章程，并取得其他企业的资产；《新大不列颠百科全书》（The New Encyclopaedia Britannica）中指出，兼并是指两家或两家以上的独立企业或公司合并组合成一家企业，通常是由一家具有优势的公司吸收其他一家或更多的公司；《国际社会科学百科全书》（International Encyclopaedia of Social Sciences）中指出，兼并是指两家或两家以上不同的独立的企业合并为一家企业，这种合并通常采用的方式是一家公司用现金、股份或承债等方式来直接购买另一家公司的资产。收购通常是指一家公司购买另一家公司部分或全部的股权，从而实现对另一家公司生产经营等方面的控制。由此可见，收购与兼并的主要区别在于，兼并行为的结果通常导致卖方企业（或称目标公司）法人地位的丧失，并成为买方企业（或称优势企业）的一部分；而在收购行为中，目标公司虽然被收购，但其法人地位仍得以保留，收购公司成为被并收购公司的股东，并且随着金融手段和企业产权交易活动不断创新，实践并购交易中收购公司并不一定就是优势企业，劣势企业对优势企业的收购行为也时有发生。

西方发达国家对于兼并行为和收购行为的权利义务关系均有详尽的法律约

---

① Encyclopaedia Americana，《大美百科全书》。

② The New Encyclopaedia Britannica，《新大不列颠百科全书》。

③ International Encyclopaedia of Social Sciences，《国际社会科学百科全书》。

束，形成了比较完整的法律体系①，因此在实际操作中产生的歧义较少。以美国为例，对于企业的兼并行为必须符合兼并各方所在州的相关法律规定，其法定兼并要素主要包括多数表决权标准、所有者权益的公平定价以及相关申述权利等。这些法律对于企业并购活动中的各个方面进行了比较详细的规范和约束，如《1968 年威廉姆斯法案》对接管过程中收购公司的信息公布、要约收购的最短公开时间以及目标公司的起诉授权等进行了详尽地规定，其目的在于保护目标公司股东避免遭受快速而秘密的敌意收购行为的损害；《1890 年谢尔曼法》、《1914年克莱顿法》和《1976 年哈特－斯各特－罗迪诺反垄断法》旨在通过加强企业兼并活动中的监督和管理、强化司法部和联邦贸易委员会的权力来防止企业以兼并为手段控制市场竞争行为的发生。

企业兼并一词在我国起始于 20 世纪 80 年代中后期，但当时对于企业并购的内涵并没有清晰地界定。为了积极稳妥地推进企业兼并工作，1989 年 2 月 19 日，中国人民建设银行颁布了《关于企业兼并的暂行办法》，从立法形式上首次对企业兼并行为进行了界定，提出企业兼并是指一个企业以购买方式获得其他企业的产权，使其他企业失去法人资格或改变法人实体地位的一种行为，不通过购买方式实行的企业之间的合并，不属于被兼并规范的范畴。该《办法》同时还规定了企业兼并的主要形式有购买式、承担债务式、吸收股份式和控股式。这一规定使我国企业兼并成为具备以产权有偿转让为基本标志的企业交易行为，为我国企业兼并活动奠定了初始的法律基础。但该规定明显带有中央计划经济转向市场经济过程中的转轨色彩，是为了适应当时我国经济背景下的企业产权交易、体制转轨、产业结构调整的需要而出台的，并无完整和严谨意义上的立法含义。

1993 年 12 月 29 日第八届全国人民代表大会常务委员会第 5 次会议通过的《中华人民共和国公司法》对于企业的兼并行为作出进一步的规定，提出公司合并可以采取吸收合并和新设合并两种形式，其中，吸收合并是指一个公司吸收其他公司，被吸收的公司解散并丧失法人地位；新设合并是指两个或两个以上的公司合并设立一个新的公司，合并各方解散并丧失法人地位。企业兼并在法律地位上实际与公司吸收合并相一致。在我国目前的法律体系中，还没有对企业收购行为做出明确地界定，但却有对企业收购行为进行规范的法律条文，如我国企业资产收购行为主要受《合同法》的调整，而股份收购行为则受《公司法》和《证

---

① 以美国为例，企业兼并活动相关法律有《1933 年证券法》、《1934 年证券交易法》、《1935 年公共事业控股公司法》、《1939 年信托契约法》、《1940 年投资公司法》、《1940 年投资顾问法》、《1970 年证券投资者保护法》、《2002 年萨班斯－奥克斯利法案》、《1968 年威廉姆斯法案》、《1970 年反诈骗腐败组织集团犯罪法》和《1890 年谢尔曼法》等。

券法》调整。

由以上分析可见，从法律角度考察，企业兼并和企业收购还是存在比较明显的差别：首先，最显著的区别在于目标企业法人地位的存续上，兼并行为发生后，被兼并企业作为法人实体不复存在，而收购行为发生后，被收购企业可以以法人实体形式继续存在；其次，兼并行为是资产、债权、债务的一同转换，兼并企业成为被兼并企业新的所有者及其债权债务的承担者，而收购行为中的收购企业以新股东的身份出现，并以其出资额为限承担被收购企业的风险；最后，目前我国对于企业兼并行为存在比较明确的法律规定，但对于企业收购行为主要通过相关法律进行调整，缺乏比较明确的法律规范和指导。

2. 从会计角度看并购

从会计角度看，兼并实质上是企业资产的重新组合，而通过兼并进行的资产重组一般是以市场机制为载体实现的，其结果是使社会可支配资源向高效企业的集中，其形式有吸收合并、新设合并和控股合并三种。尼尔逊（R. Nelson）从企业行为的角度提出兼并是两个或两个以上的企业为组成一个新企业的结合[1]。曼德科尔（G. Mondelkor）将兼并描述为市场体系借以替代低效管理的一种机制。我国财政部 2001 年的 CPA 教材上将兼并定义为一家企业以现金、证券或其他形式购买取得其他企业的产权，使其他企业丧失法人资格或改变法人实体，并取得对这些企业决策控制权的经济行为。可见，兼并与吸收合并[2]的概念十分接近，企业兼并行为可以理解为企业的合并，但企业合并反过来并不意味着企业的兼并，其范围较企业兼并更广。

《新帕尔格雷夫货币金融大辞典》中将收购解释为一家公司购买另一家公司的资产或证券的大部分，目的通常是重组其经营，目标可能是目标公司的一个部门或者公司全部或大部分有投票权的普通股。我国财政部 2001 年的 CPA 教材上将收购定义为企业用现金、债券或股票购买另一家企业的部分或全部资产或股权，以获得该企业的控制权，其收购对象一般有股权[3]和资产[4]两种。

---

[1] 理查德·R. 纳尔逊和悉尼·G. 温特. 经济变迁的演化理论 ［M］，商务印书馆，1982.

[2] 合并包括吸收合并（接纳一个或一个以上的企业加入本公司，加入方解散并取消原法人资格，接纳方存续）和新设合并（一个或一个以上的企业合并成立一个新公司，原合并各方解散，取消原法人资格）。

[3] 收购股权是购买一家企业的股份，收购方将成为被收购方的股东，因此要承担该企业的债权和债务。

[4] 收购资产是一般资产的买卖行为，由于在收购目标公司资产时并未收购其股份，收购方无须承担其债务。

3. 从实际操作方面看并购

现实中的并购涉及的范围非常广泛，除了严格属于法律和会计上的界定外，还包括股权置换和分拆、资产剥离、合资、租赁、回购、托管、债转股、借壳和买壳等行为。正如温斯顿所说，传统的并购主题已经扩展到包括接管以及相关的公司重组、公司控制、企业所有权结构变更等问题上。威斯通（2006）对企业并购活动进行了总结，提出了公司重组和资产剥离的概念、主要形式（资产出售、股权切割和分立）以及主要形式的变形（完全析产分股、跟踪股票和交换发行），如表9-1所示。这种分类方法在某种程度上有一定的交叠，与企业并购并没有严格的区别。

表9-1 企业重组和资产剥离的类型与定义

主要类型	定 义
A. 资产剥离的主要方法	
资产出售	出售分部、子公司、生产线或其他资产的另一个企业，通常收取现金
股权切割	将一个子公司的全部或部分利益提供给投资大众；产生一个独立的、公开上市的公司
分立	按比例将子公司的股份分配给母公司的现有股东；产生一个独立的、公开上市的子公司
B. 资产剥离方法的变化形式	
完全析产分股	通常是通过分立的形式将公司分为两个或更多的部分
跟踪股票	创造一个独立级别的股票，其价值建立在某个具体部门的现金流量基础上；有时是公开发行股票的一部分
交换发行	股东有权选择继续保留母公司的股份或交换新成立的子公司的股份；产生一个独立的、公开上市的公司

资料来源：弗雷德·威斯通，马克·米切尔，哈罗德·马尔赫林. 接管、重组与公司治理，北京大学出版社，2006.

二、企业并购的类型

现实中并购的种类繁多，可按照不同的标准进行分类，常用的分类标准有行业关联度、并购支付方式、并购各方的合作态度及收购股权的份额等。

1. 按并购行业的关联度划分

（1）横向并购

横向并购（Horizontal Combinations）是指主并购方（Acquring Firm）与被并购方（Targeted Company）处于同一行业、生产经营相同或相近产品的企业之间的并购行为，这是西方发达国家最为常见的一种企业并购方式，也是市场经济环境下资本和生产集中风险较小的一种外部扩张方式。其目的主要在于：第一，迅速扩大生产规模，降低单位固定成本，获得规模经济效应；第二，在更大范围内实现专业化的分工协作，采用统一的技术标准，提高先进技术设备和工艺的利用效率，提高生产效率，从而加强企业资本的盈利能力；第三，便于建立相对完善的销售渠道，统一销售产品，扩大企业市场份额，增加企业知名度及话语权，在本行业内取得相对竞争优势。这种并购方式的基本条件相对简单，由于处于同一行业，并购双方比较容易融合，但如果扩张过度，容易增加企业管理和组织协调的难度，降低企业生产经营的灵活性，增加企业结构调整的难度，不利于应对复杂多变的外部环境；同时，由于企业规模较大，管理人员对于员工工作监控和评价的效率降低，从而增加了代理成本，降低了管理系统的效率，并对激励机制产生弱化效果；另外，随着企业规模的增加，其创新能力将受到一定的制约。

横向并购经常出现在同一行业内的竞争者之间，它减少了行业内企业的数量，潜在地产生了市场垄断力量，使行业内成员能够通过并购方式更加容易地共谋获取垄断利润，这在一定程度上对竞争产生了负面影响。西方国家有比较完备的反垄断法对这一行为进行控制，当行业内企业并购达到一定规模，对市场形成一定程度的垄断时，政府将出面对其并购交易进行干预。如1997年美国联邦贸易委员会根据《1890年谢尔曼法》制止斯特普尔斯（Staples）与得宝（Depot）公司并购案，1990年联邦委员会对微软的价格政策进行的反垄断调查等。我国目前尚无明确的法律规定对这一行为进行规范。

行业并购（又称产业整合）是一类特殊的横向并购方式，指购买者收购了行业内大量的规模较小、经营业务相似的小企业，并通过行业内部结构调整改变企业盈利模式，拓展盈利空间的并购行为。这种并购一般发生在规模效应比较大，但拥有大量的小规模成熟企业的行业中，通常情况下该行业内还没有出现领袖企业，因此能够允许收购者对行业中大量小企业进行兼并，实施产业整合，典型的案例有19世纪70年代美国铁路公司之间的并购，其主要目的就是为了调整产业结构，实现市场营销、采购及管理上的整合和规模效应。

青岛啤酒收购案例

青啤集团的成功收购是横向并购的一个典型例子。青岛啤酒股份有限公司是中国历史最为悠久的啤酒生产厂。1993 年，青岛啤酒股份有限公司成立并进入国际资本市场，公司股票分别在香港和上海上市，共募集了 7.87 亿元人民币，成为国内首家在两地同时上市的股份有限公司，在资本市场备受注目，凭借政策、品牌、技术、资金、管理等方面的优势，1999 年青啤在连续拿下北京的五星、三环，陕西的汉斯、渭南、汉中等 6 个企业后，2000年 7 月收购廊坊啤酒厂，8 月初收购上海嘉士伯，8 月 18 日，青岛啤酒股份有限公司又拿出 2 250 万美元，成立了北京双合盛五星啤酒股份有限公司，并成为三环亚太公司的大股东。截至目前，青啤集团通过承债、破产或控股等多种形式，收购了 17 个省市的 47 家啤酒生产企业，形成了东有上海，西有西安，南有深圳、珠海，北有黑龙江兴凯湖，中有安徽的马鞍山、湖北的黄石等众多子公司的企业集团。青岛啤酒 5 年里共收购了 40 多家经营不善的啤酒厂，使青啤一跃成为中国啤酒市场的龙头老大，去年的产量达到了 250 万吨，销售额 5.7 亿美元，市场份额从 1996 年的 2% 提高到 2002 年的 11%。

（2）纵向并购

纵向并购（Vertical Combinations）是指生产工艺或经营方式上有前后关联的企业进行的并购，是生产、销售的连续性过程中互为购买者和销售者（即生产经营上互为下游关系）的企业之间的并购行为。由于纵向并购经常发生在处于相同生产链条上、不同生产经营阶段的企业之间，因此，又被视为一种经营单位向其产品的原材料采购端和销售端的延伸，若向其提供生产要素或原材料端的企业延伸，则称为前向并购；若向其最终生产和销售端企业延伸，则称为后向并购。

纵向并购的目的有多种，比较认同的观点有：第一，企业在生产经营过程中会尽可能地搜寻有关商品价格、质量、品种及供求双方情况等信息，从而需要花费大量的搜寻成本，通过纵向并购可以将其生产经营业务向采购端及销售端延伸，将外部信息搜寻转化为内部生产供给，从而有效地提高了搜寻效率，降低了搜寻成本；第二，通过纵向并购方式，以企业内部组织结构代替市场交易机制，可以降低市场交易过程中由于信息不对称产生的代理成本，使交易价格以及价格产生过程中的询价、签约及广告等方面的相关成本降至最低，这一动机的基本前提假设是企业内部组织效率要高于外部市场效率；第三，纵向并购使原材料采购、产品销售等外部交易转化为企业内部的供产销过程，提高了企业生产经营各阶段的协调和控制效率，从而减少了合同履约的监控成本，降低了企业生产经营过程中的风险。

纵向并购的一个最大弊端是企业内部管理的效率下降，成本上升。在市场交易环境下，交易双方作为各自独立的利益主体，会自觉地去努力提高产品质量、降低生产成本，增加企业效益，但在纵向一体化组织结构中，员工的目标转化为既定考核目标下的自身利益最大化，需要企业对其行为进行监督和评价，在缺乏竞争以及信息不对称的情况下，对员工的管理和监控很难达到最佳状态，这在一定程度上造成了企业管理方面代理成本及负担的增加。

草原兴发收购案例

草原兴发受原材料价格变动和气候变动的影响较大。为扬长避短，公司积极推行资源控制战略，大举实施纵向并购以实现规模经营。报告期内公司出资 4 833.43 万元收购 6 家肉羊屠宰厂，并运用自有资金 17 783.56 万元对内蒙古草原兴发食品公司所属 11 家分厂进行资产收购，将肉羊加工厂总数扩增至 25 家。此外，公司还以定牌生产方式有效控制了区内外名优肉羊资源。报告期内公司实现羊肉类产品收入 24 336.7 万元，同比增长 43.95%。但被并购企业的生产能力能否转化为公司的竞争优势，还有待进一步观察。

（3）混合并购

混合并购（Conglomerate Combinations）是指从事不相关类型经营活动的企业之间的并购活动，一般指处于不同产业领域、产品属于不同市场，且与其产业部门之间不存在特别的生产技术联系的企业之间进行并购。

企业混合并购的目的主要有三种：一是扩张产品业务范围，通常以原有产品和市场为基础，通过并购手段进入与自己经营业务有关的企业，从而进入相关产业经营领域，拓宽企业的经营范围，寻找企业新的产品增长点；二是扩大地域市场，以原有市场为基础，通过并购不重叠地域内从事经营的相关企业，迅速构建企业产品的销售渠道和营销网络，将自身产品与并购企业的销售网络进行嫁接，打通原有产品的销售渠道，扩大自己产品的市场范围；三是多元化分散风险，这种情况下，主并购企业与被并购企业的产品和市场都没有任何关系，企业并购的主要动机就是"不要把鸡蛋放在一个篮子里"，通过多样化经营方式，分散企业的风险。

企业如果盲目进入一些非相关的新领域实施混合并购，容易导致整体风险上升，主要表现在两方面：一是由于新行业在技术、业务、管理和市场等方面与原有行业不同，从而给企业带来较大的经营风险；二是混合并购过程中需要大量的人、财、物等资源投入，如果企业没有足够的准备，很可能削弱原行业的抗风险能力，造成企业财务状况的恶化。因此，混合并购实施过程中，既要控制好并购的规模，预防陷入财务困境，又要切实关注并购后整合问题，有效控制并购后的营运风险，获得协同效应。

2. 按并购支付方式划分

（1）现金收购

现金收购是指并购方公司支付给目标公司一定数额的现金，以获得目标公司的控制权。按照收购对象的性质可分为现金收购资产和现金收购股票两种形式。其中现金收购资产是指并购企业用现金方式购买被并购目标公司全部或绝大部分资产所进行的并购；现金收购股票是指并购企业用现金购买目标企业的股票，并达到对目标公司生产经营控制权而进行的并购。通常来说，现金收购估价及支付比较简单，是最容易被目标公司接受的一种并购方式，被收购者获得的是确定的现金，不需要承担证券价格波动风险，以及受兼并后公司发展前景的影响。但对于收购方而言，现金支付方式容易形成沉重的即时现金负担，从而引发收购公司的财务风险。

（2）股票收购

股票收购是指收购方通过增加发行本公司的股票，以新发行的股票来购买目标公司的股票或资产，从而达到对被收购目标公司的控制的收购方式。在实际操作中，根据被收购对象的性质可分为股票收购资产与股权置换两种方式。其中，股票收购资产是指主并购公司向目标公司发行自己的股票，以交换目标公司全部或大部分的资产；股权置换是指主并购公司直接向目标公司股东发行新股，以交换目标公司全部或大部分的股票。一般而言，股票收购方式对主并购公司的现金状况影响不大，并购交易完成后，目标公司被纳入主并购公司体系，原并购公司规模扩大，扩大后公司的股东由原主并购公司和目标公司股东共同组成，因此，这种并购方式在某种程度上会形成对原主并购公司股东股权的稀释，降低原主并购公司对其公司的控制力度。

（3）混合支付收购

混合支付收购是指并购过程中主并购方采用现金、股票及综合证券（公司债券、认股权证及可转换债券）等出资方式对目标公司进行的收购。混合支付方式相对比较灵活，可采用各种证券组合进行并购支付，如现金和承担债务式混合支付、现金和资产折股式混合支付、股票和资产折股式混合支付等。在这种方式下，主并购公司可以充分利用各种证券的特点及优势，降低其收购成本并控制并购过程中的财务风险，但由于该方式涉及各种证券的融资比例及定价，其估价比较复杂。

据国泰安数据库统计显示，2000～2007 年间，我国共发生并购事件 14 843 起，其中，以现金支付的有 13 235 起，占并购事件总数的 89.17%；以股权支付的有 178 起，占并购事件总数的 1.20%；以混合支付方式支付的有 29 起，占并购事件总数的 2.22%；以其他方式支付的并购事件共 459 起，占并购总数的 3.09%。由此可见，现金支付是目前我国并购交易活动中最常采用的一种方式。

3. 按并购合作态度划分

（1）善意收购

善意收购是指主并购方公司和目标公司双方高层之间通过协商决定并购过程中的诸项重要事宜，其并购协议的主要内容包括目标公司的定价及支付方式，目标公司股份、资产和债权债务的处理，公司管理人员和职工的安置，并购后企业的发展战略和经营方向，收购后目标公司章程的修改等。根据《公司法》的规定，收购协议需要并购双方董事会批准，由参加股东大会 2/3 的人数通过，经政府企业登记机构备案后方可实施。善意并购的主并购方通常能提供比较公道的收购价格和比较好的收购条件，因此，又被称为"白衣骑士"。

（2）敌意收购

敌意收购是指并购方公司不顾目标公司的意愿，采取非协商性购买的手段强行并购目标企业，如事先不与目标公司协商，突然发出公开收购要约；遭到目标公司反对后还继续对该公司进行强行收购等。通常情况下有三种方式：一是如果目标公司是上市公司，收购公司先在证券市场上秘密收购略少于 5% 的该目标公司股份，然后向目标公司的股东报价；二是如果收购公司资本比较雄厚，可以向目标公司董事会施压，许诺高价收购其股票；三是分步分阶段报价，以降低收购成本。敌意收购的收购方在并购过程中容易遭受被收购公司的抵抗，有些公司为了防止被其他公司敌意收购，可能事先会进行相关的防御安排（如毒丸计划等）。因此，敌意收购又被称为"黑衣骑士"。

现实中的并购还有其他的分类：如按照并购操作方法可分为直接收购、间接收购、杠杆收购和要约收购；按照并购的场所可分为公开市场收购和非公开市场收购，其中，非公开市场收购又包括政府划转、承担债务、协议受让国家股、协议受让法人股、企业托管及委托书收购等，这类收购具有我国比较典型的计划经济向市场经济转轨的特色；按并购完成后目标企业的法律状态可分为新设型并购、吸收型并购和控股型并购；按照企业国籍可分为国内并购和跨国并购等。

三、并购流程及主要工作

企业并购是一项非常复杂的产权交易活动，需要遵循一定步骤和程序。我国企业并购活动主要受《公司法》的规定，一般情况下可以概括为制定企业并购战略、选择和确定并购对象、展开尽职调查和达成并购协议四个步骤，各部分的具体步骤工作内容如表 9 - 2 所示。

表 9 - 2　　　　　　　　　　　　并购流程及主要工作内容

主要流程	制定并购战略计划	选择和确定并购对象	展开尽职调查	达成并购协议
工作内容	1. 明确并购动机及目的 ——扩大市场份额 ——提高竞争地位 ——提高企业利润 ——分散投资风险 ——获取品牌效应 2. 分析企业现状 ——现有业务梳理 ——利润来源分析 ——盈利模式分析 3. 梳理发展规划 ——战略发展阶段 ——业务发展状况：业务组成、发展趋势、发展机会、全球趋势、中国市场结构、地区优势、竞争对手特征等 ——拟并购对象选择标准：与公司战略发展相匹配 4. 成立并购工作组与选择并购顾问	1. 并购机会扫描及锁定并购对象：可以委托中介机构选出 2～3 家比较满意的并购对象 2. 初步了解并购对象并分析并购可能带来的协同效应：并购方发展目标及战略、资产规模、资金实力、资源结构，可投入公司的有效资源 3. 签订并购意向书：并购意向、非正式报价、保密义务和排他性条款等 4. 制定并购后业务整合计划：并购后新公司远景规划、股权结构、投资规模、经营方针、融资方式及人员安排等	1. 尽职调查之前的协商安排 2. 目标公司的资产评估与财务审查 ——目标公司的负债结构 ——偿债能力 ——盈利能力 ——发展前景 3. 讨论尽职报告，并对尽职报告的相关信息进行审查 4. 起草并购协议	1. 制订并购企业框架方案 2. 确定企业价值：依据中介机构出具专业报告 3. 起草并购企业商业计划书 ——明确股权比例 ——董事会席位 ——关键岗位人选 ——公司组织架构 ——管理体制 ——业务发展规划 ——主要财务指标预测 4. 签署正式并购协议 5. 履行报批及工商登记

1. 制定企业并购战略计划

一个良好的并购交易是企业的一剂强心针，能够削弱竞争对手的竞争力从而快速占领市场先机，建立起行业竞争壁垒，拓展利润空间，并为企业提供新的发展契机，但在现实中寻找到良好的并购机会并不容易，需要对企业所处的复杂环境及自身的发展战略进行分析和判断。不同学者和企业家对于企业并购战略计划的制定有着不同的分析模型和见解，但其涵盖面基本一致。约瑟夫·克拉林格（2002）[①] 提出，企业并购战略计划制定应该包括企业或单项业务单元任务评估、行业地位评价、未来市场动向分析、运营战略规划及财务目标预测等方面的内容，其中，企业或单项业务单元任务评估的主要目的是判断被并购目标是否涵盖在企业未来计划之内；行业地位评价包括评价当前企业在行业中所处的位置、当前的市场格局、企业员工的职业技术水平、生产设备及生产能力、销售能力及市场份额、相对于竞争者的比较优势、竞争对手力量分析及与目标公司股东之间的关系等；未来市场动向分析包括顾客需求分析、竞争压力分析、相关法规制约及技术变化趋势等；运营战略规划包括目标顾客类型及销售区域特征、公司特定产品及劳务类型、质量水平、销售方式、各类产品的目标增长率及收购行为可能带来的增长空间等；财务目标包括并购投资回报、净收入增加额、现金流增长率、股东红利收益及并购后公司各项财务比率预测等。

我国企业并购战略计划制定通常包括四个方面的内容：一是明确企业并购的动机和目的，这是企业并购成功的基础，通常情况有获得销售渠道、获得品牌效应、扩大市场份额、提高竞争地位和话语权、增加企业利润及分散投资风险等；二是分析企业的资源现状，判断企业是否必须及有实力组织相关并购活动，具体工作内容包括企业现有业务和产品梳理、财务状况分析、利润来源分析、盈利模式分析及增长模式分析等；三是梳理企业未来一段时间内的发展规划，其中包括对企业发展战略的构想、当前战略发展阶段的分析、企业业务发展规划及当前业务状况分析、基于企业发展战略确定拟并购对象的选择标准；四是并购组织上的安排，即成立并购工作小组与选择并购顾问成员。

2. 选择和确定并购对象

选择和确定并购对象主要包括并购机会扫描及对象锁定、初步了解并购对象并分析协同效应、签订并购意向书和制定并购后业务整合计划等四方面的内容。并购机会扫描及对象锁定是指根据并购战略计划中确定的目标企业标准，利用数据库及相关渠道，尽可能在较大范围内寻找和甄选目标企业。一般情况下，寻找恰当的目标公司并不是一件容易的事，收购企业需要筛选相当数量的企业才能有所收获，收购公司在寻找过程中应注意使潜在的目标公司能够源源不断地出现，

---

① 约瑟夫·克拉林格. 兼并与收购：交易管理 [M]. 中国人民大学出版社，2002：24－25.

然后从中进行梳理和筛选。对于目标公司的筛选面临着大量复杂的审查工作，为了提高寻找的效率及获得高质量的目标公司，可以聘请专业的中介机构协助，委托中介机构进行目标公司的选择、帮助对目标公司进行评估定价、财务等相关资料准备、购买价格洽谈、与类似交易进行市场比价等工作。

通过并购机会扫描锁定2～3家目标公司，对目标公司的发展目标及战略定位、资产规模状况、资源结构、资金实力及并购后可投入公司的有效资源等情况进行分析，以此初步判断并购行为可能产生的协同效应。基于对拟并购目标公司的初步了解签订并购意向书，提出非正式报价、保密义务及排他性条款等。制定并购后业务整合计划，对并购后新公司的战略发展、经营方针及定位、股权结构设计、投资规模、融资方式及人员安排等事项进行规划。

3. 展开尽职调查

企业并购过程中的尽职调查是并购前一项必不可少的工作，其主要目的在于：通过对目标企业运营管理及财务状况的综合性调查，客观描述和分析被收购企业的经营状况，全面揭示并购的风险；理清被收购企业的股权结构、明确并购的范围，规避并购谈判与协议签订过程中的风险；通过对被收购企业组织结构、管理制度与财务制度建设等方面的调查与评价，预期并购后的经营和财务管理风险；通过财务及经营状况分析及趋势判断，预计并购成本和收益；为投资决策提供重要依据，以支持管理层的并购决策判断。

由于尽职调查的范围涉及较广，调查对象也千差万别，所以具体调查过程中的情况各异，但大体需要经历以下几个步骤：一是被并购公司指定一家投资银行负责整个并购过程中的协调与谈判工作；二是主并购公司指定或组织一个由律师、会计师和财务分析师等专家组成的尽职调查小组，展开尽职调查工作；三是主并购公司和专家小组与被收购公司签署保密协议；四是主并购公司准备一份尽职调查清单，被并购公司在主并购公司专家小组的指导下准备材料；五是主并购公司专家小组作报告，其中包括对被并购目标公司评估有重要意义的事项说明、尽职调查中发现的实质性法律事项以及对购买价格有影响的因素分析等。

尽职调查的内容涉及企业经营的各个方面，主要包括企业法律事务、财务状况、企业资产及生产管理状况、市场状况及竞争格局、采购及供应体系、企业研发情况、销售及售后服务、产品质量体系及公共关系等，每一方面又包含详细的具体内容，以下以财务尽职调查内容为例进行简要介绍，见表9－3。

表 9 – 3　　　　　　　　　　　　　　　财务尽职调查提纲

1. 基础资料

　　1.1　公司最近三年的会计报表复印件，包括财务报表（损益表、资产负债表和现金流量表）、财务报表附注及中介机构的审计报告。

　　1.2　最近三年和最近期的财务报表汇总及合并过程计算表（工作底稿），该计算表应包括所有被合并实体的单独财务报表，以及每个合并调整分录和合并报表。合并的结果应与年报中母公司及合并财务报表一致。

　　1.3　最近三年所有子公司审计后的财务报表，包括损益表、资产负债表和现金流量表。

　　1.4　公司大股东最近三年有关财务报表及生产经营情况。

　　1.5　最近三年及今年最近期按产品系列划分的损益表（包括销售收入、销售成本、销售费用和管理费用）和资产负债表（对固定资产及营运资金按不同产品系列划分）。

2. 公司财务管理

　　2.1　公司组织机构设置和人员岗位职责情况。

　　2.2　公司账簿设置的结构，包括所有成本中心的构成、对每个成本中心的人员和资产的核算，预算和决算控制体系介绍。

　　2.3　与公司审计师事务所审计师洽谈。

3. 会计报表

　　3.1　损益表

　　3.1.1　销售收入

　　（1）最近三年和最近期分别按照产品类型和客户分类的产品销售明细，注明各类产品及客户的销售量和销售金额。

　　（2）最近三年和最近期有效产品价格清单，按照不同销售渠道和产品类型分类。

　　（3）最近三年和最近期的经销商提成、销售税金等说明。

　　3.1.2　销售成本

　　（1）最近三年和最近期按产品分类的生产成本分析，包括存货成本期初余额、当期增加的生产成本、存货期末余额以及结转到销售成本的金额。

　　（2）最近三年和最近期按业务、产品类别和主要成本项目的销售成本分析，包括人工、原材料、折旧和制造费用等。

　　（3）最近三年和最近期主要原材料价格变动和人力成本变动分析及其对盈利能力的影响。

　　（4）最近三年和最近期按成本中心归结并分摊到生产成本中心的制造费用明细。如维修费、工程费用、加工费等，以及分配到该成本中心的费用类型明细，如人工、折旧等。

　　3.1.3　销售费用：最近三年和最近期的销售费用按成本中心和费用性质进行的分析，包括保修费用、经销商折扣、其他促销成本、经销商和顾客投诉成本、销售人员的工资和奖金等；最近三年和最近期的销售人员相关成本分析，包括销售人员人数、管理结构、销售区域、销售人员薪资结构（包括固定和浮动部分）、相关税金和福利等。

　　3.1.4　管理费用：最近三年和最近期所有管理行政人员费用，包括管理行政人员人数、管理结构、薪资结构（包括固定和浮动部分）、相关税金和福利等；最近三年和最近期的研发费用（包括自行研发和出资委托外研究）分析、新产品开发计划，以及相关会计处理方法等。

　　3.1.5　财务费用：最近三年和最近期财务费用明细，分列财务收入、财务费用和汇兑损益等；最近三年和最近期财务费用与相关负债（包括银行债务）之间的计算关系。

　　3.1.6　最近三年投资收益、营业外支出及其他业务收入清单。

　　3.2　资产负债表

　　3.2.1　对近期资产负债表所有科目列出详细明细。

　　3.2.2　存货：最近三年及最近期末原材料成本核算方法，按原材料项目分析其余额；最近两年年底及最近期存货冲销金额及解释；存货盘点制度和程序说明；近期存货盘点报告以及以往重大盘亏说明。安排一次存货盘点，解释各项存货准备计提原因及方法（包括成本和市价），以及最近两年年底及最近期末存货冲销金额。

3.2.3 应收账款：最近两年年底及最近期末按客户分类的应收账款明细及账龄分析；最近两年年底及最近期坏账冲销情况；坏账准备计提政策及方法。

3.2.4 应付账款：最近两年年底及最近期期末按供应商的应付账款余额账龄分析，并解释重大逾期未付款项；最近两年年底及最近期前20位供应商名单（按采购金额排序），说明其产品的性质、采购金额，并提供相应的合同。

3.2.5 应付工资：最近两年年底及最近期人工费用月度分析，包括工资、奖金及社会福利（分列养老保险、失业保险和医疗保险）等。

4. 税务

4.1 提供有关税务证书等资料，如地税及国税的税务登记证书复印件，增值税一般纳税人证书复印件，最近两年年底及最近期企业所得税的季度申报表，纳税证明及税金计算表等。

4.2 其他需要提供的资料。

资料来源：张夕勇，并购与管理整合正改变着中国与世界［M］，中国财政经济出版社，2004：175.

4. 达成并购协议

在并购双方充分协商的基础上，依据中介机构提出的专业报告确定被收购企业的价值；起草并购企业商业计划书，确定股权比例、董事会席位、关键岗位人选、公司组织架构、管理体制和业务发展规划等内容，并对主要财务指标进行预测；签署正式并购协议，并到工商管理部门履行报批及办理产权变更登记等手续。

第二节　西方企业并购浪潮

西方国家的企业并购已经有两百年的历史，但大规模的并购活动开始于19世纪末期，这期间先后经历了五次企业并购浪潮：第一次发生在19世纪末到20世纪初，其典型的经济特征是资本主义由自由竞争阶段向垄断阶段过渡过程中以大公司横向兼并为主的规模重组；第二次发生在20世纪20年代的两次世界大战间的经济稳定发展时期，其典型特征是以大公司为主导的产业整合，新兴行业的发展与新技术的应用起到了较为重要的推动作用；第三次发生在20世纪五六十年代的战后资本主义"繁荣"时期，产业结构和资本结构调整是这一时期并购的主要动力；第四次发生在20世纪70年代至80年代，金融工具的创新为并购提供了强有力的支持，并使并购呈现出多样化发展趋势；第五次发生于20世纪90年代中期至今，这一阶段并购的总量规模与单项并购交易规模达到历史新高，以大公司功能互补和强强联合为特征的巨型并购案例开始出现，并呈现出全球发展态势。从西方国家企业并购的发展轨迹中可以清晰地看到，并购活动与企业所处的政治经济环境、技术环境及发展状态密切相关，其作用最终体现为产业结构升级与社会资源的整体优化，其中，金融手段的创新与金融行业的发展起到了重要的支撑和推动作用。本节将对西方国家五次企业并购浪潮进行分析，探讨成熟资本市场的并购活动对我国企业并购行为的启发性作用（见表 9－4）。

表 9－4　　　　　　　　　　　　美国企业并购公告数据　　　　　　　单位：10 亿美元

年份	1982	1983	1984	1985	1986	1987	1988	1989	1990	1991
交易金额	53.8	73.1	122.2	179.8	173.1	163.7	246.9	221.1	108.2	71.2
交易笔数	2 346	2 533	2 543	3 011	3 336	2 032	2 258	2 366	2 074	1 877
平均每笔交易额	0.023	0.029	0.048	0.060	0.052	0.081	0.109	0.093	0.052	0.038
年份	1992	1993	1994	1995	1996	1997	1998	1999	2000	2001
交易金额	96.7	176.4	226.7	356	495	657.1	1 191.9	1 425.9	1 325.7	699.4
交易笔数	2 574	2 663	2 997	3 510	5 848	7 800	7 809	9 278	9 566	8 290
平均每笔交易额	0.038	0.066	0.076	0.101	0.085	0.084	0.153	0.154	0.139	0.084

资料来源：Mergerstat Review，various issues.

一、第一次企业并购浪潮（19 世纪末至 20 世纪初）

19 世纪末，随着产业革命的进行以及社会化大生产的发展，资本主义由自由竞争阶段进入垄断竞争阶段，并对资本集中提出了进一步的要求，而单靠个别企业的原始资本积累已远远不能满足社会化大生产对资本聚集的要求，因此，资本之间的相互吞并成了必然的趋势。与此同时，发生于 18 世纪中叶和 19 世纪下半叶的两次产业革命极大地解放和发展了社会生产力，为企业规模扩张和资本集中创造了技术和组织等方面的条件。在这样的历史背景下，西方主要资本主义国家掀起了第一次企业并购浪潮。

英国这一时期发生的企业并购主要集中在纺织业和银行业。在纺织业，通过并购手段原先存在的效益较低的卡特尔被大量新设公司所取代，如 1897 年 11 家企业合并组成的大英棉织品公司，1899 年由 31 家企业合并组成的优质棉花纺织机联合体，1899 年由 46 家企业合并组成的棉花印花机联合体等。19 世纪中期，随着英国世界贸易和金融中心地位的确定，出现了大批的股份制银行，在 19 世纪 70 年代后，这些银行之间进行了激烈的兼并活动，英国银行的数目从 1865 年的 250 家减少到 1900 年的 98 家。到 19 世纪末 20 世纪初，通过一系列的并购活动形成了英国金融界的五巨头：密得银行、威斯敏斯特银行、劳埃德银行、巴克莱银行和国民地方银行，这些银行的存款业务达到全国存款总额的39.7%。在其他行业，通过大规模的同行业企业之间的并购活动，产生了联合帕特拉水泥公司、帝国烟草公司、壁纸制造商联合体、盐业联合体和联合碱制品公司等一系列大公司，这些公司在当时英国市场上具有相对垄断地位，控制着相关行业的生产经营活动及产品的价格。

这一期间，美国企业的并购活动比较集中于矿业与制造业，据相关统计数据显示，1898～1903年的6年间，美国的矿业与制造业就发生了2 795起并购，其中1899年就高达1 208起，如表9－5所示。其中最为显著的是美国铁路公司的并购重组，在铁路公司的激烈竞争中，金融巨头和铁路企业联手合作，进行了大规模的并购活动，以较大的铁路系统吞并较小的铁路系统，一些投资银行和金融家利用铁路公司的破产危机操纵股市，从而牢固掌握对新建铁路集团和主要铁路的控制权。到1909年，产值在100万美元以上的大企业已增加到3 060个，占企业总数的1.1%，但它们所占的产值和雇员数比例则分别为43.8%和30.5%，其中100家最大的公司控制了全美近40%的工业资本。除此之外，这次并购浪潮还产生了一些后来对美国经济结构影响深远的垄断组织，如美国钢铁公司、美孚石油公司、美国烟草公司、杜邦公司、爱理斯查默斯公司、阿爱纳康特铜

表9－5　　　　　　　　　　　　美国矿业与制造业并购次数统计

年份	并购次数	年份	并购次数	年份	并购次数	年份	并购次数	年份	并购次数	年份	并购次数
1896	26	1908	50	1920	206	1932	203	1944	324	1956	673
1897	69	1909	49	1921	487	1933	120	1945	333	1957	585
1898	303	1910	142	1922	309	1934	101	1946	419	1958	589
1899	1 208	1911	103	1923	311	1935	130	1947	404	1959	835
1900	340	1912	82	1924	368	1936	126	1948	223	1960	844
1901	423	1913	85	1925	554	1937	124	1949	126	1961	954
1902	379	1914	39	1926	856	1938	110	1950	219	1962	853
1903	142	1915	71	1927	870	1939	87	1951	235	1963	861
1904	79	1916	117	1928	1 058	1940	140	1952	288	1964	854
1905	226	1917	195	1929	1 245	1941	111	1953	295	1965	1 008
1906	128	1918	71	1930	799	1942	118	1954	387	1966	995
1907	87	1919	171	1931	464	1943	213	1955	683	1967	1 496

资料来源：R. L. 尼尔逊. 美国工业的并购运动：1895～1956. 普林斯顿大学出版社，1959；美国联邦贸易委员会1968年和1955年《企业收购与并购报告》。

业公司和美国橡胶公司等。其中最为典型的案例是美国钢铁公司的重组，华尔街的摩根集团以公司债形式收购了卡耐基钢铁公司，之后，又通过换股形式将全美3/5 的钢铁公司纳入囊内，并组建了美国钢铁公司（US. Steel. Company），从而改变了美国钢铁行业因分散经营而引发的过度竞争格局。据统计，1901 年美国钢铁公司的产量达到全美钢铁市场销售总量的95%，美国钢铁公司也因其大规模的并购活动成为美国第一家资本超过 10 亿美元的公司。这次并购浪潮使美国经济的集中度大大提高，经济规模达到了一个新的水平，工业结构发生了永久性地变化。

在这一时期，德国的企业也纷纷展开并购活动，并产生了许多垄断组织，卡特尔成为德国企业最普遍采用的垄断组织形式，到 20 世纪初期，大多数卡特尔组织在发展过程中已经逐渐具备了辛迪加的特征，甚至出现了少数大型辛迪加、托拉斯和具有现代企业集团特征的康采恩。在一些重要的行业和部门甚至出现了被一两个垄断组织所控制的局面，如德国钢铁联盟垄断了全国钢产量的98%；化学工业被美斯特尔工厂、加尔贝工厂、安尼林苏打工厂和旧拜尔工厂集团所控制；电气工业被电气总公司和西门子所操纵；莱茵—威斯特法里亚煤业辛迪加控制了全国煤产量的一半以上。在德国工业集中度快速提高的同时，银行间的大规模并购也在迅速展开，1873 ~ 1906 年间，德意志银行先后吞并了 32 家银行，参与和控制银行达 87 家，控制资本规模达 20 亿 ~ 30 亿马克。1909 年，以德意志银行为首的柏林九大银行及其附属银行共拥有资本 113 亿马克，占全国银行总资本的83%。

总体来说，第一次并购浪潮具有以下基本特征：一是并购形式主要是横向并购，通过同行业优势企业对劣势企业的并购，组成横向托拉斯，集中同行业的资本，从而在市场上获得一定的垄断地位；二是追求规模经济效益，生产规模的扩大和新技术的采用有利于企业达到最佳的生产规模，从而获得规模效应；三是追逐垄断地位和垄断利润，并购产生的垄断组织，降低了市场竞争的程度，垄断者可以凭借其垄断地位获得超额垄断利润。四是证券业的发展（尤其是工业股票的上市）为并购提供了舞台，银行的中介服务为并购提供了强力支持，这一期间美国 60% 的并购事件是在证券市场进行的，大约 25% 的并购得到了银行（尤其是投资银行）的帮助。

二、第二次企业并购浪潮（20 世纪 20 年代）

第二次并购浪潮发生于 20 世纪 20 年代，第一次世界大战结束后，资本主义国家进入了一个相对稳定的发展时期。一方面，许多新兴产业，如汽车工业、化学工业、电气工业、化纤工业等行业增长迅速，同时，由于科学的发展、新技术的应用以及产业政策的合理引导，这些规模小、技术新的新兴工业开始采用新的机器设备和自动化传递装置，并向实施标准化大生产方向转移，这对资本的进一步集中提出了新的要求；另一方面，反垄断法的出台使以扩大公司规模为主要目的的横向并购受到限制，大公司的纵向兼并成为并购采用的主要形式。在这种经济环境背景下，西方国家兴起了第二次企业并购浪潮。

在英国，大规模的企业收购活动使生产和资本进一步集中，并出现了一些规模庞大的康采恩垄断组织，如帝国化学公司由当时四个垄断组织联合而成，控制着英国基本化学生产总量的95%、全部的合成氨生产及全国染料生产的40%；利华兄弟在1903年与荷兰人造奶酪联合公司合并组成尤尼莱佛公司，控制了英国国内人造奶酪生产总量的90%，并通过一系列的跨国收购行为，将分散在27个国家的生产企业联合起来，成为世界肥皂、人造奶酪、食品、化妆品生产和贸易的大型国际垄断企业。这一期间的并购使许多新兴产业诸如化工、汽车、化纤、造纸和电机行业都得到了长足的发展，并产生了许多著名的大公司，如电机制造业的三大巨头：英国电器、GEC和电器行业联合体；1926年由诺贝尔工业公司、布鱼诺姆德公司、不列颠染料公司、联合碱制品公司合并组成的ICI公司等。

在美国，极度旺盛的证券需求带动着股票市场的高速增长，促使中小企业间的并购异常活跃。从数量上看，第二次企业并购浪潮中发生并购的数量要远远超过第一次企业并购浪潮。在1919~1930年期间，有将近12 000家公司被并购，其中，工业企业5 282家，公用事业企业2 750家，银行企业1 060家，零售业企业10 519家。最为典型的案例是美国通用汽车公司的重组，第一次世界大战后的经济危机使得一直以扩大生产规模为主旨的通用汽车公司陷入困境，大批产品积压在库房，占用资金高达8 490万美元，通用汽车的股价也因此一路下跌。1921年斯隆推行的改组计划将通用汽车的产品系列向纵向延伸，形成从高到低的各档次汽车产品金字塔结构，并推动了通用汽车管理结构方面的改组。在此之上，通用汽车进行了一系列的收购活动，如1918年以股权置换和现金支付方式兼并了联合汽车公司；1919年出资2 800万美元收购费希尔公司80%的股权；1925年，兼并了英国伏克斯豪尔公司和德国的亚当·奥佩斯公司等，通过大规模的资产重组，通用汽车公司得到迅速发展，1927年，其销售额和盈利超过了福特汽车公司，成为美国最大的汽车企业。

德国这个时期的企业并购和资本集中与其他西方国家有所不同，它不是通过市场形成的企业之间的自觉行为，更大程度上是在政府调控和干预下进行的，政府资本在这段时期的企业并购中占据主导地位。从1922~1930年，德国卡特尔的数量由1 000个增加为2 100个。到20世纪20年代末，德国国家出资控股的国有垄断资本已占全国股份资本的13.2%，在煤、电气制品、机械制造业、玻璃和化学染料等重要工业部门，其垄断程度超过了美国。

第二次企业并购浪潮的总体特征有：一是以纵向并购为主，多种形式并存，通过纵向并购，一方面使生产与销售一体化，减少商品流转的中间环节，节约生产和销售成本；另一方面加强了垄断，建立了更多的行业进入壁垒，获得更多的垄断利润。二是产业资本和金融资本相互融合渗透，工业资本与银行资本开始相互并购（洛克菲勒控制了美国花旗银行，摩根银行则创办了美国钢铁公司），产生了一些所谓的金融寡头。三是某些国家为了一定的目的，由国家出面投资控制、参控了一些关系国计民生和经济命脉的企业，形成国家垄断资本，提高国家对经济的直接干预和宏观调控能力。

三、第三次企业并购浪潮（20 世纪五六十年代）

随着科学技术的飞速发展和"二战"后由军事工业向民用工业的大规模转移，促进了电子工业、计算机工业、造船工业、飞机制造工业等现代产业的迅速崛起，产业结构面临由重工业化向高加工度化的转化，在这种背景下，企业并购再次掀起了对资本增量集中和资本存量结构的调整高潮。

英国在 20 世纪 60 年代也迎来了第三次企业并购浪潮，1965～1975 年间英国工业、商业和金融业的并购次数达 1 205 起，并购资产价值达 427.67 亿英镑，其中 1968 年并购的资产规模达到最高点 84.9 亿英镑。英国这一时期的企业并购仍以横向并购形式为主，并购数量和资产价值均达到总数的 76%，但混合并购无论在并购企业数量上还是在并购资产量上均呈现出迅速上升的态势。为了鼓励制造行业规模趋于合理，英国政府在推动和参与企业并购方面也起了不小的作用，如 1960 年成立了英国飞机公司，1967 年通过钢铁公司国有化形成了大英钢铁公司，1966 年成立了产业重组公司等。

美国垄断资本实力的加强掀起了新一轮的固定资产投资和大规模收购兼并浪潮。仅在 1967～1969 年期间，被并购企业就有 10 858 家，被并购的资产总额从 1960 年的 15.3 亿美元增至 1968 年的 125.5 亿美元，增长超过了 7 倍。这次并购的模型明显大于第二次，其中占并购总数 3.3% 的大规模并购占了资产存量的 42.6%，混合并购逐渐成为次并购浪潮中的主要并购类型。

第三次并购浪潮的主要特征在于：一是混合并购逐渐成为并购的主导模式，这个时期在美国涉及资产 1 000 万美元以上大公司并购共发生 711 起，其中属于混合并购的有 579 起，占并购总量的 81.4%；二是大公司与大公司之间的并购数量增加，在以前的两次并购浪潮中，大部分的并购都是"大鱼吃小鱼"，即大企业吞并收购小企业，而这次并购浪潮中出现了"大鱼吃大鱼"的强强联合，在1976～1978 年间，成交金额在 1 亿美元以上的并购就有 130 家，如美孚石油公司以 10 亿美元买下了麦考尔公司，通用电气公司以 21.7 亿美元的价格并购了犹塔国际公司等；三是银行同业并购增加，银行资本更加集中，到 1970 年，美国拥有 10 亿美元以上资产的银行已增加到 80 家，其中 7 家资产超过 100 亿美元，同业并购使这些银行在国民经济中的地位日益提高。

四、第四次企业并购浪潮（20 世纪 70 年代至 80 年代）

20 世纪 70 年代中期至 80 年代末，西方国家发生了第四次企业并购浪潮，并在 80 年代形成并购高潮。这次并购浪潮的规模超过了以往任何一次，在美国，10 亿美元以上的并购在 1979 年以前很少发生，可到了 80 年代却频繁发生，1983 年有 6 起，1984 年有 17 起，1985 年增加至 37 起。1975 年，美国共发生并购 2 297 起，交易金额不足 120 亿美元，1984 年并购总数为 2 543 起，交易金额却高达 1 220 亿元，为 1975 年的十余倍。英国在 1970～1975 年间，工商业企业中发生并购 4 911 起，总价值 71.318 亿英镑，平均每起 145.2 万英镑；而在 1985～1990 年间，共发生并购 6 309 起，并购价值达 948.17 亿英镑，平均每起达 1 502.8 万英镑，增加了 9 倍。日本出于向全球扩张的战略需要，在此期间也进行了大量的、频繁的企业并购活动，其中，令世人瞩目的是 1989 年日本索尼公司出资 44 亿美元购买了哥伦比亚影业娱乐公司，与三菱房地产公司以 8 亿美元买下了"美国的心脏"的洛克菲勒中心大厦。

此次并购浪潮具有的特征是：第一，出现了小企业并购大企业（即"小鱼吃大鱼"）的形式，这种并购形式产生于"垃圾债券"的发行和杠杆收购的应用，可以使收购公司筹措到巨款来支持并购活动，如 1988 年底，亨利·克莱维斯以 250 亿美元的高价收购了雷诺烟草公司，其中大部分的资金是通过发行垃圾债券和投资银行筹得的，克莱维斯本人动用的资金仅为 15 900 万美元；第二，并购形式呈多样化倾向，没有哪一种并购形式占主导地位，横向并购、纵向并购和混合并购多种形式并存，有利于从总体上调整资产存量，优化资源配置，促进生产力的发展；第三，并购与反并购斗争的日益激烈，出现了诸如"毒丸计划"、"白衣骑士"、"拒鲨"条款、"金保护伞"、"绿色邮包"等反并购手段；第四，跨国并购规模进一步增加，跨国并购成为资本主义国家资本输出的重要形式之一。1988 年，外国公司以并购形式在美国的投资占投资总额的 92.3%，并呈上升势头。

五、第五次企业并购浪潮（20世纪90年代中期至今）

1994年起，以美国为首的西方各国高新技术产业迅猛发展拉动了第三产业的快速提升，并由此带动了金融证券市场的发展。随着美国经济景气的回升，1992年企业并购风云再起，1993年企业并购出现了历史上第三个高记录，1994年并购总金额达3 360亿美元，比1993年增长40%，1995年企业并购9 170起，金额达7 591亿美元，1997年企业并购交易额达到创纪录的9 190亿美元。其中出现了一些交易金额较大的著名并购案例，如1996年12月，美国波音公司同麦道公司的并购，合同金额133.4亿美元；1998年美国两大石油公司埃克森和美孚公司合并，涉及金额3 864亿美元；1998年5月德国戴姆勒—奔驰公司并购美国第三大汽车公司——克莱斯勒公司，并购涉及金额395.13亿美元；1999年英国沃丰达空中通讯公司以1 850亿美元收购了德国的曼内斯曼公司等。

这一轮并购呈现出的特点主要有：第一、第三产业成为并购的新热点，此次并购有2/3的企业分布在金融服务、医疗保险、电信、大众传媒以及国防工业等五大产业，其中最为显著的是美国银行业和证券公司之间的并购，如1997年2月，美国老牌投资银行摩根斯坦利与迪恩威特合并成为总市值为210亿美元的新型投资银行；第二，并购规模进一步扩大，呈现巨型并购趋势，见表9-6。这一趋势导致了资本的高度集中和资产规模的迅速扩张，推动了产业结构和资本结构在全球范围内的优化配置；第三，企业间的策略联盟成为并购的新特点，通过并购实现双赢或共赢成为并购的新模式。

表9-6　　　　　　　　　　全球十大并购案　　　　　　　　　　单位：亿美元

日　期	并购方	被并购方	涉及金额
12月1日	埃克森石油公司	美孚石油公司	863.55
4月6日	旅行者集团	花旗银行	725.58
5月11日	西南贝尔电讯公司	美国电讯公司	723.57
7月28日	贝尔大西洋公司	GTE	708.74
6月24日	AT&T	TCL	682.8
4月13日	国民银行	美洲银行	616.33
8月11日	英国石油公司	美国阿莫科石油公司	543.33
5月7日	戴姆勒—奔驰公司	克莱斯勒公司	395.13
6月8日	西北银行	富国银行	343.53
	札尼克	阿斯特拉	318

资料来源：20世纪90年代全球与美国企业兼并情况一览表．光明日报，1999.

综上所述，纵观西方国家百年以来五次企业并购浪潮，可以得到如下启示：

第一，企业并购作为资源配置和资产重组的重要手段，总是伴随着产业结构的调整和升级而出现。通过大规模的企业并购行为，社会资本可在短期内迅速集中，资源在更大范围内进行优化配置，资本效率得到有效提高；企业可快速突破所处阶段的发展瓶颈，拓展发展空间，找到新的利润增长点。从西方五次并购历程来看，每一次并购浪潮都对其经济结构和产业结构产生了深层次的影响和深远的作用。目前，我国许多产业结构还不是很合理，如钢铁、汽车制造等传统行业基本处于规模不足、投资分散、布局凌乱、竞争低层次等发展环境下，这些行业的重组同时面临着存量资本结构的调整与增量规模扩张的双重任务。由于我国企业发展背景与西方国家有着较大差别，因此，需要在借鉴成熟市场经济国家成功经验的基础上，结合我国实际情况，探索适合我国企业并购重组的新路子。

第二，大企业、大型集团在每次并购浪潮中都是并购重组的主导力量，从目前的发展情况看，这种趋势会愈加显著。总体而言，大企业作为行业的中坚力量，对于产业结构调整和资产重组有着内在的动力，目前，我国许多行业的集中度相对较低，行业中的大企业数量相对较少，需要国家从经济环境、政策导向等方面给予扶持，以推动我国相关产业的结构调整与升级。

第三，资本市场的发展、金融工具的创新与金融手段的完善对企业并购有着重要的支撑作用。收购兼并是一项复杂的资产和产权交易过程，需要大量的资金支持，单个企业很难只凭借自身的资本积累获取足够的并购资金。发达的资本市场可为企业并购提供有效的融资途径，解决并购过程中的资本瓶颈。我国目前的资本市场还很不完善，金融品种相对缺乏，各种金融监管政策有待进一步加强。

第三节　我国企业并购历程

我国最初的企业并购可以追溯到新中国成立前，企业并购作为民族资本、官僚资本和国外资本相互吞并的手段与我国近代工商业的启蒙一起出现在中国的历史舞台上。新中国成立后，在计划经济体制下，企业并购作为资源优化配置的手段已经丧失了其存在的意义。改革开放后，伴随着社会主义市场经济改革的推行以及国有经济的战略性重组，在西方国家企业并购浪潮的影响下，并购作为资源优化配置及企业优胜劣汰的手段，逐渐为我国许多企业所接受和使用。由此看来，我国真正意义上的企业并购历程并不长，从 1984 年第一起企业兼并案例①算起，仅有 25 年的历史，但其发展速度非常快，以上市公司为例，企业并购数量由 1995 年的 3 起增长为 2008 年的 822 起；并购资产价值由 1995 年的 2.042 亿元增长为 2008 年的 1 037.408 亿元，增加了近 508 倍，平均增长率达 39%。从 1984～2008 年间，我国约有 13 万家企业被收购兼并，具体如表 9-7 所示。企业并购已经成为我国企业优胜劣汰、资源优化配置的重要手段之一，从我国企业并购总体特征可将其分为启动期、成长期和高速发展期三个阶段。

表 9-7　　　　　　　　　我国上市公司并购数量及金额统计

年份	1995	1996	1997	1998	1999	2000	2001
并购数量	3	7	38	37	37	50	65
并购金额（万元）	20 421.86	15 653.59	162 100.2	130 326.1	165 940.1	233 997.2	576 601.2

年份	2002	2003	2004	2005	2006	2007	2008
并购数量	94	108	315	482	1 492	286	822
并购金额（万元）	842 954.3	736 329.1	2 934 734	35 292.51	16 312 234	5 902 015	10 374 086

注：1. 资料来源：Wind 资讯并购数据库。

2. 样本范围：主并购方为上市公司，且并购后对被并购方达到 50% 以上的绝对控股，含主并购方以前持有的被并购方股份。

一、第一阶段：启动阶段（20 世纪 80 年代）

改革开放的推行使我国企业产权关系得到进一步明晰，企业的市场意识和竞争意识得到进一步加强，对市场的依赖程度也明显增加。人们开始认识到深化企业改革、优化资源配置的重要性，企业并购行为也逐渐为人们所理解和接受，这为我国企业并购交易提供了一定的理论和现实基础。与此同时，随着经济体制改革的不断深入和市场竞争的日益激烈，我国企业开始出现两极分化趋势：一是经营效益较好的企业得到了迅速发展，并产生了进一步扩张的内在需求，但这在某种程度上受到土地、人力资源、厂房及设备等条件的限制；二是一些经营不善的企业陷于亏损，甚至濒临破产，员工下岗待业，土地、厂房及设备等资源处于利用不足或闲置状态。在这种背景下，政府出于国有企业扭亏转困、安置下岗职工、减轻社会负担以及增加财政收入等多种目的，决定推行和支持企业并购，由

---

① 1984 年，保定纺织机械厂以承担债务的方式兼并保定市针织器材厂，开创了中国国有企业并购先河。

此，出现了我国企业第一次并购浪潮。

1984年7月河北省保定市纺织机械厂以承债方式兼并了保定市针织器材厂，开创了我国国有企业并购的先河。1984年9月，保定钢窗厂以现金110万元收购了保定煤灰厂，成为中国集体所有制企业兼并国有企业的首例并购交易案例。同年12月，为了安置亏损企业职工，减轻社会负担，武汉市牛奶公司以12万元现金收购了汉口体育餐厅，成为国有企业收购集体企业的典型案例。1986年，北京、南京、沈阳、无锡、成都和深圳等地陆续出现了企业并购现象。

1988年3月，七届全国人大第一次会议通过的《政府工作报告》中明确提出，将"鼓励企业承包企业、企业租赁企业"和"企业产权有条件、有偿转让"作为深化国企改革的两项重要举措。1988年大部分省市制定了企业兼并管理办法，同年5月，武汉市成立了全国第一家企业产权转让市场。1989年国家体改委、财政部和国家国有资产管理局联合颁布了《关于企业兼并的暂行办法》和《关于出售国有小型企业产权暂行办法》。这些政策的出台和推行在很大程度上推动了我国企业并购第一次高潮的到来。据有关部门数据统计显示，20世纪80年代，全国共有6 966家企业被兼并，转让资产达82.25亿元。

这一时期是我国企业并购的启动期，总体而言，具有以下基本特征：

第一，企业并购数量较少、规模较小。20世纪80年代我国正处于改革开放和经济体制改革初期，正经历着由传统的计划经济体制向社会主义市场经济体制的探索和改革，人们的思想观念还没有完全转变，国有企业在数量和规模上处于绝对主导地位，产权关系还有待进一步明晰。这一阶段是我国企业并购的启动和试点期，人们已经初步意识到计划经济体制下资源配置的低效率，以及很大一部分国有企业在生产、经营和管理上的困境，试图通过优势企业对于劣势企业的兼并来带动生产效率的整体提升。但受经济环境以及企业现状的限制，并购的数量较少、规模较小，仅限于少数试点城市和企业。

第二，企业并购活动多以政府干预为主。启动期我国企业并购的目的与西方发达国家有所不同，其主要目的之一是为了使一些因经营不善濒临倒闭的中小国有企业扭亏解困，安置下岗职工，卸掉财政包袱，增加政府财政收入，因此，许多并购案例都有政府参与，有些甚至就是政府在"拉郎配"一手操办，因此，这一时期的并购方式主要以承担债务式和出资购买为主。

第三，企业并购活动基本在同一地区、同一行业和同一部门进行。这一阶段很多企业并购交易是在政府干预或牵线搭桥下实施的，其地域辐射范围较窄，基本上是在同一地区、相同或相近的行业，或同一部门之间进行，试图通过并购手段获得企业经营上的协同和规模效应。

二、第二阶段：成长阶段（20 世纪 90 年代）

20 世纪 90 年代以来，特别是在邓小平南方谈话后，长期笼罩在我国股份制问题上的"姓'资'还是姓'社'"的阴影被消除，股份制改革开始在全国范围内迅速推行。1993 年 11 月，中共十四届全会通过了《中共中央关于建立社会主义市场经济体制若干问题的决定》，进一步明确了以市场经济为方向的改革模式，并按照现代企业的要求，实施了产权改革和产权转让的一系列政策。1994 年实施的《公司法》、1997 年实施的《合伙企业法》以及 2000 年实施的《个人独资企业法》开始将国际上通行的企业分类方法引入我国，并在法律形式上对企业的类型及产权关系给予比较明确地界定。与此同时，上海、深圳两大证券交易所成立、一系列有关股份制改革及管理的政策性文件相继出台。这些变革使得我国的产权改革和产权交易日趋活跃，企业在规模和形式上有了较大地改善，企业并购的数量和规模有了较大幅度地提升，尤其是上市公司的并购交易成为企业并购中的热点问题之一。

在这样的背景条件下，我国出现了第二次企业并购浪潮。以北京为例，1992 年有 66 家企业被兼并，其中包括东安集团兼并北京手表厂、北京人民机器厂兼并北京锻压机床厂等。1993 年，我国企业并购交易再创新高，全国共有 2 900 多家企业被兼并，成交金额达 60 亿元，安置职工 24 万余人。随着我国企业市场化进程的深入和推进，外资参与我国企业兼并的案例开始出现，一方面，我国一些有实力的企业开始跨出国门，在国外寻找合适的并购目标，如 1992 年广西玉柴机器公司出资 2 500 万美元收购美国福特公司巴西柴油机厂；另一方面，外资也开始进入中国市场收购中国企业，其中包括日本五十铃汽车公司与伊藤忠商事株式会社参股北旅，福特汽车公司参股江西江铃汽车等，这些现象表明，我国企业并购行为已经开始融入国际市场，并购国际化已经在我国拉开序幕。

这段时间我国企业并购的数量和规模都有了较大幅度地提升，具体特征总结有以下几个方面：

第一，企业并购交易的市场化程度有所提高。我国企业并购交易的市场化程度有了较大提高，并购交易过程中政府的干预程度较以往有所降低，企业的自主性有所加强。上海、深圳两大证券交易所的成立，以及一系列有关股权改革及其管理的政策性文件的出台标志着我国资本市场已经逐步走上规范化发展的轨道，这为我国企业并购交易的健康发展奠定了良好的基础和条件。

第二，上市公司的并购交易成为焦点之一。随着我国资本市场的建立以及相关法律法规的制定和完善，上市公司并购成为这一阶段并购的热点话题，我国企业并购开始出现多样化、证券化、规范化发展趋势，如1993年9月，上海宝安收购延中、恒通收购棱光、康恩贝控股浙江凤凰、中远收购众城等。

第三，协议收购成为上市公司并购的主要形式。由于我国特殊的经济发展历程，大部分上市公司在股权结构上存在着市场分割和流通股受限现象，在这样的经济背景下，主并购方几乎不可能通过二级市场上的股权交易达到控股上市公司的目的，绝大多数情况下都是通过协议受让限制流通的国有股和法人股来达到控股的目的，因此，协议收购成为这一时期我国上市公司并购的主要形式。

三、第三阶段：高速发展阶段（2000年至今）

2000年以后，中国经济开始进入快速发展轨道，尽管这一期间全球经济出现了明显地衰退和疲软，但我国经济出现相对稳定的增长势头。在积极的财政政策的推动下，我国固定资产投资稳步回升，国内消费势头强劲，商品销售和进口增长迅速。随着我国经济的稳步回升和资本市场的逐渐完善，企业并购交易活动迅速升温，兼并数量和交易规模快速上升。如表9-8所示，1995~2003年，我国上市公司企业兼并数量由12家增长为878家，增长了近73倍，平均每年增长率在8%以上；上市公司企业兼并交易额由9.12亿元增长为475.6亿元，增长了近52倍，平均每年增长率达51%。

表9-8　　　　　　　　　　中国上市公司企业兼并数量和交易额

年份	1995	1996	1997	1998	1999	2000	2001	2002	2003	合计
兼并数量（个）	12	21	131	318	380	503	776	1 064	878	4 083
交易额（亿元）	9.12	1.99	44.73	78.06	133.4	125.2	201.9	177.9	475.6	1 248

资料来源：Wind数据库整理。

这一阶段我国企业并购主要具备以下三大基本特征：

第一，政府主导的以产业结构调整和产业升级为目的的并购交易数量明显增加，行业垄断初见端倪。如2000年10月，中国移动收购了全国7个省市的电信资产，并购交易规模达2 700亿元，并购后，中国移动的用户人数达4 000万，其业务量在全球移动电话营运商中的排名由第四位上升到第二位；2001年，中国国际航空公司、中国东方航空公司和中国南方航空公司三大航空运输集团重组方案出台，这次改革涉及员工7.3万人，重组资产达1 500亿元，组建后的集团公司每家资产规模在 500 亿元以上，基本上垄断了我国航空运输业。

第二，大型国有企业集团的国际资本运作能力明显增强，开始大规模参与国际资本市场上的并购重组交易，与此同时，外资参与我国资本市场的并购交易也大量增加。随着国内资本市场的发展和完善，中国的经济和资本市场开始与国际接轨，中国企业参与国际市场资源配置的意愿也更加强烈。如 2004 年 4 月和 10 月，中国石油天然气公司和中国石化公司相继在海外上市，共筹措资金 66.71 亿元，并计划在未来三年内出资 300 亿元收购全国剩余的 5 家加油站，并购后，我国石油市场的竞争格局将发生根本性地改变。

第三，市场机制还不完善，并购行为暴露出我国证券管理上存在诸多盲点及黑洞，有待进一步规范市场秩序，加强监管力度，避免损害股东和广大投资者利益等并购行为的发生。总体而言，这一阶段我国企业并购的数量和规模都有了较大程度地提高，这为我国社会主义市场经济的健康发展和完善、产业结构调整和升级、企业竞争力提高奠定了良好的基础。

第四节　企业并购理论

一、效率理论

效率理论认为企业并购活动对整个社会来说是有潜在收益的，这主要体现在公司目前的管理层改进效率和形成协同效应上。这一理论包括两个基本的要点：（1）公司并购活动的发生有利于改进管理层的经营业绩；（2）公司并购将导致某种形式的协同效应。该理论暗含的政策取向是鼓励公司的并购活动。

1. 效率差异化理论 (Differential Efficiency)

效率差异化理论认为并购活动产生的原因在于交易双方的管理效率不一致，该理论被称为"剔除无效率的管理者"，可用来解释混合并购的动机问题。通俗地讲就是，如果 A 公司的管理效率优于 B 公司，那么在 A 公司兼并 B 公司后，B 公司的管理效率将被提高到 A 公司的标准，从而效率由于两公司的合而为一得到了促进。但经验表明并非如此，如 Linch（1971）在对 28 家混合企业的研究报告中，发现公司总是试图收购那些拥有可能被保留下来的有能力的管理者的企业；Markham（1973）在对 30 年内发生的混合并购的调查中，发现仅有 16% 的兼并企业更换了两个或更多的高级管理人员，在 60% 的情况下，所有高级管理人员都被保留了下来。由此可见，在解释混合并购的动机方面，该理论过分牵强，至多只能解释极少的混合并购。

2. 经营的协同效应 (Operating Economy)

经营协同效应指由于经营上的互补性，使得两个或两个以上的公司合并成一家公司后，能够造成收益增加或成本减少，实现规模经济。该理论假定在行业中存在规模经济，并且在合并之前，公司的经营活动水平达不到实现规模经济的潜在要求。这一理论在 20 世纪 70 年代的西方和我国目前较为流行。但事实上，规模经济在企业并购中的效应并没有想象中的那么大。Newbold（1970）[①] 的研究表明，只有 18% 的公司在并购活动中承认并购动机与规模经济有关；现阶段西方出现的许多超级并购案，动辄上千亿美元，也是规模经济理论所无法解释的。

3. 多元化理论 (Pure Diversification)

多元化经营理论认为市场环境是不确定的，为了降低和分散风险，企业通常采用混合并购的方式，实现多元化经营。多元化经营模式曾经十分流行，但从 20 世纪 90 年代以来，随着核心竞争力、价值链等新管理理论的问世，越来越多的公司倾向于采用专业化的经营模式。Seth（1990）[②] 发现混合并购，与其他并购类型一样，并未能降低企业的系统风险。因此，用该理论来解释混合并购的动机，从目前来看，也显得不够有说服力。

二、价值低估理论

价值低估理论认为，并购的动因在于目标公司股票市场价格（market valuation）低于目标公司的真实价值（true value）或潜在价值（potential value）。该理论只能解释特定条件下的部分并购动机。Newbold（1970）将 1967～1968 年被收购者的价值比率与"出资收购"其他企业的收购者的价值比率作了比较，结果发现其中 38 例被收购者价值比率高于该行业平均水平，而 36 例低于工业平均水平，较低的价值比率并不一定能产生并购的动机。

---

① Newbold，G. D. Management and Merger Activity. Liverpool：Guthsted，1970. pp. 45－62.

② Seth. Value Creation in Acquistions，A Reexamination of Performance Issues. Strategic Management Journal，1990. pp. 523－534.

三、委托代理理论

在代理模式中，管理者作为代理人并不总是委托人最佳利益的扮演者，这种行为对股东造成的成本称为代理成本，代表了股东价格的损失。委托代理理论把并购看成是控制权市场的最重要组成部分，形成了公司控制权失常的主流理论，共有三个代表性的观点：第一，在由公司各种内外部控制机制中的代理投票权竞争机制都不能起到应有的作用，只有收购才是其中最为有效的控制机制；第二，外来者对公司的收购非但不会损害公司股东的利益，实际上还会给收购双方股东带来巨大的财富；第三，长期看来，任何干预和限制恶意收购的主张结果可能会削弱公司作为一种企业组织的形式，并导致社会福利的降低。

委托代理理论将并购作为一种外部治理机制，解决公司经理人和所有者之间的委托代理问题，认为并购机制可以降低代理成本。Fama 和 Jensen（1983）① 提出，在企业的所有权和控制权分离的情况下，将企业的决策管理（提议和执行）与决策控制（批准和监督）分开，能够限制决策代理人侵蚀股东利益的可能性。并购事实上提供了一种控制代理问题的外部机制，当目标公司代理人有代理问题产生时，通过股票并购或代理权之争，可以减少代理问题的产生、降低代理成本。

四、规模经济理论

规模经济是微观经济学的一个重要命题，也是企业并购的主要理论支柱之一。英国经济学家马歇尔将规模经济定义为某一企业在一定限度内，由于企业规模扩大而导致单位产品成本降低、收益达到最大的现象。西方传统经济学家认为，企业通过兼并收购来扩大生产规模，生产规模的扩大可以降低平均成本，从而提高利润。谋求平均成本下降是企业并购活动的主要动因。

企业并购之所以能够产生规模经济效应，其主要原因在于：（1）并购产生充分的利用效应。在生产过程中，有些生产要素要达到一定规模才能更为有效，在生产规模较小时效率比较低下，而当规模达到一定程度时则有很高的产出效率。（2）并购形成专业效应。尤其是企业规模的扩大，使用的生产设备和劳动力也随之增加，这使得企业可以进行更多的专业分工从而提高生产效率，降低劳动成

---

① Fama. Agency Problems and Residual Claims. Journal of Law and Economics, 1983, Vol. 26, Iss. 2, pp. 327 – 350.

本。(3)并购具有学习效应,企业的管理资源是在长期的学习过程中积累、发展起来的,通过并购的方式,可以使这种经营管理资源在最短的时间内发挥它的作用,在企业并购之后,优势企业的技术和管理的优势向劣势企业传递,从而提高企业技术和管理的整体水平。

五、信息理论

在以信息理论解释并购动机的学者中,目前,主要有以下三种不同的看法:

第一种看法是,在收购股权的活动中,无论并购成功与否,目标公司的股价会呈现上涨的趋势。其原因在于:收购股权的活动可以向市场表明,目标公司的股价被低估了,即使目标公司不采取任何措施,市场也会对其股价进行重新估计。或者,并购方的收购发盘将会使目标公司采取更加有效的经营策略。

第二种看法是,在不成功的并购活动中,如果首次收购发盘之后五年内没有后续的收购要约,那么目标公司的股价将会回落到发盘前的水平;如果有后续要约的话,则目标公司的股价将会继续上涨,当目标公司和收购方做出了资源整合配置,或者目标公司的资源已经转移到并购公司的控制之下时,目标公司的股价才会不断被重估,呈上涨的态势。这种看法认为,收购股权活动并不必然意味着目标公司的股价被低估,也不意味着目标公司一定会改善其营运效率。

第三种看法是,并购与公司资本结构的选择行为有关,他们认为作为内部人的经理,拥有比外部人更多的关于公司状况的信息,这种情况也就是所谓的信息非对称。依照上述的理论,如果一家公司被收购,那么市场将认为该公司的某种价值还没有被局外人掌握,或者认为该公司的未来现金流量将增加,由此推动股价上涨,当并购公司用本公司的股票收购另外一家公司的时候,这将会使被收购公司和其他投资者认为,这是并购公司股票价值被高估的信号。当某一公司回购其股票时,市场将会视此举为一个重要信号,表明该管理层认为本公司股价被低估,或者表明该公司会有增长的机会。

六、税收效应理论

推崇并购的经济学家们认为,企业并购将使企业获得税收方面的效益。公司并购会引起公司利益相关者的利益再分配,当并购利益从债权人手中转到股东手中,或者从一般员工手中转到股东及消费者手中,公司的股东就会赞成这种对其有利的并购活动。

从某种程度上说，税收效应可以看做是并购利益从政府手中转到并购企业的利益再分配，税收效应理论认为，某些并购是追求税收最小化的机会而产生的，通过并购进行合理避税。但是，税收效应是否真的会导致并购的产生，取决于是否还能得到与税收效应的益处等价的其他途径。

本 章 小 结

1. 狭义的兼并指一家企业通过产权交易获得另一家企业的产权，从而使这些企业丧失法人资格，并取得对它们生产经营控制权的经济行为，基本相当于公司法中规定的吸收合并；而广义的兼并可以理解为兼并重组是以资本增值为主要目的的一种企业资源重新配置方式，通过对不同企业之间或者同一企业内部的各种资源之间的调整和重构，以实现实业资本、金融资本、产权资本和无形资本的重新整合，力求提高资本效率，以达到利润或者股东投资回报率最大化的目的。

2. 现实中的并购涉及的范围非常广泛，除了严格属于法律和会计上的界定外，还包括股权置换和分拆、资产剥离、合资、租赁、回购、托管、债转股、借壳和买壳等行为。

3. 横向并购是指主并购方与被并购方处于同一行业、生产经营相同或相近产品的企业之间的并购行为；纵向并购是指生产工艺或经营方式上有前后关联的企业进行的并购，是生产、销售的连续性过程中互为购买者和销售者（即生产经营上互为上下游关系）的企业之间的并购行为；混合并购指从事不相关类型经营活动的企业之间的并购活动，一般指处于不同产业领域、产品属于不同市场，且与其产业部门之间不存在特别的生产技术联系的企业之间进行并购。

4. 效率理论认为企业并购活动对整个社会来说是有潜在收益的，这主要体现在公司目前的管理层改进效率和形成协同效应上，该理论暗含的政策取向是鼓励公司的并购活动。

复习思考题

1. 试述横向并购、纵向并购和混合并购的主要特点。

2. 分析三种并购支付方式——现金支付、股票支付及混合支付方式的风险。

3. 简述西方国家五次并购浪潮的动因及特征。

4. 试述我国企业并购的主要动因。

习　题

1. 并购的目的包括（　　）。
    A. 降低代理成本　　　　B. 谋求管理协同效应　　　C. 谋求财务协同效应
    D. 谋求经营协同效应　　E. 谋求并购的战略价值

2. 企业并购时，谋求财务协同效应中的合理避税是指（　　）。
    A. 并购中的各项支出可以免税
    B. 实现规模经济相对养活纳税
    C. 税法的亏损递延条款可抵消以后盈余
    D. 并购企业可以享受减税优惠

3. 目前适合我国国情的融资方式和途径包括（　　）。
    A. 增资扩股　　　　　　B. 股权置换　　　　　　　C. 卖方融资
    D. 买方融资　　　　　　E. 杠杆收购　　　　　　　F. 金融机构信贷

第十章

企业并购绩效评价问题研究

【本章要点】 随着我国资本市场的逐渐完善和产业结构升级的内在需求，以企业并购为手段的资源优化配置行为在我国发展迅速，但并购行为是否真的能为企业和社会带来价值还需要进一步探讨。本章介绍了并购绩效评价的主要方法——事件研究法、会计指标评价法及 EVA 绩效评价方法，并采用我国上市公司样本进行实证分析。

【核心概念】 并购绩效评价　事件研究法　会计指标绩效评价方法　超额累积收益率　EVA 绩效评价　股价效应

第一节　并购绩效研究现状

虽然企业并购行为频繁发生，且并购频率及规模有明显上升趋势，但社会各界对于并购行为是否能够创造企业价值存在不同看法，一些人认为收购兼并行为使得资源能够在更为广泛的范围内有效配置，从而增加了企业的价值；而另一些人对此持怀疑态度，认为被收购企业的价值并没有得到提高，并购行为只是将企业的财富由一方转移到另一方，甚至在某种程度上降低了社会整体财富水平。1992 年沃伦·巴菲特在写给伯克希尔·哈撒尔投资公司股东的信中也表达了上述观点：

> 很明显，许多管理者被过度地笼罩在孩童时代故事的光环中，由于得到美丽公主的一吻，被施展了魔法的潇洒王子终于摆脱了青蛙的躯体。因此，他们确信自己的管理之吻将会给目标公司的利润带来奇迹……投资者总能以青蛙的现行价格买到青蛙。如果投资者不给那些愿意为取得亲吻青蛙的权利而支付双倍价格的公主提供资金，那么公主的这些亲吻最好要具有某种真正的轰动效应。我们已经观察了许多亲吻，但很少有奇迹发生。然而，许多管理公主仍然对他们的未来能力或亲吻充满了信心——甚至在他们的公司后院已经被诸多反应迟钝的青蛙包围了以后……

偶尔我们也能以较低的价格购买到青蛙，并将结果编入过去的报告中，明显地，我们的亲吻并不奏效。我们已经与许多王子相处良好——但前提是在他们被购买时就是王子。至少我们的亲吻并没有使他们变成青蛙。最后，我们也偶尔以青蛙的价格购买到了容易被认定为王子的部分利益。

资料来源：摘自《写给伯克希尔·哈撒尔投资公司股东的信》，沃伦·巴菲特，1992 年。

众多国内外学者对企业并购绩效问题进行了实证研究，取得了大量的研究成果，以下将对这些研究文献进行综述。

1. 国外研究现状

波特（1987）[①] 选取了 1950 ~ 1986 年期间 33 家美国大型企业并购事件为样本，对企业并购的财务绩效进行了分析，研究结果表明，企业并购的财务绩效不容乐观，部分企业在并购后陷入财务困境。Asquith、Bruner 和 Mullins（1983）[②] 对比了 1962 ~ 1977 年间 211 例成功的并购案例和 91 例不成功并购案例的绩效，研究发现，并购交易能为目标公司带来超额收益，成功的并购交易为目标公司股东带来了 6.2% 的超额收益率，不成功的并购交易为目标公司带来的超额收益达 7%，而在公告前 480 个交易日内，所有公司的超额收益率均为负。Ravenscraft 和 Scherer（1987）[③] 以行业内参考企业的盈利水平为比较基准，对美国联邦委员会行业数据库 1979 ~ 1984 年间发生的 471 个并购事件进行了分析，结果表明，并购交易中收购公司的盈利水平要比行业内参考企业的盈利水平低 1% ~ 2%，并且这些差异在统计上是显著的。Franks、Harris 和 Titman（1991）[④] 将企业按照市净率分为价值型与成长型企业，指出市净率与短期并购绩效成反比，与长期并购绩效成正比。该文在总结价值型和成长型企业特征与并购绩效之间关系的基础上提出绩效外推假设，该假设指出，无论是市场投资主体还是其他利益相关者都会根据并购企业的历史绩效来评估并购能够创造的价值，因此，从短期来看，由于市场参与者的过度预期，在并购公告期，成长型企业会比价值型企业获得更多

---

① 波特. 多样化经营：没有观念的公司. 哈佛经理，1987 (4).

② Asquith, Bruner and Mullins, The Gains to Bidding Firms From Merger [J]. Journal of Financial Economics, 1983, pp. 121 – 139.

③ Ravenscraft, D. and F. M. Scherer, Mergers, Sell Offs, Economic Efficiency [C]. Washington D. C: The Brookings Institute, 1987.

④ Franks, Harris and Titman, The Postmergers Share-Price Performance of Acquiring Firm [J]. Journal of Financial Economics, 1991 (29): pp. 81 – 96.

的超额收益并承担更大的风险；从长期来看，市场将对最初高估的并购价值进行回调，因此，价值型并购企业的长期超额收益高于成长型并购企业；成长型并购企业收购时将付出更多的并购溢价。

Agrawal、Jaffe 和 Mandelker（1992）[1] 采用规模效应和贝塔加权市场收益对事件研究绩效评价方法进行改善，并对 1955~1957 年间 1 164 起并购事件的财富效应进行实证研究发现，有将近一半的目标公司股东获得了正的累计超额收益，目标公司在被并购后一年内、两年内和三年内的累计超额收益率分别为 -1.53%、-4.94% 和 7.38%，收购企业的股东在并购交易完成后的五年内损失了其财富的 10%。Healy、Palepu 和 Ruback（1992）[2] 采用会计指标业绩评价方法对 1979~1984 年美国 50 起重大的企业并购案例的财务绩效进行分析，结果表明，并购企业经行业调整后业绩得到改善，但是这种改善并不是来自劳动收入的支出，而是来自资产管理的改善，并且行业调整后企业兼并的绩效为正。Meeks（1997）[3] 选取英国 1977~1990 年间 144 起并购交易为样本，研究发现，企业的并购绩效与时间背景有较大的联系，1985 年之前发生的并购事件，并购企业的经营业绩并未得到显著改善；而 1985~1990 年间发生的并购事件，并购企业的经营业绩则得到显著改善。

部分学者对横向并购、纵向并购与混合并购的绩效进行了实证对比。Lang 和 Stulz（1994）[4] 选取 1978~1990 年间 Compustat 纽约证券交易所和美国证券交易所上市公司数据为样本，对多元化并购的绩效问题进行分析，该研究利用经营单元数和销售额对企业多元化程度进行衡量，并且考虑了企业规模、行业、股利政策及研发投入等重要影响因素带来的差异，研究表明，相对于专业化企业而言，多元化企业具有较低的托宾 Q，即上市公司多元化并购会降低企业的价值。Gregory（1997）[5] 对英国并购事件的实证研究却得出了相反的结论，该研究选取 1984~1992 年英国发生的 452 起并购交易为样本，对比了横向并购、纵向并购和混合并购 2

①　Agrawal Anup, Jeffrey F. Jaffe, and Gershon N. Mandelker, The Post-Merger Performance of Acquiring Firms: A Re-examination of an Anomaly [J]. Journal of Finance, 1992 (47), pp. 1605 – 1621.

②　Healy, Paul M., Krishna G. Palepu, and Richard S. Ruback, Does Corporate Performance Improve After Mergers? [J]. Journal of Financial Economics, 1992, Vol (31): pp. 135 – 175.

③　Meeks, G., Disappointing Marriage: A Study of the Gains From Merger [C]. 1997, Cambridge University Press.

④　Lang and Stulz, Tobin's Q Corporate Diversification, and Firm Performance [J]. Journal of Political Economy, 1994 (102): pp. 1248 – 1291.

⑤　Gregory, A., An Examination of the Long Run Performance of UK Acquiring Firms [J]. Journal of Business Finance and Accounting, 1997 (24): pp. 971 – 1002.

年内的超额收益，研究发现，混合并购在公告后 2 年内平均累计超额收益达到 -11.33%，而同行业的横向和纵向并购在相同时间内的累计超额收益为 -3.48%。

部分文献从信息传递角度对这一问题进行了分析。Louis（2002）从收购企业角度进行分析得出，并购支付方式的选择与信息不对称因素相关，当收购企业意识到自身的股价被高估时，其管理层就会利用私人拥有的信息发行股票并为并购融资，从长期看这会导致收购公司的股票价格下降；当收购企业意识到自身的股价被低估时，其管理层更倾向于选择现金方式为并购融资。Rau 和 Vermaelen（1998）[1] 从投资者角度对这一问题进行研究指出，股票融资型并购会向投资者传达并购企业价值被高估的预期信息，因此，当并购交易被公告时，投资者的预期回归会导致并购企业的股价下降。Andrade、Mitchell 和 Stafford（2001）[2] 研究表明，股票融资型并购交易在公告期前后几天会使收购企业出现明显的负效应，其超额累计收益为 -3% ~ -2%，其原因在于股票型支付方式揭示了未来企业投资机会和现金流情况。Shleifer 和 Vishny（2001）[3] 提出，并购支付方式对于并购绩效的影响是由不同的市场环境造成的，在股市强势有效的条件下，支付方式选择在理论上与实证研究结果一致；但在股市无效条件下，并购企业和目标企业的市场价值与真实价值相偏离，双方会根据自身股票价值的状况决定采取哪一种支付方式，因此，决定并购绩效的主要因素是各自股票价格与真实价值偏离的程度及方向，而非支付方式的选择。

并购次数与并购绩效的关系也为学者所关注。Flower 和 Schmidt（1989）[4] 采用净资产收益率和股票收益率为绩效度量指标，对 42 家美国加工制造业公司进行分析得出，收购公司并购前 4 年内的并购次数与并购绩效存在显著的正向关系，表明收购公司以往实施的并购次数越多，公司管理者的并购经验越丰富，并购效果也就越好。与此相反，Kusewitt（1985）[5] 研究发现公司 10 年内的并购次数与并购绩效存在显著的反向关系，因此认为，管理者为了个人的私利而过于追

① Rau, R. P. and T. Vermaelen, Glamour, Value and the Post-Acquisition Performance of Acquiring Firms [J]. Journal of Financial Economics, 1998 (49): pp. 223 -253.

② Andrade, Mitchell and Stafford, Long Run Return Anomalies and the Book-to-Market Effect: Evidence on Mergers and IPOs [C]. J. M. Katz Graduate School of Business, University of Pittsburgh.

③ Shleifer and Vishny, Value Maximization and the Acquisition Process [J]. Journal of Economics Prespectives, 1988 (2): pp. 7 -20.

④ Fowler K. and D. Schmidt, Determinants of Tender Offer Post acquisition Financial Performance [J]. Strategic Management Journal, 1989: 104. pp. 339 -350.

⑤ Kusewitt. An Exploratory Study of Strategic Acquisition Factors Relating to Performance [J]. Strategic Management Journal, 1985 (62): pp. 151 -169.

求公司规模的扩大，从而导致并不适合公司的并购活动的发生。

2. 国内研究现状

我国学者的研究也基本从这几个方面展开。朱江（1999）① 选取 1997 年 146 家上市公司为样本，采用财务分析方法对多元化经营与企业财务绩效之间的关系进行了分析，研究得出，多元化经营与净资产收益率、每股盈余及营业毛利率等指标之间并没有显著的关系。冯根福、吴林江（2001）提出，混合并购的短期绩效较高，横向并购的长期绩效较好，第一大股东持股比例与并购当年的业绩呈正相关关系，但与并购之后年份的绩效关系不大，这表明上市公司的并购行为存在某种程度上的投机色彩，有可能通过并购来改善公司的短期业绩以达到配股等目的。朱宝宪、王怡凯（2002）② 对 1998 年发生的 67 起控股权转让的并购案例进行分析得出，总体而言，目标企业的主业在并购过程中得到加强，但其并购的主要目的在于获得上市资格，研究同时提出，以市场化方式进行的战略并购的绩效普遍高于行政主导型并购的绩效。张宗新、季雷（2003）③ 考察了 1999～2001 年 216 个控制权发生转移的并购样本后发现，这些控制权转移的并购使公司流通股股东的财富遭受了损失。

范从来、袁静（2002）④ 利用我国上市公司 1995～1999 年间 336 次并购事件进行实证分析，结果表明，处于成长型行业的公司进行横向并购的绩效最高，处于成熟型行业的公司进行纵向并购绩效相对较高，处于衰退型行业的公司进行横向并购的绩效最差。李琼、游春（2008）⑤ 从产业效应角度对我国上市公司的并购绩效进行分析提出，产业效应对于不同类型并购绩效的影响不一，其中对混合并购具有显著积极的影响，对于横向并购的影响最小；同时，我国上市公司在进行并购时具有明显的产业偏好，倾向于从产业效应低的行业进入产业效应高的行业；创新型产业的并购比非创新型产业的并购绩效更高。李善民、朱滔、陈玉罡、曾昭灶、王彩萍（2004）⑥ 以沪深两市上市公司 1998～2002 年间 40 起并购

---

① 朱江. 我国上市公司的多元化战略与经营业绩 ［J］. 经济研究, 1999 (11): 54－60.

② 朱宝宪, 王怡凯. 1998 年中国上市公司并购实践的效应分析 ［J］. 经济研究, 2002 (11).

③ 张宗新, 季雷. 公司购并利益相关者的利益均衡吗? ——基于公司购并动因的风险溢价套利分析 ［J］. 经济研究, 2003 (6).

④ 范从来, 袁静. 成长型、成熟型和衰退型上市公司并购绩效的实证分析 ［J］. 企业经营与管理, 2002 (8).

⑤ 李琼, 游春. 产业效应对中国上市公司并购绩效和并购动机的影响 ［J］. 技术经济, 2008 (5).

⑥ 李善民, 朱滔, 陈玉罡, 曾昭灶, 王彩萍. 收购公司与目标公司配对组合绩效的实证分析 ［J］. 经济研究, 2004 (6): 96－104.

事件为样本进行实证研究，结果表明，收购公司并购后的绩效呈逐年下降趋势，而目标公司并购后的绩效则有所上升，主收购企业与被并购企业整体而言并购绩效显著下降，收购公司和目标公司绩效改善的配对组合方式呈现明显的"强—弱"搭配特征。

周小春、李善民（2007）[1] 以 2001～2004 年我国上市公司 148 起相关并购和 169 起无关多元化并购交易案为样本对并购公司特征、行业特征及战略并购类型进行了分析，研究发现，相关并购的公司与无关多元化并购公司并购前在公司绩效、公司规模、国有股比例及多元化状况等方面存在显著的差异。韩立岩、陈庆勇（2007）[2] 对我国上市公司并购绩效与本次并购之前五年内的并购次数之间的关系进行了实证研究，得出两者整体上存在反向关系，但并非线性，而是一个先上升后下降的倒"U"型结构，其原因在于，在并购频数较小的情况下，公司管理者代理问题可能相对较小，管理者相对比较慎重；随着并购经验的丰富，并购绩效逐渐上升；然而在并购频数较大的情况下，管理者代理问题严重，使得并购绩效呈下降趋势。

企业并购一直是各国证券市场上理论与实践的热点话题，从 2000 年起，我国上市公司并购重组数量已经超过当年 IPO 上市，这表明在我国并购重组已经超越了新股发行市场而成为证券市场资源配置的最主要环节。在过去近 40 年里，国内外学者对于并购问题进行了大量的理论和实践探索，试图判断企业并购活动能否真正创造价值，由于研究方法、样本选取及事件期长短的不同，评价结果存在一定的差异，但基本上形成了比较一致的看法。并购绩效总体不如预期乐观，尤其对于并购企业而言，其并购溢价出现了明显的负向效应。此外，企业并购绩效与并购类型、并购次数、支付方式、所处行业、企业特征及异质波动等因素具有显著的相关性。

第二节 并购绩效评价方法

企业并购绩效评价的实证研究方法主要有三种：事件研究法、会计指标绩效评价法及 EVA 绩效评价法。以下将对这三种并购绩效评价方法进行简要地介绍和分析。

---

① 周小春，李善民. 并购价值创造的影响因素研究 [J]. 管理世界，2008（5）：134-143.
② 韩立岩，陈庆勇. 并购的频繁程度意味着什么——来自我国上市公司并购绩效的证据 [J]. 经济学季刊，2007（16）：1185-1200.

一、事件研究法

1969 年 2 月，法玛、费雪和罗尔提出的事件研究法被学术界广泛用于分析一个事件的发生对公司股价产生的影响，从而了解该事件的发生是否与股价波动相关。事件研究法并没有一定的范式，一般包括研究假说、事件定义及事件日期的决定、市场正常回报率估计模型、超额收益估计方法及模型、结果检验及结论分析等。对于企业并购的股价效应问题，事件研究法主要是通过分析企业并购事件前后股票价格的异常波动情况来判断并购交易是否会带来预期的经济效益。一般包括以下步骤：

（1）研究假说

研究假说是根据并购交易事件、市场环境、企业特征等情况的定性分析，对该并购交易事件给主并购企业、被并购目标企业或利益相关方带来的股价波动效果进行假定，该假定是事件研究法检验的基础。

（2）事件定义及事件日期的确定

并购交易事件日的确定是指市场"接受"该并购交易事件即将发生或者可能发生的时间点或事件期间，而不是指该事件"实际"上发生的时间点或事件期间。该时间点或事件期间通常以"并购宣告日"为基点，可选取并购宣告日之前或之后一段事件期间为事件期。事件期的选择要根据事件本身的特征来决定，其选择是否恰当对于研究结果的正确与否有着决定性的影响。并购事件期选择过短，并购交易的影响有可能还没有显现出来；事件期选择过长，其结果有可能受到很多其他交易活动的干扰和影响。

（3）股价波动效应的处理

一般而言，并购股价波动效应有三种处理方法：平均股价分析法、累计平均收益率法和累计超额平均收益率法。平均股价分析法主要是研究并购前后每个交易日股价算术平均值的变动情况，通过平均股价走势来判断并购交易是否带来股价的异常变动。如果并购交易后的平均股价高于并购交易前的平均股价，则表明投资者认为该并购事件会给股东带来价值；反之，如果并购交易后的平均股价低于并购交易前的平均股价，则表明投资者认为该并购事件会有损股东的价值。平均股价法比较简单和直观，但由于股票相对价格之间存在一定的差异，在很多情况下，并不能比较真实地反映二级市场上企业并购交易的价值。

累计平均收益率是通过计算确定事件期内每个交易日所发生的所有并购交易事件公司股票收益率算术平均值的累加值来确定并购事件对公司股价的影响。累

233

计平均收益率反映了观察区间股票价格的平均收益情况，但该方法容易受到外界系统因素的干扰，如证券市场上的系统性风险、国家宏观政策调整、产业因素等。

超额累计收益率对干扰因素进行了一定标准的剔除，因此，在并购交易股价效应分析中经常采用。所谓超额收益率是指股票价格超出正常预期收益率的部分，即并购交易发生情况下该股票的实际收益率减去如果并购交易事件不发生情况下的"正常"收益率。超额累计收益率是指确定事件期内企业超额收益率的累计值。超额累计收益率的关键在于正常收益率的确定，一般情况下有市场调整法、均值调整法和市场模型法三种。其中，市场调整法假定每只股票的正常收益率是由证券市场的系统风险决定的，因此，市场指数收益率也就应该是每只股票在观测期内的正常收益率；均值调整法需要确定一个比较合适的清洁期，清洁期的选择可以在并购前、并购后或者并购前后都包括，但不能包括事件期，将清洁期内的平均收益率作为正常收益率标准；市场模型法是基于资本资产定价模型，假定正常情况下单只股票的报酬与市场报酬之间存在某一线性关系，通过建立市场报酬率与股价报酬率之间的回归模型预期该股票未来的合理回报，公式如下：

$$R_{it} = \alpha_i + \beta_i R_{mt} + \varepsilon_{it} \tag{10-1}$$

式中：R_{it}——t 时期该股票的收益率；

R_{mt}——t 时期市场指数收益率；

α_i——回归模型的截距；

β_i——回归模型的斜率，即资本资产定价模型中该股票的贝塔系数；

ε_{it}——模型的误差项。

事件期 $[-n, n]$ 的累计超额收益率的计算公式为：

$$CAR = \sum_{t=-n}^{n} R_{it} \tag{10-2}$$

式中：CAR——事件期 $[-n, n]$ 的累积超额收益；

R_{it}——事件期内每日的超额收益率。

（4）累计超额报酬的显著性检验

累计超额报酬率计算结果需要进行显著性检验，当累计超额收益率为"正"且结果显著，则可以推断该并购交易对股票有正影响；当累计超额收益为"负"且结果显著，则可以推断该并购交易对股票价格有负影响。

（5）结果分析

根据研究假说，可以对异常报酬率及检验结果进行分析，并进行解释。

综上所述，事件研究法的关键在于合理选择事件期的长短以及正常的收益标准。事件期选择过短，并购对于股价的反映可能没有完全表现出来，事件期选择过长，评价过程中容易受到不相关因素的干扰。正常收益标准的选择以市场有效为前提，股价波动能够正确反映投资者对并购交易的预期，因此，该方法在非成熟市场上的使用受到较大地限制。

二、会计指标绩效评价法

并购财务绩效评价方法是通过主并购企业、被并购目标企业会计报表中反映的各项会计指标在并购前后的变化情况，来判断并购行为给企业带来的价值，因此，也被称为会计指标业绩评价法。

2002 年 2 月，财政部、经济贸易委员会、中共中央企业工作委员会、劳动和社会保障部、国家计委等部门联合印发了《企业绩效评价操作细则（修订）》，提出由基本指标、修正指标和评议指标等 28 项指标构成的绩效评价体系，具体如表 10 - 1 所示。

表 10 - 1　　　　　　　　　企业绩效评价指标体系及权重设计

评价指标		基本指标		修正指标		评议指标	
评价内容	权数	指标	权数	指标	权数	指标	权数
1. 财务效益状况	38	净资产收益率	25	资本保值增值率	12	经营者基本素质	18
				主营业务利润率	8	产品市场占有率	16
		总资产收益率	23	盈余现金保障倍数	8	基础管理水平	12
				成本费用利润率	10	发展创新能力	14
2. 资产营运状况	18	总资产周转率	9	存货周转率	5	经营发展战略	12
		流动资产周转率	9	应收账款周转率	5	在岗员工素质	10
				不良资产比率	8	技术装备更新	10
3. 偿债能力状况	20	资产负债率	12	现金流动负债比率	10	综合社会贡献	8
		已获利息倍数	8	速动比率	10		
4. 发展能力状况	24	销售增长率	12	三年资本平均增长率	9		
		资本积累率	12	三年销售平均增长率	8		
				技术投入比率	7		

资料来源：财政部、国家经贸委：《企业绩效评价操作细则（2002）》。

2006 年国资委颁发的《中央企业综合绩效评价管理暂行办法》，从盈利能力、偿债能力、营运能力及成长能力等四个方面对企业管理者的绩效情况进行考核，其中，盈利能力状况评价是反映企业在并购前后一定经营期间资本投入产出水平和盈利质量的变化，主要评价指标有主营业务利润率、净资产收益率、销售利润率、成本费用利润率和资本收益率等；偿债能力是反映企业在并购前后一定时期内债务负担水平、长短期偿债能力及所面临债务风险的变化情况，主要评价指标有流动比率、速动比率、资产负债率、已获利息倍数、带息负债比率等；营运能力反映了企业所占经济资源的利用效率、资产管理水平及资产安全性在并购前后发生的变化，主要评价指标有总资产周转率、应收账款周转率、流动资产周转率、资产现金回收率及不良资产比率等；成长能力是反映企业经营增长水平、资本增值状况等在并购前后的变化，在一定程度上体现了企业未来发展潜力，其主要评价指标有主营业务收入增长率、净利润增长率、销售增长率及资本保值增值率等。

三、EVA 绩效评价法

经济增加值（EVA）是指企业资本收益与资本成本之间的差额，也就是企业在某一会计期间调整的税后净营业利润减去股东投资的资本成本后的剩余收益，该评价方法体现出一个公司只有在其收益超过为获得该收益而付出的全部成本时，才被认为是股东创造了价值。因此，经济增加值绩效评价的理论思想在于用为股东创造价值来衡量企业的经营成果，即带来股东财富的增加。

1. 经济增加值的确定

从理论上看，经济增加值定义为会计期间经过调整后的税后净经营利润与该期间股东权益的资本成本之差，其计算公式可表示为：

$$EVA = NOPTA - WACC \times TC \qquad (10-3)$$

其中，$NOPTA$ 为经过调整后的税后净经营利润；$WACC$ 为加权资本成本；TC 为经过调整后的资本总额；$NOPTA$ = 税后净利润 + 利息费用 + 少数股东损益 + 研究开发费用资本化 + 本年商誉摊销 + 递延税项贷方余额的增加 + 其他准备金余额的增加 - 研究开发费用在本年摊销金额；总资本（TC）是指企业投资者投入到企业生产经营的全部资本，也是企业生产经营所占用的资本总额，包括债务资本和权益资本。其中，债务资本指债权人提供的长期和短期贷款，但不包括应付账款、应付票据及其他应付账款等；权益资本包括普通股权益和少数股东权益资本，具体计算公式如下：TC = 普通股股权 + 少数股东权益 + 研究开发费用的资本化金额 + 累计商誉摊销 + 递延税项贷方余额 + 各种准备金 + 短期借款 + 长期借款。

加权资本成本（WACC）是指企业股东进行股权投资和债权人进行债权投资的加权机会成本，是基于投资者对企业风险的判断得出的评价，其计算公式如下：

$$WACC = \frac{D_m}{D_m + E_m} \times (1 - T) \times K_D + \frac{E_m}{D_m + E_m} \times K_B \qquad (10-4)$$

式中：D_m——企业负债总额的市场价值；

　　　E_m——企业所有者权益的市场价值；

　　　K_D——债务的税前成本；

　　　K_B——所有者权益的资本成本；

　　　T——企业的税率。

从以上分析可见，EVA 测算的关键点有两个：一是对税后净经营利润进行合理的调整；二是对资本成本进行合理地估计。

2. EVA 计算的会计调整

为了使 EVA 能够更加真实地反映企业的价值，需要根据具体情况对 EVA 进行调整，调整的方法和项目各不相同，一般情况下，需要遵守以下四个基本原则。

原则一：重要性原则，即调整应选择那些对企业经营业绩有重要影响、涉及金额较大、不调整会严重扭曲企业真实情况的项目。如果调整项目选择过全、过细，反而会模糊企业业绩评价目标，不利于对关键因素的分析和评价。

原则二：可操作性原则，即调整项目应该具有可理解性和可行性，调整的指标要能被财务和非财务人员恰当理解，调整的数据和资料要容易收集和获得。

原则三：可影响性原则，即企业管理层能够影响被调整项目的支出，因此，调整项目能够反映出对经营者管理业绩的评价。

原则四：相关性原则，即调整后的指标体系不仅能够反映企业短期生产经营情况，而且可以预测企业未来的发展能力。

EVA 调整项目主要包括以下几项：

（1）研发费用

新会计准则中规定，进入开发程序之前的研发费用必须全部作为费用处理，其支出进入当期损益，递减当期收益。进入开发程序后，对于符合资本化条件的相关费用可以进行资本化处理，从而被确认为无形资产；对于不符合资本化条件的相关费用需作为项目研究阶段的支出记入当期损益。但从股东角度看，研发费用虽然当期不能带来收益，但有利于企业未来生产效率和经营业绩的提高，可作为企业的一项长期投资，因此，不论是否成功均应进行资本化处理，进入企业的资产项目，并在未来收益年份中逐年进行摊销。我国上市公司并不需要在年报中对其研发费用进行披露，而是将其作为管理费用记入当期损益，因此，在使用经济增加值时，可以根据企业具体情况将研发费用记入资本项目，并在以后年限中进行摊销，摊销年限视项目具体情况而定，一般为5年。

（2）商誉

商誉是指企业购买过程中，购买方在合并过程中取得被购买方可辨认净资产公允价值份额的差额。在新会计准则下，商誉初始确认后，其价值应以成本扣除累计减值准备后的金额进行计量。在收购高科技公司时，由于这类公司的市场价值一般远高于其净资产，因此，商誉计量价值较大，将其记入期间费用会降低当期收益，从而影响经营者的短期业绩。EVA调整要求在整个经济寿命期内将商誉逐步摊销，在摊销过程中，一方面将摊销金额记入资本总额，另一方面将本期摊销额记入税后净营业利润中，避免净营业利润受到商誉金额摊销的影响。

（3）长期战略投资

长期战略投资是指在短期内无法提供回报，但能够提供长期回报，有利于企业长远发展和长期利益的投资项目。由于期初投资时会占用大量资金，从而影响企业当期的收益。一般情况下，EVA在对长期战略投资项目进行调整时，会将战略性投资项目从资产账户中分离出来单独搁置，在投资项目未产生利润之前，不将其列入资本成本的计算范围，将该项目的投资成本作为在建项目进行反映；当投资项目产生收益后，再将其记入资产项目。

（4）各种准备金

为了防止企业操纵利润，新会计准则中规定企业需要根据具体情况计提固定资产减值准备、无形资产减值准备以及投资性房地产减值准备等各种准备金，这在某种程度上会对企业当期利润造成很大的误导。EVA评价思想认为，这些减值准备只是对未来不利情况的预期，会使管理者的业绩缩水，扭曲对其绩效的评价。EVA调整中将当期计提的减值准备转回到税前营业利润中，或对当期转回的减值准备给予扣除，从而更加贴切地反映企业的价值和管理者当期业绩。

3. EVA 绩效评价优劣势分析

EVA绩效评价体得到国内外众多企业的追捧和使用，与传统的会计利润评价指标相比，该评价体系有着明显的优势，主要体现在以下几个方面：

第一，减少了会计指标的可操纵性，降低了管理中的代理成本。

传统的会计指标业绩评价在编制过程中容易受到会计政策选取、会计估计等因素的影响，同时，由于投资者和经营者之间存在信息不对称，经营者很容易利用自己掌握的信息进行利润操纵，使得会计指标与企业真实信息之间产生差异。EVA 从客观真实角度出发对财务报表相关信息进行适当调整，使得调整后的数据能够更真实地反映企业的价值，这在一定程度上减少了经营者操纵利润的动机和机会，约束了财务报表粉饰行为。

以经济增加值为核心建立企业绩效评估和管理业绩评价体系，可以将管理者的收入与其为投资者创造的价值联系起来，促使管理者从股东角度出发制定生产经营政策，并根据经济形势的变化对生产经营政策进行调整，为企业所有者创造更大的价值增值，从而有效降低管理中的代理成本问题。

第二，提高资本的使用效率，避免经营决策次优化。

经济增加值体现为剩余索取权价值最大化目标，即企业收益需要在满足投资者必要收益基础上不断实现价值增值，因此，要求企业的财务人员理性进行财务规划和管理，将企业资金尽可能投放于能够产生最大净现值的项目中，为企业创造更多的价值。因此，经济增加值方法能够引导企业管理者更加关注成本控制，提高资本的使用效率，避免采用次优化的经营决策，从而将股东的利益与经理人的业绩紧密联系在一起。

但 EVA 绩效评价在使用过程中也存在较为明显的缺陷，如评价主要基于会计报表，报表数据如果被人为操纵，会使 EVA 的计算产生漏洞；EVA 的有效性会受会计制度合理性、会计政策选择以及会计信息有效性的影响，无法避免管理者的短期行为；权益资本成本的选择具有一定的主观随意性；业绩评价以财务结果为导向，没有反映企业风险等问题，在使用过程中，应该加以注意和防范。

第三节 我国上市公司并购绩效实证分析

一、并购股价效应实证分析

1. 样本的选取与处理

本节选取 2002～2008 年我国上市公司并购交易事件为样本对横向并购、纵向并购和混合并购交易的并购动因进行分析。行业划分以证监会公布的 13 类行业——农、林、牧、渔业，采掘业，电力、煤气及水的生产和供应业，制造业，交通运输、仓储业，信息技术业，批发和零售贸易，金融、保险业，房地产业，社会服务业，建筑业，传播与文化产业，综合类为标准。横向并购的判别标准是主并购企业和被并购目标企业是否处于同一行业内；纵向并购的判别标准有两个：一是主并购企业与被并购企业所处的行业存在上下游关系，二是并购目的存在产业链上的动机；混合并购的判别标准是主并购企业与被并购企业不处于同一行业内，且存在多元化经营动机。

为了减少其他因素的干扰，按照以下标准对样本进行了筛选：

（1）由于实业产业之间的并购交易与金融企业之间的并购交易动机和绩效存在较大差异，在样本选择过程中剔除了主并购方和被并购方中含有金融企业类上市公司的样本。

（2）由于 ST 类公司的业绩严重恶化，其并购交易活动也比较特殊，因此，在样本选择中将对 ST 类上市公司并购的样本作为异常样本点剔除。

（3）剔除了未完成、失败及没有完整财务数据的样本。

（4）剔除了同一上市公司在考察期存在多次并购及其他重要资产经营活动的样本。

样本资料来源于万德数据库，部分缺失信息（如事件宣告日、参股企业名称、并购交易活动简介等）从新浪财经、和讯财经处收集获得。相关财务指标数据来源于万德数据库、新浪财经与和讯财经，或根据万德数据库、新浪财经与和讯财经提供的基础数据计算得到。经过上述处理，最终得到样本 435 个。按年度分类，其中，2001 年并购交易样本 22 个，2002 年并购交易样本 20 个，2003 年并购交易样本 25 个，2004 年并购交易样本 63 个，2005 年并购交易样本 97 个，2006 年并购交易样本 89 个，2007 年并购交易样本 51 个，2008 年并购交易样本 68 个。按并购类型分类，其中，横向并购样本 199 个，纵向并购样本 143 个，混合并购 93 个。具体如表 10 – 2 所示。

以主并购企业所处行业、样本所处年份为标准，随机选取相同数量未发生并购交易的上市公司数据为样本进行对比分析，所得样本数量及年份与表 10 – 2 相同。

表 10 – 2　　　　　　　　　　　　并购类型样本描述性统计

类型＼年份	2001	2002	2003	2004	2005	2006	2007	2008	合计
横向并购	9	12	8	26	51	38	21	34	199
纵向并购	10	3	13	18	28	33	17	21	143
混合并购	3	5	4	19	18	18	13	13	93
合计	22	20	25	63	97	89	51	68	435

2. 研究方法及前提假设

事件研究法用于分析并购交易股价效应的关键在于事件期的选取以及超额收益率的确定。事件期选取过短，股票价格对于并购交易事件的反映有可能还不充分；事件期选取过长，对于股价波动的干扰因素增加。为了比较合理、全面地判断主并购企业股价对于并购交易事件的反映，分析过程中结合我国资本市场具体情况，选取了不同阶段、不同长短的事件期，具体为：并购前一个月 $[-30, 0]$、并购后 15 天 $[0, 15]$、并购后 30 天 $[0, 30]$、并购后半年 $[0, 180]$、并购后一年 $[0, 360]$。分别测算不同事件期的超额累积收益率，具体计算公式如下：

$$AR_{it} = R_{it} - r_{it} \qquad (10-5)$$

式中：AR_{it}——第 i 个样本在 t 时期内的超额收益率；

R_{it}——样本 i 在第 t 时期内的实际收益率；

r_{it}——假设没有发生并购交易事件情况下样本 i 在第 t 时期内的正常收益率，采用资本资产定价模型进行分析。

$$r_{it} = \alpha + \beta_i r_{mt} + \varepsilon_{it} \qquad (10-6)$$

式中：β_i——样本 i 的贝塔系数；

r_{mt}——股票市场指数收益率；

α——回归模型的截距项；

ε_{it}——样本 i 在第 t 期的残差项。累积超额收益率 CAR 为该样本在事件期内每天超额收益率的累计值。

股价效应以主并购企业为基准，首先，分别对比横向并购、纵向并购和混合并购在不同事件期内的股价绩效；其次，在同一事件期内，分别比较横向并购、纵向并购和混合并购的股价绩效。分析主要基于以下原假设：

假设 1：主并购企业股价超额累积收益率在并购后 15 天高于并购前一个月。

假设 2：主并购企业股价超额累积收益率在并购后 30 天高于并购前一个月。

假设 3：主并购企业股价超额累积收益率在并购后 180 天高于并购前一个月。

假设 4：主并购企业股价超额累积收益率在并购后 360 天高于并购前一个月。

假设 5：相同事件期内，横向并购中主并购企业股价超额累积收益率高于纵向并购中主并购企业的超额收益率。

假设 6：相同事件期内，横向并购中主并购企业股价超额累积收益率高于混合并购中主并购企业的超额收益率。

假设 7：相同事件期内，纵向并购中主并购企业股价超额累积收益率高于混合并购中主并购企业的超额收益率。

3. 实证结果

（1）不同并购类型股价效应实证研究结果

对不同并购类型在不同事件期的超额累积收益率进行描述性统计分析，结果如表 10-3 所示。

表 10-3 不同企业并购类型 CAR 描述性统计分析

		[-30, 0]	[0, 15]	[0, 30]	[0, 180]	[0, 360]
横向并购	均值	0.0123	0.238	0.0672	-0.0283	0.0526
	中位数	-0.0462	0.0831	0.1293	0.0213	0.0382
	方差	0.0231	0.0042	0.00192	0.1842	0.2163
纵向并购	均值	0.00143	0.1283	0.451	0.0121	-0.219
	中位数	0.0384	0.2631	0.562	0.0621	-0.102
	方差	0.00121	0.271	0.00562	0.0125	0.00251
混合并购	均值	-0.0231	0.1081	0.382	-0.0244	-0.2071
	中位数	0.0121	0.319	0.635	0.0011	-0.1293
	方差	0.00129	0.0427	0.0145	0.0241	0.0728

从以上累积超额收益率描述性统计分析结果可见，并购交易事件宣告后较短时期内，横向并购、纵向并购和混合并购事件中主并购企业股价超额累积收益率均有所增加；并购交易事件宣告后较长时期内，横向并购中主并购企业股价超额累积收益率有所增加，而纵向并购、混合并购中主并购企业股价超额累积收益率有所下降。如横向并购中主并购企业在并购前 30 天内超额累积收益率均值为 0.0123，在并购宣告后 15 天内超额累积收益率为 0.238，而在并购宣告后 180 天内超额累积收益率为 -0.0283，在并购宣告后 360 天内超额累积收益率为 0.0526；纵向并购中主并购企业在并购前 30 天内超额累积收益率均值为 0.00143，在并购宣告后 15 天内超额累积收益率为 0.1283，而在并购宣告后 180 天内超额累积收益率为 0.0121，在并购宣告后 360 天内超额累积收益率为 -0.219；混合并购中主并购企业在并购前 30 天内超额累积收益率均值为 -0.0231，在并购宣告后 15 天内超额累积收益率为 0.1081，而在并购宣告后 180 天内超额累积收益率为 -0.0244，在并购宣告后 360 天内超额累积收益率为 -0.2071。由此可见，并购交易股价超额累积收益率存在先上升后下降

趋势。

（2）不同事件期超额累积收益率比较结果

对同一并购类型的并购交易在不同事件期的超额累积收益率进行统计比较，其结果如表 10 - 4 所示。

表 10 - 4　　　　　　　不同事件期主并购方累积超额收益率统计比较

	$C^1 - C^{-1}$	$C^2 - C^{-1}$	$C^3 - C^{-1}$	$C^4 - C^{-1}$
横向并购	0. 1801 ** (0. 0118)	0. 0482 * (0. 0419)	- 0. 0012 (0. 371)	0. 0123 * (0. 0311)
纵向并购	0. 2811 * (0. 0219)	0. 3819 *** (0. 0011)	0. 0126 (0. 872)	- 0. 128 * (0. 0351)
混合并购	0. 2183 (0. 2971)	0. 281 * (0. 0185)	- 0. 0261 * (0. 0381)	0. 0018 (0. 1286)

注：1. C^{-1} 代表并购前一个月 $[-30, 0]$，C^1 代表并购后 15 天 $[0, 15]$，C^2 代表并购后 30 天 $[0, 30]$，C^3 代表并购后 180 天 $[0, 180]$，C^4 代表并购后 360 天 $[0, 360]$。

2. *、** 和 *** 分别表示检验在 10%、5% 和 1% 的显著性水平下显著。

从以上结论可知，在横向并购中，接受原假设 1、原假设 2 和原假设 4，即在 10% 的显著性水平下，主并购企业在并购后 30 天内、并购后 360 天的超额累积收益率高于并购前一个月的超额累积收益率；在 5% 的显著性水平下，主并购企业在并购后 15 天内的超额累积收益率高于并购前一个月的超额累积收益率。在纵向并购中，接受原假设 1、原假设 2 和原假设 4，即在 10% 的显著性水平下，主并购企业在并购后 15 天内、并购后 360 天内的超额累积收益率高于并购前一个月的超额累积收益率；在 1% 的显著性水平下，主并购企业在并购后一个月的超额累积收益率高于并购前一个月的超额累积收益率。在混合并购中，接受原假设 2，即在 10% 的显著性水平下，主并购企业在并购后一个月的超额累积收益率高于并购前一个月的超额累积收益率；拒绝接受原假设 3，即在 10% 的显著性水平下，主并购企业在并购后 180 天内的超额累积收益率低于并购前一个月的超额累积收益率。

（3）不同并购类型超额累积收益率比较结果

对于同一事件期内不同并购类型，主并购企业的超额累积收益率进行的统计比较，其结果如表 10 - 5 所示。

表 10 – 5　　　　　　　　　不同并购类型主并购方累积超额收益率统计比较

	[-30, 0]	[0, 15]	[0, 30]	[0, 180]	[0, 360]
横向—纵向	0.0058 * (0.0541)	0.127 (0.1843)	– 0.281 ** (0.0121)	– 0.129 (0.612)	– 0.276 * (0.0152)
横向—混合	0.0286 (0.625)	0.1028 * (0.0419)	0.1729 *** (0.0018)	0.00291 (0.182)	0.0617 (0.0782)
纵向—混合	0.00129 (0.861)	0.0972 (0.725)	0.0827 * (0.0521)	0.0826 * (0.026)	0.0792 (0.527)

注：*、** 和 *** 分别表示检验在 10%、5% 和 1% 的显著性水平下显著。

　　从以上结论可以看出，在并购前一个月，接受原假设 5，即在 10% 的显著性水平下，横向并购中主并购企业的超额累积收益率高于纵向并购中主并购企业的超额累积收益率。在并购后 15 天内，接受原假设 6，即在 10% 的显著性水平下，横向并购中主并购企业的超额累积收益率高于混合并购中主并购企业的超额累积收益率。在并购后 30 天内，接受原假设 5、原假设 6 和原假设 7，即在 10% 的显著性水平下，纵向并购中主并购企业的超额累积收益率高于混合并购中主并购企业的超额累积收益率；在 5% 的显著性水平下，横向并购中主并购企业的超额累积收益率高于纵向并购中主并购企业的超额累积收益率；在 1% 的显著性水平下，横向并购中主并购企业的超额累积收益率高于混合并购中主并购企业的超额累积收益率。在并购后 180 天内，接受原假设 7，即纵向并购中主并购企业的超额收益率高于混合并购中主并购企业的超额收益率。在并购后 360 天内，拒绝原假设 5，即在 10% 的显著性水平下，横向并购中主并购企业的超额累积收益率明显低于纵向并购中主并购企业的超额累积收益率。

二、并购财务绩效实证分析

1. 样本的选取与处理

与股价效应实证分析相同。

2. 研究方法及前提假设

　　结合财政部颁发的《企业绩效评价细则》、国资委颁发的《中央企业综合绩效评价管理暂行办法》，以及我国企业并购行为特征及数据的可获得性，本节从盈利能力、偿债能力、营运能力和成长能力等四个方面建立企业并购绩效评价模型对并购交易财务绩效进行分析，具体评价体系及相应指标如表 10 - 6 所示。

表 10 - 6   **企业并购财务绩效评价指标体系**

一类指标	二类指标	计算公式
盈利能力	主营业务利润率	＝本期主营业务利润/本期主营业务收入
	净资产收益率	＝本期净利润/本期净资产
偿债能力	流动比率	＝期末流动资产/期末流动负债
	速动比率	＝（期末货币资金＋期末短期投资＋期末应收票据＋期末应收账款净额）/期末流动负债
	资产负债率	＝期末总负债/期末总资产
营运能力	总资产周转率	＝本期主营业务收入/本期平均总资产
	应收账款周转率	＝本期主营业务收入/本期平均应收账款
成长能力	主营业务收入增长率	＝（本期主营业务收入－上期主营业务收入）/本期主营业务收入
	净利润增长率	＝（本期净利润－上期净利润）/本期净利润

其中，主营业务利润率反映了企业主营业务的盈利情况，由于主营业务利润是企业利润核心部分和主要来源，该指标在较大程度上反映了企业的盈利水平及盈利能力的可持续性；净资产收益率是反映上市公司经营效益的核心指标之一，它体现了投资者投入企业资本获取收益的能力，该指标越高，说明投资人投入资本的收益能力越强。流动比率反映企业每单位流动负债有多少流动资产保证可以用于偿还，因此，该指标反映了企业即期债务的偿还能力，该指标越大，表明企业的短期偿债能力越强，企业债权人就越有保障；速动比率也是反映企业即期偿债能力的指标之一，它剔除了流动资产中不能马上变现的存货、待摊费用和预付账款等资产，反映企业流动资产中可以立即用于偿还流动负债的能力；资产负债率是反映企业总体偿债能力的指标，在某种程度上反映了债权人对企业资产的贡献程度以及企业在清算时对债权人利益的保障程度，该比率越低，表明企业中股东的投资份额越高，债权人的安全程度就越高。总资产周转率指企业全部价值在一定时期内的周转次数，该指标反映了企业全部资产的营运效率；应收账款周转率是指一定时期内商品赊销收入与应收账款平均余额的比例，该指标越高，表明应收账款转化为现金的速度越快，循环周期就越短。主营业务收入增长率表示与上一会计期间相比，企业主营业务收入增减变化情况，该指标是评价企业生存和发展能力的重要指标；净利润增长率反映与上一会计期间相比，企业净利润的增减变化情况，是评价企业盈利能力变化的重要指标之一。

基于以上分析,本节根据以上并购绩效评价体系模型对企业并购短期和长期绩效进行评价,选择并购前一年、并购后半年、并购后一年为样本期间,并采用非参数 Wilcoxon 秩和检验法对比并购前后各项指标的变化,从而对不同类型并购交易的绩效进行评价,对比检验原假设为:

假设 1:不同并购类型下,主并购企业的主营业务利润率在并购发生后有所改善。

假设 2:不同并购类型下,主并购企业的净资产收益率在并购发生后有所改善。

假设 3:由于并购交易过程中涉及大量的并购支付,企业并购后可能面临流动性不足等困境,因此,假定主并购企业的流动比率在并购发生后有所降低。

假设 4:不同并购类型下,主并购企业的速动比率在并购发生后有所降低。

假设 5:不同并购类型下,主并购企业的资产负债率在并购发生后有所降低。

假设 6:不同并购类型下,由于管理协同效应的存在,管理水平较高的公司并购管理水平较低的公司后,有可能带动管理水平较低的公司提高其管理效率,因此,假定主并购企业的总资产周转率在并购后有所提升。

假设 7:不同并购类型下,主并购企业的应收账款周转率在并购后有所改善。

假设 8:并购行为在一定程度上扩展了企业的发展空间和潜力,因此,假设主营业务收入增长率在并购后有所改善。

假设 9:不同并购类型下,主并购企业的净利润增长率在并购后有所改善。

3. 实证结果

对于同一并购类型在不同事件期内的主营业务利润率、净资产收益率、流动比率、速动比率、资产负债率、总资产周转率、应收账款周转率、主营业务收入增长率及净利润增长率等财务绩效评价指标进行统计比较,其结果如表 10 - 7 所示。

由以上结论可见,在横向并购中,在 10% 的显著性水平下,主并购企业的净资产收益率在并购后半年显著下降,流动比率在并购后半年和并购后一年有显著上升,资产负债率在并购后半年有显著上升,主营业务收益增长率在并购后半年有显著下降,但在并购后一年又有明显上升;在 5% 的显著性水平下,主并购企业的主营业务利润率在并购后半年有显著下降;在 1% 的显著性水平下,主并购企业的总资产收益率在并购后一年有显著上升,净利润增长率在并购后一年有显著上升。

表 10 – 7　　　　　　　　　　　　不同事件期主并购方财务指标统计比较

			$Y^1 - Y^{-1}$	$Y^2 - Y^{-1}$
横向并购	盈利能力	主营业务利润率	− 0. 1815 ** （0. 0126）	− 0. 0128 （0. 1282）
		净资产收益率	− 0. 0012 * （0. 0521）	− 0. 1023 （0. 8721）
	偿债能力	流动比率	0. 0782 * （0. 0261）	0. 128 * （0. 0582）
		速动比率	0. 261 （0. 7182）	0. 172 （0. 971）
		资产负债率	0. 017 * （0. 026）	0. 192 （0. 175）
	营运能力	总资产周转率	0. 1072 （0. 816）	0. 281 *** （0. 0011）
		应收账款周转率	− 0. 182 （0. 0981）	0. 0172 （0. 716）
	成长能力	主营业务收益增长率	− 0. 0018 * （0. 0172）	0. 0127 * （0. 062）
		净利润增长率	0. 012 （0. 027）	0. 0621 *** （0. 0012）
纵向并购	盈利能力	主营业务利润率	0. 0628 ** （0. 0152）	0. 172 * （0. 042）
		净资产收益率	− 0. 0012 （0. 173）	0. 0121 ** （0. 026）
	偿债能力	流动比率	0. 0892 （0. 072）	0. 172 （0. 271）
		速动比率	0. 0267 * （0. 0462）	− 0. 0751 （0. 891）
		资产负债率	0. 0076 ** （0. 015）	0. 0127 （0. 715）
	营运能力	总资产周转率	0. 0127 （0. 618）	0. 0541 ** （0. 0162）
		应收账款周转率	0. 082 * （0. 0278）	− 0. 123 （0. 816）
	成长能力	主营业务收益增长率	− 0. 0127 （0. 712）	0. 0127 ** （0. 0162）
		净利润增长率	0. 027 *** （0. 000）	0. 016 （0. 617）
混合并购	盈利能力	主营业务利润率	− 0. 172 ** （0. 0162）	− 0. 0188 （0. 0659）
		净资产收益率	− 0. 0861 * （0. 052）	0. 0172 （0. 521）
	偿债能力	流动比率	0. 0273 ** （0. 028）	0. 0893 （0. 862）
		速动比率	0. 0162 （0. 078）	− 0. 00019 （0. 127）
		资产负债率	0. 028 *** （0. 00062）	− 0. 0012 （0. 61）
	营运能力	总资产周转率	0. 0281 （0. 285）	0. 0165 * （0. 0425）
		应收账款周转率	− 0. 172 （0. 627）	− 0. 0172 ** （0. 0361）
	成长能力	主营业务收益增长率	0. 028 ** （0. 0127）	0. 00127 （0. 874）
		净利润增长率	0. 0017 （0. 511）	0. 042 ** （0. 0251）

注：1. Y^{-1} 代表并购前一年，Y^1 代表并购后半年，Y^2 代表并购后一年。

2. *、** 和 *** 分别表示检验在 10%、5% 和 1% 的显著性水平下显著。

在纵向并购中，在 10% 的显著性水平下，主并购企业的主营业务利润率在并购后一年内有显著上升，速动比率在并购后半年内有显著增加，应收账款周转率在并购后半年内有明显上升；在 5% 的显著性水平下，主并购企业的主营业务利润率在并购后半年内有显著上升，净资产收益率在并购后一年内有显著上升，总资产周转率在并购后一年内有显著上升，主营业务收益增长率在并购后一年内有显著上升；在 1% 的显著性水平下，主并购企业的净利润增长率在并购后半年内有显著上升。

在混合并购中，在 10% 的显著性水平下，主并购企业的净资产收益率在并购后半年内有显著下降，总资产周转率在并购后一年内有显著上升；在 5% 的显著性水平下，主并购企业的主营业务利润率在并购后半年内有显著下降，流动比率在并购后半年内有显著上升，应收账款周转率在并购后一年内有显著下降，主营业务收益增长率在并购后半年内有显著上升，净利润增长率在并购后一年内有显著上升；在 1% 的显著性水平下，主并购企业的资产负债率在并购后半年内有显著上升。

三、EVA 并购绩效实证分析

1. 样本的选取与处理

本节选取 2006 年我国深沪两市 A 股上市公司并购交易事件为样本，为了减少其他因素的干扰，按照以下标准对样本进行筛选：

（1）由于实业产业之间的并购交易与金融企业之间的并购交易动机和绩效存在较大差异，在样本选择过程中剔除了主并购方和被并购方中含有金融企业类上市公司的样本；

（2）由于 ST 类公司的业绩严重恶化，其并购交易活动也比较特殊，因此，在样本选择中将对 ST 类上市公司并购的样本作为异常样本点剔除；

（3）剔除了未完成、失败及没有完整财务数据的样本；

（4）剔除了同一上市公司在考察期存在多次并购及其他重要资产经营活动的样本。

样本资料来源于万德数据库，部分缺失信息（如事件宣告日、参股企业名称、并购交易活动简介等）从新浪财经、和讯财经处收集获得。相关财务指标数据来源于万德数据库、新浪财经与和讯财经，或根据万德数据库、新浪财经与和讯财经提供的基础数据计算得到。经过上述处理，从中随机抽取 66 个样本。对·

各样本并购前一年、并购当前和并购后一年的经济增加值进行测算，并对各年的EVA值进行比较。

2. 研究方法及前提假设

第一，基于 EVA 会计指标调整项目、资本使用效率和资本结构，对选取样本的经济增加值进行测算。

第二，采用非参数 Wilcoxon 秩和检验法对比并购当年与并购前一年、并购后一年与并购前一年、并购后一年与并购前一年的 EVA 绩效，该对比分析的原假设为：

原假设1：并购当年的经济增加值高于并购前一年的经济增加值。

原假设2：并购后一年的经济增加值高于并购前一年的经济增加值。

原假设3：并购后一年的经济增加值高于并购当年的经济增加值。

3. 实证结果

EVA 测算结果的描述性统计分析如表 10-8 所示。

表 10-8 各样本 EVA 测算值描述性统计分析

年 份	2005	2006	2007
EVA 均值（亿元）	16.58	3.81	11.58
EVA 均值增长率（%）	—	-77.02	203.9
EVA 中值（亿元）	21.65	1.81	6.12
方差	12.9212	6.2441	9.8314

从以上实证结果可见，并购活动为企业带来的经济增加值呈现出先下降后上升的趋势，如并购前一年，主并购企业的经济增加值为 16.58 亿元，但在并购当年其经济增加值下降为 3.81 亿元，即为企业创造价值的能力下降，降幅为 77.02%，在并购后一年，主并购企业的经济增加值有较大幅度上升，为 11.58 亿元，上涨幅度达 203.9%。各样本的 EVA 均值和中值之间存在较大差异，如并购前一年的 EVA 均值为 16.58 亿元，但 EVA 中值为 21.65 亿元；并购当前 EVA 均值为 3.81 亿元，但 EVA 中值为 1.81 亿元；并购后一年 EVA 均值为 11.58 亿元，但 EVA 中值为 6.12 亿元。

不同时期 EVA 对比结果如表 10-9 所示。

表 10 – 9　　　　　　　　　不同时期 EVA 比较结果统计分析

	$Y^1 - Y^{-1}$	$Y^2 - Y^{-1}$	$Y^2 - Y^1$
EVA 比较	– 6. 263 *** (0. 000213)	– 1. 261 (1. 0213)	4. 219 ** (0. 0211)

注：1. Y^{-1} 代表并购前一年，Y^1 代表并购当年，Y^2 代表并购后一年。
2. * 、** 和 *** 分别表示检验在 10% 、5% 和 1% 的显著性水平下显著。

　　从以上实证结果可见，在 1% 的显著性水平下，实证结果拒绝原假设 1，即主并购企业并购当年的经济增加值显著低于并购当年的经济增加值；在 5% 的显著性水平下，实证结果接受原假设 2，即并购一年后主并购企业的经济增加值显著高于并购当年的经济增加值；而并购后一年的经济增加值与并购前一年的经济增加值并没有显著差别。由此可见，从经济增加值角度看并购交易给企业带来的价值先下降后上升。

本 章 小 结

　　1. 事件研究法主要是通过分析企业并购事件前后股票价格的异常波动情况来判断并购交易是否会带来预期的经济效益。事件研究法并没有一定的范式，一般包括研究假说、事件定义及事件日期的决定、市场正常回报率估计模型、超额收益估计方法及模型、结果检验及结论分析等。

　　2. 上市公司并购绩效的超额累计收益率法，即将收购公告发布前后某段时间内并购双方股东的实际收益 R 与假定无并购公告影响的那段时间内股东的"正常"收益 $E(R)$ 进行对比，得出所谓的非正常收益 AR。

　　3. 并购财务绩效评价方法是通过主并购企业、被并购目标企业会计报表中反映的各项会计指标在并购前后的变化情况，来判断并购行为给企业带来的价值。

　　4. 为了使 EVA 能够更加真实地反映企业的价值，需要根据具体情况对 EVA 进行调整，调整过程中应遵守以下基本原则：重要性原则，即调整应选择那些对企业经营业绩有重要影响、涉及金额较大、不调整会严重扭曲企业真实情况的项目。如果调整项目选择过全、过细，反而会模糊企业业绩评价目标，不利于对关键因素的分析和评价；可操作性原则，即调整项目应该具有可理解性和可行性，调整的指标要能被财务和非财务人员恰当理解，调整的数据和资料要容易收集和获得；可影响性原则，即企业管理层能够影响被调整项目的支出，因此，调整项目能够反映出对经营者管理业绩的评价；相关性原则，即调整后的指标体系不仅能够反映企业短期生产经营情况，而且可以预测企业未来的发展能力。

5. 并购绩效总体不如预期乐观，尤其对于并购企业而言，其并购溢价出现了明显的负向效应。此外，企业并购绩效与并购类型、并购次数、支付方式、所处行业、企业特征及异质波动等因素具有显著的相关性。

复习思考题

1. 采用事件研究法分析并购绩效的股价效应，在事件期的选择上应该注意哪些问题？

2. 采用会计指标评价方法分析并购绩效应该从哪几方面入手？注意哪些问题？

3. 简要说明 EVA 绩效评价方法的核心理念。

4. 对我国企业并购绩效进行评价。